山东师大基础教育集团教育创新系列丛书

遇见，从此不同

于玲　著

山东教育出版社

编 委 会

序 言

看到于玲老师的书稿放在我的案头，非常高兴。那是一种发自内心的、由衷的高兴，因为我是一周一周读着这本书稿跟老师和孩子们一起走过来的。于老师嘱托我写序言，突然间就很恍惚，一年的时间，竟是那么短暂，如白驹一般飞奔而过。感谢于老师的文字，让我可以重温那些美好的回忆。

一年的时间不算长，但是对于学生的初中生活而言，这是至关重要又承前启后的一年。"初二现象"几乎是一道不能逾越的坎，让家长和孩子都焦虑不安。而齐鲁学校2014级二班的孩子们是幸运的，于玲老师用她的爱心、耐心和教育智慧陪伴孩子们走过了青春期最为焦灼的一段时光。这中间有过激情满怀，也有过对抗迷惘；有过成功后的喝彩，也有过彻夜难眠的辗转反侧，而更多的是心灵相通、温情相伴……

2015年暑假，我在齐鲁学校任常务副校长，具体负责教育教学工作。我既是学校的管理者，又是于玲老师"大二班"的学生家长，多重身份让我有机会近距离地感受到于老师对学生们爱的陪伴和用心，体会到老师和学生之间的情谊一天天发生着变化。

在齐鲁学校，曾经火了这样一句话——遇见，从此不同。这还要感谢暑期培训时邀请到的山大附中的高平老师，她用自己的激情点燃了大家，我们都爱上了她带来的这句话。我曾在全体教师会上跟老师们说：多么希望我与大家的相遇，能让你的职业生活从此不同；多么希望你的学生们，因为遇见你，人生从此大不同。于玲老师把这句话作为本书的名字，是对那段岁月最好的纪念，因为大家也确实把这句话作为目标去努力实现。

我们一直把学校定义为师生共同成长的地方。说到教师成长，"读书、写作、实践"是不可缺少的，而且是非常重要的组成部分。在日复一日的繁忙工作中，如果缺少了读书、写作的思考，工作就将变得机械而令人倦怠。从2013年暑假，加入齐鲁学校大家庭，我就建议大家一起读书，坚持写作，勇于实践。很多老师都在做，但是于玲老师在写作这一方面坚持得最好，这让我感动。对的事情能坚持去做，就拥有了力量，坚持让她实现了一次自我跨越。

翻开这本书，我们会发现于老师的字里行间饱含深情，既有她对自己青春岁月的美好回忆，用同理心去理解自己的学生们，更有她的教育智慧，为了走进学生心里，设立"成长日记"了解学生动态。她还特别会借力，邀请自己送走的优秀毕业生到班里作报告，以现身说法引领学生们端正态度，正确认识自己。在这本书里，我们还看到了学校、家长为了学生们的成长所付出的努力。军训、曲阜游学、野炊、春游、运动会、十四岁生日庆典、演讲比赛、篮球赛等丰富的活动旨在为学生的成长铭刻记忆；家长进课堂，义工执勤，于老师把家长引到了共同教育的统一战线上。有同事称于老师为才女，这一点在她为全班同学写的四句七言评语里就可见一斑。于老师在书中深情地讲述自己对教育的认识：教育就是迷恋他人成长的工作，因为迷恋，所以坚持；因为梦想，所以坚持。透过这本书，我看到了这样一位深情守望学生成长、用心在做教育的班主任老师，她让我感动。

于玲老师是我们山东师大基础教育集团的一分子，她记录了自己和学生一起成长的故事，那里面也有学校和集团发展的影子。我们集团的事业蒸蒸日上，这是一个多么好的平台，我们拥有那么多的年轻老师，拥有那么多的可能性。如果大家都能坚持去做对的事情，像于玲老师一样沉下心来，坚持下去，也一定会收获满满。

人生有许多次相遇，希望大家遇到这本书，从此改变自己对教育的理解；希望我们的学生，都能因为遇见我们而从此大不同。祝福于玲老师和他的"大二班"的孩子们。祝福用心教育的所有老师们。

张 芳

2016年12月7日

目录

遇见，从此不同

成人成己

遇见，从此不同

第一周

中途接班

2015年7月，我送走了2012级毕业生。孩子们实现了自己最初的梦想，走进了心仪的学校，我如释重负，那几晚睡得格外香甜。放假前，学校领导找我谈话："下学期你还要当班主任。"我喜欢班主任的工作，与青春同行永远年轻。我心想再接一群"小土豆"，和他们一起成长，真是惬意。

可是，问题来了。

学校让我接2014级二班，是中途接班。

中途接班，压力山大。

我们都知道，中途接的班级是需要下大气力整改的班级。我带过这样的班级，那是和2009级的孩子们一起成长的日子，真是五味杂陈，每天与孩子们斗智斗勇，每天对孩子们动之以情、晓之以理，每天与孩子们在战斗中成长。经历过内心苦痛的挣扎，经历过精神的洗礼，陪伴过那些孤独的孩子，和孩子们一起体会着澎湃的青春期，一起承受着成长的烦恼，当然也有破茧成蝶的喜悦。老师们之间常常这样调侃，接班就是当"后妈"，后妈难当啊！

中途接的班级是初二二班。

"初二现象"在我脑海中是挥之不去的梦魇。初二是分水岭、关键期、爬坡期、滑坡期、青春期中最澎湃的时期，在这个时期班级事件每天都充满着悬念。

中途接的班级是寄宿制学校的初二二班，他们中有的孩子本来就缺爱，与这样的孩子在一起，你能做的就是陪伴、沟通、交流。

　　我是一位初中班主任老师，在十几年的班主任生涯中，我发现了一个现象：初二学生的成绩是初中三年中起伏最大的。初一学生初来乍到，对学校、老师以及初中的学习生活充满了期待和憧憬，学习成绩很好。初三面临中考压力，及时调整策略，学习气氛也很浓郁，成绩也有很大提高。初二往往是成绩最低、学习状态最不好的年级。初二学生进入青春期，自我意识开始觉醒，认为自己已长大，看问题有些偏激，喜欢标新立异。他们是矛盾的集合体，对父母的依赖和精神的独立同时存在，亲子矛盾格外紧张。主要表现为：对新课程不适应，上课听不懂老师讲的是什么，容易走神；下课易从一些现代流行的描写个人忧郁的小情调书籍中寻找一些安慰；学习成绩明显下降；经常头痛、腹痛等。孩子独立意识增强，不愿和家人沟通，导致逆反心理严重。逆反心理导致学生不愿听老师、家长的教导，甚至出现顶嘴、离家出走等现象。部分家长和老师不了解孩子心理的微妙变化，没有科学地进行管理；简单说教，粗暴管理，就可能进一步激化矛盾。随着课程的增多，学习难度的增大，家校压力并存，部分学生出现成绩下滑、厌学等问题。此种问题主要集中出现在13～15岁的孩子身上，尤以14岁的孩子为主，在临床上又以初二年级发病率为最高，因此称之为"初二现象"。初二的种种问题，如果不去积极干预，不去积极调整，会给孩子身心带来一定危害，不利于孩子成人成才。所以老师的任务是帮助学生正视青春期的问题，帮助学生更好地处理代际关系，帮助学生进行情绪调整、人格塑造，帮助学生顺利度过初二。

　　既来之，则安之。既然领导信任我，我就没有别的选择，只有接受。我知道教育是给人以希望和幸福的职业，如果为师者不去面对问题，就等于丢掉了幸福和希望。

　　这个班级我是了解的，孩子们热情、活泼、顽皮，他们喜欢动，喜欢自由。因为喜欢动，所以静不下心来，但学习是需要静下心来思考的，所以班级的成绩不理想，尤其是数学成绩。他们不喜欢看书，更喜欢在一起瞎打闹。不想让庄稼地里长草，就得让庄稼长得茁壮。我也想好了种种和他们一起走下去的策略。

班会上我告诉他们：遇见，从此不同。

珍惜每一次的遇见，珍惜遇见带来的你我改变。

军训随记

我已过而立之年，走在"奔四"的路上，年轻时候的梦想已经离我越来越远。《中国合伙人》的男主角成东青说："梦想就是一种让你感到坚持就是幸福的东西。"我是一位班主任老师，我常常把孩子们的梦想当成我的梦想。我看着孩子们背着书包走向心仪的高中，我觉得我的梦想就实现了。我常常让儿子从小就要有自己的梦想。儿子问我："妈妈，你的梦想是什么？"我想到了我儿时的梦想，就是当一名军人。

我迷恋军人那一抹橄榄绿，我迷恋军人那坚毅的目光，从那里我总能看到希望。我迷恋军人那铿锵的脚步声，我总能听出奋进的力量。坚毅、果敢、责任是军人的代名词。幸运的是，每年的九月份，我都会与这个梦想相遇。军训是齐鲁学校的开学第一课。

今年我和二班的孩子们再一次接受军训的洗礼。四天时间，学生要完成所有科目的学习，还要踢正步，时间短，任务重。孩子们刚刚度完"蜜月"，还沉醉在暑假气氛中。第一天上午，短短的五分钟军姿，就有五名同学败下阵来，脸色苍白，虚汗涔涔，两腿发软。大部分学生咬牙坚持了下来。下午，孩子们的状态就越来越好了，一直到军训完，没有一个中途掉队的。军训，是一场及时雨，把孩子们从暑假的悠闲状态拉回了正常状态。

孩子们，短短四天的军训，你们让我看到了进步，你们有汗水，有泪水；有喜悦，也有辛酸。站军姿，锻炼你们不屈的身姿，让你们拥有无穷的毅力；练转体，激发你们敏捷的思维；练起步，练跑步，练正步，你们从左摇右晃到站立如松，你们从小动作频频到动作整齐划一。

汇报表演中，你们自然流畅，步伐铿锵，口号嘹亮，动作整齐。当你们喊着高昂的口号，从台上跑下来时，我对你们竖起了大拇指，眼睛里涩涩的，最终我们荣获了"优秀班级"称号，我感觉很完美。比赛结束后，同学们都回到了教室，我推开门走进教室，教室里静悄悄的。同学都看着我。"老班，Are you OK？""OK！""你不怪我们？我们没有获得优胜奖。""孩子们，我应该向你们学习，我带上一届二班，我事事要求他们争当第一，有几次没有达到目标，他们哭得泣不成声。你们却改变了我，不管结果怎么样，都能乐观地面对，说明你们心态很好。我为什么责怪你们，优秀就是优胜奖，这张奖状凝结着我们二班所有同学的汗水。过程比结果更重要，你们体验了，努力了，尽力了，我们就是赢家。还记得去年的我们吗？我们去年所有的齐步走都是踏步，而今年的我们一摆臂就得到了阵阵掌声，我们踢的正步，完美！我们的歌声也是最响亮的，斐然的指挥也是最棒的。我应该做检讨，因为要给初三上课，我陪着你们军训的时间很短，你们全凭自觉练习，训练到这个程度，你们就是NO.1。我们要纵向比较，只要今天比昨天进步，我们就是胜利者。你们也学会了找到自己的不足，学会和一班比较，你们应该学习他们的创意。孩子们，创意怎么来呢？以后就依靠大家齐心协力想办法，只要思想不滑坡，办法总比困难多……"后来我以军训为契机，和孩子们谈了很多，谈到了学哥学姐，谈到了班级文化，谈到了中考，谈到了我的成长……

我总会被一些微小的感动不经意地打湿双眼。在军训过程中有很多让我感动的细节：刘洪都领导的第三排，踢正步时，能自觉地分成两组进行练习；侯博、吴昊自发带动同组练习，让我感动。"巾帼不让须眉""不爱红装爱武装"的女汉子们在训练过程中自觉、自立、自强，在没有人监管的情况下自己练习。吴慧贤和张文荟喊口号，嗓子都喊哑了。王裕婷军姿最标准，吴慧贤从容地带队，王宙巍目光有神坚毅，李泽华从不叫苦叫累，林今天一直咬牙坚持，张馨月、张馨元慢慢改变了自己，李鑫洁总能乐观地面对一切，夏雪很有集体责任感，易露佳积极地调整了状态，斐然从容地指挥。还有王梓业柠、杜晓彤、王彤彤、石雯菲、张然、万瑜函等所有的二班巾帼英雄们，你们是二班最美丽的风景线。

我们班最有气质的帅哥们——严子颉、刘洪都、房宏运、祝宸辉，动作总是那么标准，还有我们班级可爱的隆哥、圳哥、廷哥，你们克服了自身的不足，一直坚持到最后，不管老师怎么训你们，你们从不会记恨老师。祝宸辉、侯博、吴昊、潘鸿达、房宏运等男生在军训过程中忽然长大了，知道了身上的责任。严子颉，我们班的"机灵鬼"，其实我看到了你的韧性，你也是在不断地挑战自己。胡锦科、雷俊骁、孔令超、刘乃宇，你们虽然没有鲜花那么耀眼，但是如果没有你们当绿叶，我们也不会拥有绿意，是你们给了我们夏日的荫凉，你们就是能代替花的颜色的一抹绿意。虽然我们有8名优秀营员，但是在老师眼里你们都是最好的自己，都是最优秀的营员。

二班的男生是进步最大的，虽然平衡性不太好，但是在一次又一次的练习中，你们慢慢地进步。二班的男生，聪明、活泼、乐观，我希望以此为起点，在接下来的初二生活中你们能有更大的进步。

亲爱的孩子们，"良好的开端是成功的一半"，初二我们已经启程了，昨天你们让我看到了你们的士气、你们的魄力、你们的决心、你们的勇气、你们的坚持、你们自强不息的精神，还让我见识了我们班强有力的步伐。你们有了更多的集体荣誉感，你们懂得了只有心在一起，步伐才在一起，动作才会整齐划一。

遇见，军训，从此不同！

图1　遇见，从此不同

傅辰昊在军训日记中写到：

四天前，我们接受了一场洗礼。

那是在八年级的第一天，我们换上军训的衣服，戴上军训的帽子，踏上了为期四天的征程。

我们学会了站军姿，学会了如何像军人一样顽强。我们学会了踢正步，学会了如何用军人的精神去克服一道又一道几乎不可能逾越的难关。

我们在微风吹拂中学习，在初升旭日下成长，我们在细雨淋漓中进步，在烈日炙烤下磨炼。我们进一步了解了军人的疾苦，以及那些在疾苦下闪耀的品质。我们在阳光或阴云下思索，追寻那遥不可及却又好像近在咫尺的军魂、军魄。我想起抗日战争，我想起抗美援朝。流着血的军人们，一个个义无返顾地向前冲……

硝烟淡去，镜头拉回。军训已经结束，但我却迟迟未能忘怀。因为我喜欢站军姿时的思索、安宁、安静，我喜欢踢正步时整齐划一的脚步。虽然脚后跟隐痛至今，但那是一个可以让我铭记这次军训的烙印。

我突然想对教官说：

请您放心，我长大后一定会努力成为一个军人，一个像巴顿一样的军人。

图2　认真军训的孩子们

李斐然在军训日记中写到：

军训四天，我们在蒙蒙的细雨和灿烂的阳光中度过。

新的学期，新的老班，新的桌椅。一切都是新的，同学们是新的，收获也是崭新的。这学期并没有转来的新生，为什么说同学们也是新的呢？同样也是同一年前一样的军训，收获怎么也是新的呢？

伴着"1234"响亮的口号，踏着属于我们二班的步伐，我们登场了。专注的眼神，紧绷着的神经，生怕落下一个动作，为二班抹一点黑。我们伴随教练的口号做好每一个动作，我们的心慢慢走在了一起。

"好好学习，天天向上。"软弱无力的像蚊子一样，晃晃悠悠伴随着说话声登场；嬉笑声、责怪声此起彼伏——"你太快了！""明明你走的太慢！"像一盘散沙，这是七年级的我们。

而八年级的我们，有着翻天覆地的变化，每个人都是新的自己，每个人都有每个人不同的收获。感谢老班，感谢新的自己。新学期，新梦想。奔跑吧，"大二班"的兄弟姐妹们！

结果可能并不是那么完美，重要的是过程，是体验收获的过程。伴着蒙蒙细雨，我们坚定地站在雨中一动不动。任小雨拍打在我们的身上，却没有人发出"不情愿的信号"。雨越下越大，可能是为我们的坚定感到高兴，也可能是看我们训练太辛苦，要为我们争取休息的时间。坚定不移的精神是最值得可歌可泣的。

我们尽力就好，做最好的自己。"大二班"的同学们并不比任何人差，"大二班"更不比别的班差。独一无二的二班，每个人脸上都洋溢着幸福的笑容，每个人都是那么真诚、仗义。我们不需要隐藏什么，做最真实的自己，最真实的二班，加油！

李晓宇在军训日记中写到：

四天的军训，大家有什么感受？有些疲惫，有些兴奋，有些解脱等。

四天的军训虽然很短，却给我们上了第一课。军训中有苦，有累，但更多的是无限的快乐。

军训开始的第一天，我们站在那里，但有不少同学受不了就下来了。那种头晕、恶心的感觉我永远也忘不了。不过，到了下午，大家的状态明显地调整好了，没有一个同学掉队，对于我们来说，这是一个美好的开始。

第二天军训，大家一起学习站军姿，稍息、立正，一遍遍地做着枯燥无味的四面转。渐渐地太阳出来了，我们的衣服都被汗水浸湿了，但这些无法打败我们的坚强。第二天，我们学会了坚韧不拔。

第三天的训练，艳阳高照。同学们腰酸脚痛，豆大的汗珠从脸上滑落。然而，只要没有教官的命令，大家就没有擅自休息的，即使脚下磨出了水泡，也依然坚持一次半个小时的训练强度。教官不发话，整个班级就是一支整齐的队伍，没有一丝一毫的动摇。第三天，我们学会了服从命令。

第四天我们要迎接下午的会操表演。为了班级的荣誉，每个同学都一丝不苟地练习着……从最简单的立正、稍息，到向右看齐、蹲下、起立，再到四面转法和敬礼，最后到整个方队的起步前进和唱歌，都没有一点儿差错。第四天，我们又学会了齐心协力。四天的训练让我们学会了坚韧不拔，学会了服从命令，更学会了齐心协力、团结一致。

军训就是要培养我们的品质，磨练我们的意志。经历了训练，我们受益匪浅；通过了训练，我们无比骄傲。

无数条溪流汇聚一方，将形成一片大海。海纳百川，有容乃大。每个人将自己手中的力量推向同一个方向，我们的力量将无穷大。在军训中，我们班更有凝聚力，每个人都有了很强的荣誉感，你们让我懂得了"一个人好不是好，只有大家好才是真的好，一个人的失误带来的可能是全盘皆输"的道理。你们坚定的步伐、刚毅的表情在昭示着"大二班"要崛起，二班会给我们奇迹的。孩子们，你们在慢慢长大，我相信在成长的路上你们一定会留下成长的脚印……

给每一株野花开花的时间

一年一度的军训结束了，孩子们铿锵有力的口号声还在我耳旁响起，整齐划一的动作还在我眼前晃动。经过一个暑假，孩子们变成"高富帅"了，长高了，有内涵了，变帅了。

从四天的军训来看，他们真的长大了。去年军训的时候，有部分学生不是动作不到位，就是在队伍里乱动。今年他们几个变化都很大。李同学齐步走的时候偶尔会顺拐，但是正步走得很认真。房同学去年还在队伍里晃晃悠悠的，不好好喊口号，目光游离，但今年喊口号很用力，步伐很稳健，目光很有神。韩延圳和严子颉个子长了一大截，在队伍里更稳得住、端得住了。夏雪的齐步走是进步最大的，也是最认真的。 要说他们中进步最大的还是他，去年他在队伍里老是有小动作，常常乱动，目光不坚定。今年他站在了第一排，口号喊得震天响，正步走得最给力。说实话，他在第一排表演，我有些担心。这不，我们班彩排了两次，第一次踢正步的时候，他掉鞋子了。第二次他报数的时候喊错了。我很纠结，让他在第一排行吗？要不让他到第二排？万一再掉鞋子怎么办？我看了看他，正好和他的目光来了一次对接。他的眼神里有渴望，有志忑，有不自信。

我进行了激烈的思想斗争，我想他肯定是太在意这次汇演了，太在意自己的位置了，因为"太在意"，所以紧张了。我深吸一口气，相信孩子，给孩子成长的机会，即使有什么差错，也是他人生的财富。在汇演前，我拍拍他的后背说："孩子，加油，老师相信你。"

孩子们汇演的时候，我怀里像揣了一只小兔子，突突跳。我一遍一遍地在心里祈祷，他正常表现就可以。

六七分钟的汇演结束了，教官带队下来，向我伸出了大拇指，说："太完美了，孩子们表现很优秀。"观众此时才回过神来，给我们班级报以最热烈的掌声。我对着孩子们笑了，向他们伸出了大拇指。我站在队伍后面想，多亏没有给他调整位置。他应该能找到自信。

我也想到了这个故事：

一位隐士住在山中，他很勤劳，每年春天，台阶上的野草刚探出头便被他清理掉了。一天，隐士决定出远门，叫了一位朋友帮他看守庭院。与他相反，这位朋友很懒，从不修剪台阶上的野草，任其自由疯长。

暮夏时，一株野草开花了，五瓣的小花氤氲着一阵阵的幽香，花形如林地里的那些兰花一样，不同的是花边呈蜡黄色。这位朋友怀疑它也是兰花中的一种，便采撷了一些叶子和花朵去请教一位研究植物的专家。专家仔细地观察了一阵，兴奋地说："这是兰花的一个稀有品种，许多人穷尽一生都很难找到它，如果在城市的花市上，这种腊兰的单株价至少是一万元。"

"腊兰？！"这位朋友惊呆了。而当那位隐士知道这个结果时，惊呆的人又多了一个，他不无感慨地说："其实那株腊兰每年春天都会破土而出，只不过它刚发芽就被我拔掉了。要是我能耐心地等待它开花，那么几年前我就能发现它的价值了。"

是啊，给每个孩子成长的机会，他会给你惊喜的。我们要相信孩子，他们都很有潜质。教育就是要学会等待，等待孩子的成长，等待每一株野草开花。学会等待，你会等来春满园。

第二周

2015年9月15日　星期二　天气：晴

新二班，新起点

　　秋高气爽，绿树摇曳，笑脸明媚，心与心的交流——这幅画面在梦里和我邂逅过。今天，它来到了我的身边。在如此景致下，我终于和"大二班"的孩子们进行了一次心灵之约。"大二班"是我新接的班。初二是青春期最澎湃的时期，种种微妙的举动都会在这一年萌发。转折期、爬坡期、滑坡期、懵懂期都是形容初二的词语。在最关键的时刻，他们换了新班主任。

　　遇见，从此不同。

　　上一周对我们每个人来说，都是一次极大的考验：我们要在学校上八天课。这八天的内容是极其丰富的：四天军训，摸底考试，教师节……同学们的表现很棒。军训中，同学们从步伐凌乱到整齐划一，从左右摇摆到站立如松，从东张西望到聚精会神，从交头接耳到纪律严明。汇报表演时，大家拼尽了全力，用自己的行动诠释了我们的校训——做最好的自己。作为你们的班主任，我给你们点赞。我从军训中获得了成长。军训教会我：不要太在意结果，过程比结果更重要，我们要学会乐观地去面对一切事物。摸底考试是在军训结束后的第一天，虽然大家身体很疲惫，但是考试状态尚可。这次的成绩既在我们的预料之中，又在我们的意料之外。比如严子颉同学的语文是101分，全年级最高分，不过作文还有提升空间。还有傅辰昊同学总分全年级第一，是当之无愧的学霸。我知道你们的目标不仅在此。如果你们把这份光热传递给周围的人，大家都会感觉到你们的温暖。这次考试中进步大的同学有：李斐然、石雯菲、严子颉、潘鸿达、李晓宇、李泽华、张然、栾路通、刘乃宇、李鑫洁、孔令超、刘洪都、胡锦科等同学。在这八天里，你们让我感动过无数次。现在，让我们慢慢切换镜头。

镜头一： 周二的晚自习，我对晚自习纪律提出了要求：零抬头，零声音，零下位。大部分同学都能做到，都能安静地写作业。九点之前，同学们都能把作业写完，然后安静地看书。两位生活辅导员老师悄悄地告诉我，于老师，孩子们变化很大，纪律和效率比原来的晚自习好多了。我说，相信孩子，尊重孩子，之后我们耐心地坚持，他们会有进步的。

镜头二： 教师节的惊喜。开学初，事情繁多，我脑子常常断片。周三回到家，忽然想起来明天就是教师节了，忘了告诉班委组织活动了。周四早上，我一进办公室，就看见斐然和文荟拿着一张贺卡走了过来："老师，您看看这样可以吗？"那张贺卡上写着："教师节快乐，老师您辛苦了，我们相信二班会越来越好。"然后是每个孩子的签名，或稚嫩，或潇洒，或郑重，他们都在表达着对老师深深的爱和敬意。她们还给每位老师写了祝福的话，也给我写了一封信。我仔细地读了一遍，一时间，泪水盈满了眼眶。斐然，我想对你说：大家的变化，不是我的功劳，是我们大家一起努力的结果。所有的任课老师都对你们充满期待，我会一直陪伴你们长大，你们内心向上、向善，将来会走得很远。孩子们，把手给我，我们一起前进。

图3　教师节的礼物

镜头三： 我们还进行了"班级招聘"活动。馨月主动承担了任务最艰巨的工作——班级带操员，负责每天下午的意志力跑步活动（为什么说是最艰巨呢，是因为上学期二班跑操的质量太差）。本周只进行了一次，用孩子们的话说这是史上人数最全、口号最响亮的一次跑操。我相信，在馨月的带领下，孩子们会坚持下来。"招聘活动"中，要特别表扬李鑫（负责班级抹布的保管）、何凯毅（负责回收箱的保管），把最脏最累的活承担了。男孩子就要懂得承担责任，我们应该向他们学习。跑完步，我和班级的几个女生围坐在一起聊天，发现她们这个年龄的孩子很了不起。你听——王子说："我认为榜样的力量很重要，上学期我和吴慧贤同位，她学习认真，也感染了我。"吴慧贤说："我们认为目标很重要，只要有了目标，我们就会有方向。"通过和他们交流，我知道了他们哪里需要老师的帮助。

图4　班级招聘活动

镜头四：还是那个清晨，我和冯老师（生活辅导员）进行了工作交接。昨天晚上男生在整队的时候，五六名男生回宿舍站队时说话，被学校通报。我让圳哥把名字记下来，事后我们进行了交流。我表示：我理解他们，本周我们上学的时间很长，晚自习又延长了，我对自习课也提出了新的要求。男生天性爱动，他们在整队的时候，没有严格要求自己，违反了纪律。道理他们很明白，但是做错了事情就要承担，我按照班级公约给予了他们处分。我给他们提出了要求，希望他们以后不要再出现类似的情况。

周五放学，我目送每个孩子离校，并和家长进行了简单交流。家长说："朱老师告诉我们换了新班主任，这个班主任很负责。"带着一颗感恩的心工作，就会发现工作是美好的。感谢我的同事，在背后默默地关注我，帮助我。

今年春天，我从姥姥家带回一棵山红珠，它很小很小。今天我走到阳台，看见它悄悄地开花了，白色的、嫩黄色的蕊，我依稀看到了小小的山红珠。期间，它差点死掉，因为它一直躲在角落里，我工作忙，就忽略了它。有时候它被晒得都蔫了，奄奄一息，那时候好自责，自己不是合格的花农。在关键的时候，都是老公给它一杯水，它才慢慢复苏了。生命需要呵护才能成长，学生成长也需要我们跟上他们的脚步。我想用农人的精心，让每一片嫩芽快乐生长。你们的现在，是我以后最美的回忆，也会是你们最美的回忆。

第三周

我的偶像

　　每周二晚自习，我看班。我会把上周我写的周记念给孩子们听。他们听得很认真很投入，他们一会儿哈哈大笑，一会儿面面相觑，一会儿沉默不语。我想用这种方式，增进师生之间的相互了解。

　　遇见，从此不同。

　　我虽然是一名历史老师，但我要求孩子们每周写一篇周记，一是为了让孩子们练笔，二是我要通过文字与文字的交流，走进孩子们的内心世界。亲其师，信其道，教育才有意义。我会逐一批改《成长日记》。上周和学生闲谈时，学生说到了自己的偶像，本周我们就写《我的偶像》。

　　说到偶像，就会联想到青春。我认为偶像就是在某个阶段，你可以与他（她）对话，他（她）的思想也可以影响到你的人。不知怎的，我突然想到年少时追星的日子……我上初中时，我们学校门口有很多卖贴画的，大部分是港台明星。我们女生买自己心仪的明星贴画，粘到空白日记本的右上角，直到把整个本子粘满。那个时候我们喜欢看由金庸小说改编的电视剧，也喜欢里面的演员。高中的时候，我们整个宿舍都很迷张信哲，在繁忙的学习之余，总是喜欢听他的歌。他的歌很深情，很空灵，也好似在述说过往。我还喜欢姜育恒，他的嗓音很有磁性，有沧桑的味道。我很喜欢看小说，路遥的《平凡世界》，我看了好多遍，每次都会热泪盈眶。池莉的小说，写社会，很有现实感。王小波的小说，自由，快乐，诙谐。大学主要读历史方面的书，也开始参与社会实践。参加工作后，我和我的学生一起喜欢韩寒，他有棱角，有追求。我们喜欢周杰伦，知道了饶舌，了解到他成长的不容易，知道他是一个非常恪守孝道的歌手。我们一起看《士兵突击》，喜欢许三多，他从一个农村娃成长为一个特种兵，有情有义。我们一起探讨物理，喜欢物理界的泰斗杨振宁，他如今已经93岁高龄，但仍然行走在科学之路上。我们喜欢俞敏洪，他告诉我们，梦想在青春就在。我们喜欢马云，他告诉我们创新是企业发展之源。我的偶像里还有一大批名班主任——魏书生、李镇西、陈宇，他们有一颗童心，他们迷恋教育事业，他们迷恋讲台。

图5 超级女生

如今，我遇到了你们，一群可爱的孩子，热情，无畏，洒脱。

图6 活力四射的女生

　　我每天都在静静地观察你们，我想说说我们班级的偶像。张然，像一首典雅的小诗，静静地看书、静静地思考、静静地写作业、静静地完成老师布置的任务。你夸奖她，她就会嫣然一笑。孔令超，他是我们班级的"泉水使者"，负责班级送水单保管和换水，开学至今，从来没有耽误同学饮水。从他身上我看到了大学时期的俞敏洪，他总是默默地给同学们打水。他在帮助同学的过程中也赢得了同学们的尊重，获取了很宝贵的同学资源。简单的事情坚持来做，就成了不简单。张彪同学——给我们单调的初中生活带来了无限的快乐。当我们疲惫时，听到张彪的名字，我们就会开怀一笑。笑的含义很多，张彪同学从来都是笑着看我们。他热爱数学，希望他成为我们班级学习数学的标杆。他宽容、乐观，不计较个人利益，这也是我们要去学习的。还有祝宸辉，他很会利用时间，如在空闲时间完成作业。还有侯博，总是那么遵守纪律，是个心中有数的男子汉，在学习上从来不需要老师操心，学习非常有主动性。刘洪都，有一张帅气的脸庞，有些腼腆，自从当了班长，他也慢慢承担起了一份责任。还有泽华、今天、雯菲，她们自习的效率比较高。斐然、馨月、文荟、万瑜函、王亩巍，她们雷厉风行的作风是值得我们学习的。还有越来越以班级为家的王泽坤、王兆隆、严子颉，他们主动找到我承担班级的事务，还有很多很多……

　　我们背后的一位位家长，也是我们的偶像，他们懂得感恩。一位家长说："感恩于老师对孩子们的精心培育，感恩于老师用自己崇高的思想境界让孩子在试误中不断成长，让孩子学会担当，非常赞赏于老师的教育格局和教育细节，我们二班的孩子们真是太幸运、太幸福了。二班的孩子们，一定要知福惜福，珍惜当下你们所拥有的一切，感恩所有老师们为你们的付出，敞开心扉，迎接阳光和雨露，携手茁壮成长！你们要活出精彩，活出无悔的每一天，加油！爸爸妈妈永远爱你们，我们永远是你们背后最坚实的臂膀。"另一位家长说到："孩子说你每天都走得很晚，还去宿舍叮嘱他们一定要早睡，保持充足睡眠。于老师，一定要注意自己的身体。"还有家长说到："孩子犯了错，你告诉我，不要迁就他，我可以帮助你，好好保重身体。"周五家长接待日，我们约了五位家长，我和每位家长都进行了零距离交流，了解孩子的过往，了解家长的需求。有一位家长含泪告诉我："于老师，你一定要帮助我的孩子，还要让班级的孩子帮助他，他有学习的决心，但是前行的过程中总是会遇到困难，需要你们老师的帮助。"刹那间，我感觉肩上的担子很重，他们都是班级的三十九分之一，是家庭的百分百，我必须竭尽全力成全每一位孩子。

大课间，我和孩子们在一起忆童年，玩各种幼稚的游戏，我给他们留下了最美的照片。

成长日记是《我的偶像》，我仔细地进行了批阅。给我印象最深的是王子写的她的偶像——日本花样滑冰运动员羽生结弦，因为他有梦想，勇于坚持，敢于尝试，王子要学习他身上的这股精神。小宇写的偶像是她的妈妈，小宇学习成绩处于低谷的时候，妈妈没有责罚，只是默默地陪伴。看到妈妈耳边的白发，她心里很难受，下决心一定要好好学习。刘洪都写的是数学老师凯歌，课上老师严格要求学生，课下和孩子们打成一片，刘同学喜欢这样的老师。侯博写的是自己之前的老师，老师不仅教授孩子知识，还教孩子如何做人。严子颉写的是自己的同学，是自己的知己，更是自己的学习对手。大部分同学都写的是EXO——韩国歌唱组合。

作为成年人，我本能地反对孩子追星，但孩子的世界是这样的：我们之所以喜欢EXO是因为他们是个团队，他们有团队合作意识。因为他们坚持做自己喜欢的事情。他们能积极面对问题，积极想办法去解决。石同学说到，我们追星不是盲目的，我们也不会失去自我；把他们当作我的偶像，是因为他们身上有闪光的地方。我和孩子们分享了我的偶像，我喜欢的很多人，孩子们也喜欢，这是我最高兴的地方。原来我们之间没有那么深的代沟，嘻嘻！

最近我喜欢上了一个人，就是中国好声音的歌手——张磊。他是唱民谣的，从他唱第一首歌《南山南》，我就开始关注他。在快节奏的都市生活中，在音乐速食遍地的时代，他的歌，很慢，很动情，很走心，很温暖，很动人，很让我着迷，他的歌可以帮我们这些快节奏的人进行心理疗伤。我想，教育是不是也是一首慢歌，像一碗简单的小米粥，可以温暖心灵。教育应该是一首慢歌，慢慢听，细细悟，听懂孩子们的心声，感动于孩子们点点滴滴的成长。

第四周

2015年9月29日　星期二　天气：多云

一滴水引发的战争

从发现第一枚落叶开始，我就开始阅读秋天。今年的秋天特别眷恋我们，早晚凉爽，中午稍热。我与39个人待在一起，有欢歌笑语，有争吵泪水，看到那些纯真的笑脸，还有那些小小的冲突，我的心里泛起一阵又一阵的涟漪。想说，他们真的是小孩，和他们在一起我也童心常驻。

周一早上升完旗，我组织学生会的同学照完相后来到班级，凯歌老师说："你找一下王兆隆和王亩巍吧，他们打架了。"我看了一下他们，王亩巍眼睛有点红，她也看了我一眼，低下了头。我说："先让他们上课吧。"对青春期的孩子，冷处理是个不错的方式。下课后他们来到我的办公室，向我叙述"案"发时的情景。出乎意料的是，他们依然公说公有理，婆说婆有理。我想："这些孩子真够倔强的，那么坚持自我。"从他们的争执中，我明白了事情的原委——升完旗，"云姐"和王亩巍不小心碰了一下，"云姐"的水洒到了"隆哥"的桌子上。"云姐"既没有道歉，也没有及时清理水。"隆哥"就找到了新的玩闹素材，用手把水弹到"云姐"头上，一不小心弄到了王亩巍的桌子上。王亩巍让"隆哥"给擦掉，"隆哥"就是不擦水，王同学就用"隆哥"的校服擦了一下。这样矛盾就扩大了，"隆哥"看到心爱的校服被当作抹布，就生气动了手。王同学也是个女汉子，就踹了"隆哥"一脚。这时凯歌老师来了，他们停止了。既然他们还没有认识到错误，说明解决问题的时机还没有到。我接这个班级的时候就和学生强调过，班级不能出现以大欺小、以强凌弱、男生欺负女生的现象。我认为如果出现以上问题，班级凝聚力就会受到影响，班级没有了凝聚力就会是一盘散沙。我必须通过这个事情来告诉同学们班级的规章制度。

等到下午的班会课上，我把他们三个人请到讲台上，先让他们把今天上午的事情还原。他们一一叙述，比较客观地表达了出来。"孩子们，这个案子我判不了，我还是听听大家的意见吧。"下面学生们开始举手，分析事件，指出不足。"隆哥不应该动手打人！""王同学不应该用校服擦水！""云姐应该说声对不起！""导火线是云姐！"接着这三名同学也认识到了自己的错误，一一陈述，自己选择了"惩罚"方式。

其实，经过一上午的冷却，他们已经明白了谁是谁非，所以一走上讲台，他们就已经准备好承认自己的错误。我最后说："在二班，在于老师的带班信条里，男孩子绝对不能对女生动手，否则就显得太不绅士了。我们都是家人，你们也和我说过无数次'大二班'凝聚力超强，很团结，但是这次你们用实际行动说明了我们班级还存在着不和谐的音符。你们都是大孩子了，应该为自己的行为负责，在动手之前应该想到结果。冲动是魔鬼，在发火之前一定要数三个数……"苏霍姆林斯基说过："真正的教育就是自我教育。"成长中的孩子难免会犯错，他们认识到自己做错了，就是进步。知错能改，善莫大焉。

澳大利亚糖果效应

周二跑完操，我把托朋友买的澳大利亚糖果拿到教室。这是纯手工的澳大利亚糖果，我把其制作工艺简单和学生说了一下。斐然班长把糖果分给学生们。孩子们一个个伸开手，等待糖果到来。拿到糖果的男生迫不及待地放到嘴里，有的同学咯嘣咯嘣地嚼完，有的同学夸张地发出"嘶嘶"声。女生先是仔细端详，然后放入口中，慢慢品味。吃完了的同学又围着斐然要。"这是我吃过的最好吃的糖果！""我吃的这个怎么有花椒的味道？""谢谢老师！"我站在讲台上，看着孩子们开心的笑脸，我内心也充盈着甜蜜的味道。这颗小小的糖果，拉近了我和孩子们的距离。

李镇西说过，要有一颗真心，你就会做好班主任。"云姐"抄作业被我抓到，不服气，强词夺理。以暴制暴，行不通，"云姐"的脾气很火爆，要动之以情，晓之以理。"孩子，做作业、学习本来就是你们的职责，不会就问，不要抄袭，我们做人也要求真务实……"我一直轻轻地说，慢慢地，她不哭了，不闹了，听进我的话了，开始认识到自己的错误了。泰戈尔说过："不是锤的打击，而是水的载歌载舞，才使鹅卵石日臻完美。"为了孩子着想，孩子最终会明白的。

李镇西说过，常常会感动的人，才是幸福的。我最近常常被孩子们感动。小会老师说："上信息课，下课了孩子们还在认真地做自己的作品，没有一个说话的。""于老师，你得表扬一下栾路通，他在宿舍里表现可好了，他作为舍长非常的负责。"我知道路通是个负责任的好孩子，懂得感恩，我们深谈过一次，他就知道老师不容易。孩子，你的基础虽然差，但是只要抓住初二的关键期，上课认真听讲，不懂就问，一定会进步的。

英语课上，你们总是那么踊跃，效率总是那么高。我听到王老师对你们的褒奖，别提多高兴了。周五的语文早读，张老师讲《爱莲说》，吴慧贤说："作者借莲花表达自己的刚正不阿。"傅辰昊说："表达了作者不慕名利、洁身自好、不与世俗同流合污的态度。"潘宏达说："表达了作者对追名逐利、趋炎附势的鄙弃。"王兆隆说："歌颂了君子'出淤泥而不染，濯清涟而不妖'的美德。"王宙巍说："表达了作者不与世俗同流合污的高尚情操。"同学们妙语连珠的回答，再次感动了我。

让我感动的还有周五的分层家长会，每到周五必定大堵车，但家长没有一个请假的。我们把孩子在学校的表现向各位家长一一叙述，他们一个劲地说："老师你们真辛苦，您看哪里还需要我们家长合作，您尽管说，我们一定配合老师的工作。"雷俊骁妈妈说了自己孩子升入初二的变化，喜忧参半，希望孩子能在关键期得到各位老师的帮助。吴慧贤妈妈说到孩子最近在学校很委屈，希望老师看到孩子的进步，有时间表扬一下孩子。我也和家长们说："因为孩子是优秀的，老师对优秀的孩子会更严格要求，希望家长能理解，并且做好孩子的思想工作，因为爱，才有责备。"傅辰昊、潘鸿达、韩延圳的家长，一直要求老师严格要求，让孩子顺利完成初中学业。我通过和家长交流，也更加全面地了解了孩子，让他们懂得感恩，知道父母的不容易。

为了庆祝国庆，我们班级还进行了"拼图比赛"和"对国旗宣誓"的活动。丰富孩子的学校生活，没有活动就没有班级，在活动中再次凝心聚力。

图7　拼图比赛

图8　对国旗宣誓

看到孩子慢慢地发生变化，我真的很感动。在孩子们成长的关键期，我们相遇，也是一种缘分，珍惜此生之缘，尽吾力，圆其梦。

第五周

正强化，让他迷途知返

国庆放假，我徜徉在乡间小路，缕缕清风，袅袅炊烟，很享受这样的美景。思绪随风辗转，我当班主任已经有十四个年头了，期间送了五届学生，中途接过两次班。中途接班，对班主任老师来说是巨大的挑战。俗话说"人是旧的好，衣是新的好"，孩子们刚开始是用挑剔的眼光审视新班主任的，他们会拿新班主任的缺点与老班主任的优点相比较。但人又是感情动物，我相信只要我对孩子们真诚，就会赢得真诚。我想到了在我的努力下慢慢改变的小C，时间回到五年前。

初中的孩子进入了被称为人生的"第二次诞生"的青春期。他们青春飞扬，活泼好动，在思索中成长，同时也开始变得复杂、矛盾、自尊、逆反。青春期的他们，时而"激情澎湃"，时而"忧心忡忡"，时而"标新立异"，时而"唯我独尊"，时而"举世皆浊我独醒"，时而"愤世嫉俗"。面对情绪化、叛逆、躁动的个性鲜明的学生，我们要学会欣赏、肯定、表扬，不断地进行正强化，让他们收获不一样的青春。

升入中学，学生学习的难度大、任务重，学习压力和升学压力增加，不同层次的学生也日益分化。有的学生如果及时地拉他一把，也许就是对他一生的改变。让我记忆犹新的还是小C事件。小C同学有点内向，有思想，擅长理科，是一个在各方面都积极进步的孩子。开学初，我却发现了他一系列的异常，他的暑假作业没有做，学案也是经常丢，物理老师多次向我反映他上课经常走神，数学作业经常是没有过程只有结果。我还发现他经常和迷恋网络游戏的同学形影不离。再看他的精神风貌，萎靡不振，特别的懒散。我的心里很着急，他可是我们班的领头羊啊！课下我和他进行谈心，并通过其他的渠道找到了症结。他暑假大部分时间沉溺在网络世界里，玩游戏，看小说。课下及上学、放学的路上也经常和其他的学生在一块聊游戏，他迷恋的游戏是"地下城"，玩到了64级。了解到他的情况后我心急如焚，初三是人生中的关键时期，我想让他把主要的心思放到学习上，不想让他再蹉跎岁月了。怎么办？我在心里反复地问自己，我坚信"办法总比问题多"。和他谈过几次，效果也不明显，感觉他对我有戒备心理，有点敌视。有时候真的想放弃，放弃一个人太简单了。我看到了一篇《天性》的文章：一个印度人看见一只蝎子掉进水中团团转，他当即就决定帮助它，他把它捞上来时，蝎子猛然蜇了他。但这个人还想救它，他再次伸出手想把它捞出水面，但蝎子再次蜇了他。一个人问："它这么蜇你，你还救它？"印度人说："蜇人是蝎子的天性，爱是我的天性，怎么能因为蝎子蜇人的天性而放弃我爱的天性呢？"他就是处在青春期的那只蝎子，我要让他感觉到老师对他的关心。他好比是铁盒子，不是要你去一拳砸扁他，而是要你用心去找到那对号的钥匙。了解每个孩子的特点是找到钥匙的前提，针对这些特点，要积极地进行正确的引导。我和他妈妈进行了一次长谈，并制订了我们的计划。

计划的总方针就是不断地进行正强化，避其问题，迂回解决，转移他的注意力。

一是：带光环。我和他进行了谈话："小C你是一位品学兼优的学生，学校也把你列为重点培养学生，你如果努力，考上重点高中是没有问题的。好好统筹一下时间，希望你把所有的心思放在学习上，不要辜负学校、老师、父母的期望。"紧接着我又动之以情晓之以理："初一到初二我见证了你的成长，英语进步很大，数理化是你的强项。你的目标也很明确，就是考入市里的重点高中。这也是很多同龄人很难具备的素质，好好努力，你一定会梦想成功的。"

二是：打配合。小C的妈妈也非常配合老师的工作，孩子回到家，她就说："你班主任给我打电话说了，虽然你现在状态不太好，但你只要及时调整，考重点高中没有问题。"家校双方互相配合进行积极的正面引导，感觉孩子的状态有点好转。我又找到各任课老师，只要小C有进步就及时进行表扬，让他们多关注孩子的思想动态。

三是：拆同党。他是走读的学生，自由支配的时间较多，和其他走读生谈论游戏的时间也很充裕。青春期的孩子最容易受到同辈群体的影响，你要让他远离那些学生，不能直白地告诉他："别和某某在一起，他影响你的学习。"这样说负面效果很明显，人的潜意识里会拒绝，会说"不"。如果让孩子洞察到你的用心——让他远离他的朋友，他会对老师失去信任。只有迂回出击了。通过做他的思想工作，让他晚上在学校吃饭、上晚修，慢慢地，他就和那些迷恋网游的学生疏远了。这样就迂回解决了不良同伴的干扰。

四是：赞进步。在任课老师的关怀和鼓励下，他慢慢地回到正轨，在期中考试中取得了班级前四名的好成绩，其中物理考了68分（满分70），是年级第一。我在班里大张旗鼓地表扬他，让他重拾了自信心。我听语文老师说，他周五利用坐公交车的时间背诵《鱼我所欲也》，不熟练的地方请老师及时提示，等到下车的时候就背过全文了。看到他自信的笑容浮现在脸上，我的心不再那么忐忑了。

五是：找价值。他的状态比以前好了，但有时周末的作业情况仍然很糟糕。我和她妈妈通话后，知道他周末主要是在自己房间里，锁着门上网。我和他妈妈商定，把他周末的时间给他调整了一下：上两个小时的辅导班，做力所能及的家务，给弟弟妹妹进行有偿辅导。这样就分散了他的精力，他的长处得到了发挥，价值也得到了肯定。这样反反复复进行了一系列的较量，他的状态越来越好。正好学校发展一批团员，我鼓励他参加考试，他也精心地准备着，积极参加团校学习，最后成为了一名团员。我在班级说："希望我们班级的新团员以更高的标准要求自己，在各方面都能起到表率作用。"他那坚定的目光让我看到了希望。

六是：梦成真。还有几个月就中考了，学生们的复习也进入到了白热化的阶段。小C的妈妈给我打来电话说，孩子让她别交网费了，他要潜心学习。一模，二模，三模，每次成绩都有提高，抓住每一个机会进行客观的表扬，我感觉到他的自信心是满满的。终于迎来了六月，最后一门考试结束了，他紧紧地抱着我说："老师你放心，等我好消息。"结果是在意料之中的，他考上了自己心仪的高中。

看到小C的成功，我很欣慰。青春期的学生处在人生的拐点，出现或多或少的问题时，教师要与他们多谈心，做思想工作要本着有理、有利、有节的原则，要避其锋芒、迂回解决，不断地进行正强化，让他们迷途知返、学有所获。

这就是我和小C的故事。

我现在新接的"大二班"也有这样的潜力股，我希望他们经过两年的打磨也能有新的收获。

第六周

收心考试

金色十月，瓜果飘香。国庆期间，我回到家乡，看到了金灿灿的玉米，听到了拖拉机耕地的轰鸣声，闻到了土地散发出来的味道，我和家人一起享受着丰收的喜悦。又约三五好友走进农家小院，叙叙家常，漫天杂谈，"无丝竹之乱耳，无案牍之劳形"，内心很是安宁。

静谧的夜空，繁星点点；宁静的夜晚，入床即眠。调皮的你们还是来到了我的梦里。我一会儿给你们发作业，一会儿给你们开班会，一会儿陪你们吃饭，一会儿和你们谈心。我想你们了，对吧，孩子们。

假期结束后，我们进行月考。同学们的精神状态不错，纪律良好。老师们连夜批卷，誊分数，第二天成绩出炉了。这次考试，我看到了孩子们的进步，考试优秀的学生有：侯博、傅辰昊、祝宸辉、吴慧贤、易露佳、严子颉、张然、刘洪都、王亩巍、王梓业柠。考试有很大进步的有：张彪、刘洪都、王彤彤、孔令超、李泽华、王裕婷、李鑫洁、石雯菲、潘鸿达、吴昊。学习态度明显转变的有：房宏运、吴昊、张馨月、李斐然。Miss王加班加点看试卷，接着进行了试卷分析："孩子们，试卷发下来，接着进行讲评是最有效的，我们的平均成绩比原来有很大进步。Miss王不会放弃任何一个孩子，我会尽全力帮助每个孩子……"数学老师凯歌也进行了试卷分析："虽然我们的高分还不是很多，但是让我很欣喜的是看到学习暂时落后的孩子的进步，说明你们用心了，说明我们的日日清起作用了，希望大家坚持下去，把功夫下在平时……"整节课凯歌老师细致地讲解了错题并特别强调解题步骤要完整，书写要规范，要注重细节。讲题过程中，凯歌老师不断进行学习习惯、行为习惯的强化。"请抬头""看黑板"，凯歌老师一遍遍地提醒着同学们。凯歌老师还进行了针对性的扩展。孩子们听课也很认真，积极踊跃地发言。据我观察，个别孩子缺乏认真思考，在一知半解的情况下就举手发言。课下我也和这些孩子进行了交流：数学是逻辑性很强的学科，先思考，再回答，不要在一知半解的情况下就急于表现。下午，我和孩子们进行了试卷分析。每个孩子的小心脏都震动了一下，每个孩子都知道了自己在班级中的位置。然后我又把月考成绩和期末成绩作了对比。公布成绩后，我和同学们一起查找成绩不好背后的原因："是不是学习态度不够端正？学习方法有没有问题？是不是没有注重细节？书写是不是规范？这只是一次月考，是对你这一个月学习成绩的检测。但同时，这也是一个新的起点。如果你认为考得不理想，请积极调整状态，不要自怨自艾；如果你认为考得还可以，抬头看看侯博、祝宸辉、易露佳、王亩巍等同学是怎么努力的。比你优秀的人都在努力，你还有什么理由不去努力。初二就是初中三年中最最关键的一年。昨天我们刚开了初三分析会，初三有几个学哥学姐认识到学习的重要性了，想发愤了，但却遇到了困难，因为他们在初二没有好好学习，没有打好基础，新知识叠加旧知识，遇到综合题的时候就遇到困难了。他们现在后悔了，可是过去的时间我们还能重新来过吗？"接着我又讲了2009级毕业的两位学哥的故事，这两位学哥就是在初二奋起，最终一个考上了实验中学，一个考上了附中，今年又以优异的成绩考上了理想的大学。

孩子们喜欢听学哥学姐的故事，这也算借力教育学生吧。我在帮助学生成长的时候，喜欢借力。我分析完成绩，然后实习老师霍雨佳和孩子们交流了一下。他们毕竟年龄差距小，很多事情能够感同身受。

从开学到现在，我和大家整整相处了一个月，刚来的时候一直在听其他老师说二班怎么怎么不好，但是这一个月的时间大家让我真正理解了那句"如果你有眼睛就不要用耳朵了解我"。在我眼里看到的大家是在不断地进步，相信大家自己也有感受。

其余的话不多说，今天在这里我和大家分享三句话，是一直给我鼓励、提醒我的三句话。

第一句：所有的老师都在跟你们说当你跌到谷底的时候，朝哪儿走都是进步。但是大家想一想，当你真正跌到谷底的时候，朝哪儿走都是上坡路，上坡路是那么容易走的吗？更何况，现在我们班的学生不是真正的在谷底，你是真的想等你跌到谷底的时候，重新走一遍你曾经好不容易走过的路吗？

第二句：不管什么时候开始，重要的是开始后不要停止；不管什么时候结束，重要的是结束后不要后悔。你们总要做点什么事情吧，因为你们还要回忆啊。我希望我们班所有的学生在未来回忆起来都说"还好我当年怎么怎么样"，而不是"为什么我当年没有怎么怎么样"。当你意识到为时已晚的时候恰恰是最早的时候。当年的我就是在初二这最重要的一年里没有抓住机会，英语从八九十分一下子降到五十分左右，在初三的时候像高三那样拼了一次。那时候面临着中考的压力和荒废初二的悔意，狠狠地逼了自己一把，最后成功了。现在的大家比我那个时候整整早了一年，还有什么好害怕的呢？

第三句：拼命地玩和玩命地拼。这是我初中班主任告诉我的一句话，对你们而言，初一的时候你们拼命地玩，落下了好多功课，那么在初二和初三两年里你就要玩命地拼，为你曾经的不努力买账。你想超越别人，那你怎样才能超越别人呢？你上课认真听讲，别人也在认真听讲；你做了一道数学题并且举一反三，别人也做了一道数学题也能举一反三。你努力别人也在努力，那你凭什么超越人家？你只有在别人玩的时候你在学，别人在做其他的事情的时候你在学，这样你才能赶上并超越别人啊。

最后很重要的一点是——反思。不管老师说多少，说得多么天花乱坠，你左耳朵进右耳朵出，还是什么作用都没有啊。前段时间谢娜发了一条微博，她说："不要感谢那些伤害你的人，他们并没有让你成长，真正让你成长的是被伤害之后你的反思。"她强调了自身思考的重要性，只有真正在自己的反思中你才能知道你想要的是什么，你要做什么。希望大家能够认真想想每一次老师的唠叨。

是的，对这群可爱的孩子，我们只能去正面引导，要多多鼓励，要相信孩子。

迟到的生日祝福

10月10日是张馨元的生日，班长斐然来问我："老班，馨元想带蛋糕到学校，可以吗？"我说："可以，但是有一条，吃蛋糕的时候，不能把奶油抹到同学的脸上、身上，注意保持楼道卫生，我们不能给别人添麻烦。"这一天，由于堵车，馨元妈妈一时半会儿没有到校，我着急去教研，又不太放心孩子们：如果让孩子们自己支配这个蛋糕，会不会影响到晚自习的纪律，会不会影响学生学习，会不会给辅导员增加麻烦。最后我决定如果馨元妈妈送蛋糕来，先放到我办公室，等第二天一起分享，可是我担心馨元会不开心的。再三权衡后，我还是决定这么做。晚上果然不出我所料，孩子们不开心，一部分女生很不高兴。中午，我把蛋糕带到教室，对馨元说："生日快乐！老师昨天替你保管蛋糕，是为了今天给你戴上寿星帽。"我郑重地给馨元戴上了寿星帽，她会心地笑了。接下来我们一起给馨元唱了生日歌。她最好的朋友王子说："今天是我们认识的第411天，希望在今后的日子里，我们能互帮互助，一直在一起。"她的好朋友们一一送上祝福："好好学习，实现自己的梦想！"最后，我们一起分享了蛋糕。我还让孩子们把蛋糕送给了任课老师，让孩子们知道感恩。整个生日虽然有缺憾，但很开心。谢谢张馨元妈妈带给我们的快乐。

图9 小寿星馨元

其实，我还是对孩子们不够信任，我担心如果让他们自己支配这个蛋糕，他们会把教室弄得一片狼藉，我可能会遭到领导的批评。我把孩子们再一次放到我的翅膀底下，让孩子们丧失了一次成长的机会。这值得我反思！

自习课事件

教育专家说过，教育者要培养孩子的两个能力——主动性、自控力。"大二班"在之前纪律比较涣散，主动性、自控力都很差。接班后，我想着重点培养孩子们这方面的能力。孩子们真实的表现，是老班不在场的时候。

周五晚自习（开学的第二天）九点以后是读书时间，纪律不好，很多同学说话，尤其是韩延圳，辅导员多次提醒后，还是管不住自己。最让我伤心的是斐然（"大二班"班长）、宏运（我欣赏的纪律委员）也参与了说话。我用了半个小时的时间和他们交流，动之以情，晓之以理，"斐然你知道妈妈对你的期待和关心吗？妈妈每次都和我说你很懂事，她很少批评你，但是现在很着急你的学习……""宏运，你是个男子汉，你知道你在这里上了快八年学了，你花了爸爸妈妈多少血汗钱？妈妈爸爸做生意也不容易……"斐然哭了，宏运低下了头，韩同学想让我给他一次机会。隆哥，胖胖的，喜欢地理，自制力几乎为零，最大的特点就是爱说，还喜欢顶撞老师，曾经把我们学校的美女老师气哭过。纪律，离他很遥远。刚开始和他谈话，他不以为然。当我说到："如果有一天，你没有机会在这里上学了，你怎么办？""我不想给我爹丢人！"谈到动情处，男孩子也落泪了。我一直认为他是位孝顺的孩子，也是一位犯了错误的好孩子。这个孩子品质好，比较讲义气，就是意志力不行。除了让他写个小目标，还得需要老师持续关注和跟进。

每天的日日清是必须要进行的，孩子活动的时间就少了，针对日日清我们还制定了相应的规定，必须是每个组都通过了才能自由活动。但是每个组都有几个稍微慢一点的同学。严子颉这时坐不住了："老师，我日日清过了，可以去打篮球了吗？给组长背了。""默写一遍！""我也默写完了！"接着就把本子递给了我。"再默写一遍！""我就不默写，我已经默写完了！""不行，我要亲眼看到你默写！"他很不高兴，闹情绪。"反正我写了，我想打篮球。"我调整了一下情绪，说："帅哥，我不打你，也不骂你，我不急、不气，就在原地等你默写完，要不你走哪我去哪，先处理情绪，再处理事情，你也不要生气……"最后我采取了折衷的方法，我说上句，他写下句。默写完后，自己检查出了错误。李鑫和同学也闹了点不愉快，最后在房宏运、斐然、吴慧贤、王泽坤的帮助下解决了。

情商高的少年

今天上午第一节课是英语公开课，因为开会，我没有听全，只听了最后5分钟，但眼睛湿润了好几次。作为班主任老师，我常常被孩子们小小的感动打湿双眼。我坐在班级教室最后面，看到孩子们高高地举起自己的手，我仿佛看到了孩子们满脸的自信。孩子积极地走上台，非常流畅地读着自己的作文。当英语老师王老师让孩子评价老师的时候，斐然用非常流畅的英语说，Active，I love you！我的眼睛立即湿润了，因为那是孩子发自肺腑的对老师的评价，对老师的爱，多么懂得感恩的孩子。听完课还没有来得及给王老师拥抱，另一位英语老师说，我们班级的孩子潜力无穷，可塑性强，表现得很好。回到教室，物理老师魏老师说，孩子们昨天晚上表现得非常好。看到孩子们一点一滴的进步，我真的很感动，比自己的孩子进步还要高兴百倍。今天中午，我邀请了五位家长到校，一位家长请假，其余按时到达，我们也进行了细致的交流。家长说的最多的话是，感谢老师，把孩子交给我们学校、我们老师，他们很放心。我说到孩子的进步，有的家长都哭了。教育孩子一定要形成合力，老师、家长、学生三位一体。

每天面对成长中的孩子们，面对他们的状况，我想我做到了不急、不气，用牵着蜗牛散步的心态来和孩子们一起走。他们毕竟是孩子，我也深深体会到，挽救一个孩子，改变一个孩子需要我们的坚持。青春期孩子最大的特点就是反复性，班主任的工作就是反复抓、抓反复，要和他们多谈心，多走心，多理解孩子。他们成长中出现问题、需要我们帮助的时候，我们一定要学会共情，换位思考，及时支招。为师者，放弃一个孩子，太简单，可是作为老师，每个人都会说不，都会选择坚持。其实，作为老师我们不仅要关心学生的学习，更要关注孩子的身心健康，让孩子学会做人、做事。

落日余晖洒满操场，看着孩子们矫健的身影，听着他们嘹亮的口号，看着他们灿烂的笑容，我的每一天都充满着青春的味道。每天和他们在一起，记录他们成长的点点滴滴，我感觉很幸福，很有意义。

第七周

2015年10月20日　星期二　天气：晴

与曲阜有约

每天和孩子们一起沐浴在秋日的阳光中，很温暖，很幸福！

向窗外望去，树叶渐渐泛黄，仿佛在诉说这个收获季节里的故事。凉爽的风儿飘进窗户，很舒服，任思绪飘很远。

今年秋天对我来说真是个硕果累累的季节，因为我收获了39个孩子，也拥有了再一次和青春同行的机会。

本周对我和孩子们来说是一个挑战，我相信他们能顺利度过丰富多彩的一周。周一的班会课上，我和孩子们一起制订了目标，在制订目标之前，我们一起做了《贴嘴巴》的游戏。孩子们知道制订目标的重要性，有了目标才能有方向。我又讲了《摘苹果》《我的目标》的故事，孩子们知道制订目标要具体，要有可行性，要有一定的高度。他们都认真地制订了自己的期中考试目标、读书目标。周二晚上我看自习，晚自习期间，我要外出值班两次，我说："老师有工作，要耽误一会儿时间，我向你们请一会儿假，可以吗？能让我放心去工作吗？"同学们异口同声地说："老师你放心吧！"从他们真挚的眼神中，我能看到孩子们对我的理解。我向他们竖起了大拇指。我轻轻推门出去检查学校晚自习，之后，我怕影响孩子们学习，蹑手蹑脚地回到教室，我发现我多虑了，孩子们专心学习，完全无视我的进出。我也很欣慰孩子们的自律意识越来越强了，如果学习效率提高了就更好了。老师敢于向孩子求助，是在培养孩子的责任心。

作为去曲阜参观三孔计划的一部分，周二、周三我们一直在背诵《论语》十六则，大部分同学能顺利背诵，还有部分同学没有背过。周二下午七、八年级五个班在中学楼前进行了背诵。我们班没有得到表扬，我们背诵的时候语速太快了，以至于影响了整个背诵的节奏。集体背诵完后，我们回到教室，我明显地感觉到同学们的情绪，也收到个别学生发出的信号"不想去了"。我说："孩子们，去曲阜参观三孔是我们去年的计划，因为有各种各样的原因，我们没能去成。今年，学校提出申请，集团批准了。也足以看出学校对你们的重视。读万卷书，行万里路。我在高一的时候去过曲阜，想到那次旅行，就想到我那些同学，还有我的青春岁月。有人说过，怀念一个地方，不是因为那里的风景，而是因为那里的人。你和你的同学一起去旅行，多年后，仍会想起这次有意义的旅行……"学生们静静地听着，慢慢地没有那么多抵触情绪了。

周四，我们一起开启了快乐的旅行。窗外，城市、田野、高山慢慢后退。车内，导游在详细地讲解曲阜的风土人情。"鲁城中有阜，委曲长七八里，故名曲阜。"曲阜的历史很悠久，曾是六个国都所在地。同学们满是欢喜，导游激情介绍。导游想让班级同学表演节目，数次无果，男神根本不接茬。颜值比较高的两位同学刘洪都、严子颉走上前，唱了两句《两只老虎》，无厘头的唱法也给旅途带去了欢歌笑语。因为有孩子们的陪伴，两个小时的路程也不觉漫长。

利用活动提高学生的自制力，利用活动锻炼班委的管理能力。事前，我安排了本次活动的负责人，主要是李斐然、张馨月、刘洪都、房宏运、张文荟。下车后，斐然迅速让同学站好队，组长一一报人数。我们首先游览的是孔庙。导游详细地介绍了孔庙的古建筑群，大部分是在明清时期修建的，最早的是在宋朝修建的，这也是我国数一数二的古建筑群。每个庙宇，每个石碑，都镌刻着一段历史，一段故事。金声玉振，玉字中的点为什么写在中间，体现了古代人的中庸思想，不偏不倚。看到古老的龙树和凤树，了解了龙凤呈祥的传说。看到古代的建筑，知道了勾心斗角的由来。我们一起欣赏了庄重的祭孔仪式，随后同学们在大成殿背诵《论语》十六则，引起游人驻足观看。接着，我们参观了孔府，看到了"衍圣公"肃穆的办公现场，也参观了孔家的内府。我们还了解到孔家第77代孙孔德成的故事。孔子在世虽然颠沛流离，但是他的子孙享尽了荣华富贵。学生也一路唏嘘孔子后人地位的显赫，各种爵位——紫禁城骑马、太子太保、钦差大臣等。最后，我们参观了孔庙，知道了"子贡手植楷"背后的故事。我们还知道了孔子墓的秘密，目睹了携子抱孙的布局。在游览的过程中，同学们认真记笔记，触摸古树，仔细观察，只要是用心的同学都是有收获的。

图10　大成殿前诵读《论语》

图11　祭孔仪式

图12　五槐柏树旁留念

回到学校已经将近五点，同学们记下作业就回家了。值日生自觉地做值日，林今天把黑板擦得铮亮。张馨元和王裕婷拖地、倒垃圾、浇花，这两位同学是最晚离开教室的。

月考VIP分析

月考结束后，学生们在成长日记本上写了月考试卷分析，孩子们分析得比较细致，我也一一批改、留言。

刘乃宇：看到你的成绩，我大跌眼镜。你的妈妈说了好几次"没有想到考这么差……"在交流的过程中妈妈泣不成声，我想妈妈的泪水里有失望和无助。孩子，你在我心中和祝宸辉一样完美，但从最近的一些细节，我看到你内心的不安静。收收心，继续静心，我相信你会进步的。行动是成功的阶梯，行动越多，收获越多。

吴慧贤：解决问题的是能静心思考的人，相信你这么聪慧的女孩子只要努力，就一定会成功的。送你一句话：静能生慧。

张馨月：馨月，你是一位责任感特别强的女孩子，在学习上你也有使命感。学习是你自己的事情，老师、家长只能为你的学习助力。当一个小小的心念变成行动时，便形成了习惯，从而形成性格，而性格将决定你一生的成败。希望你、然、荟组成最强的挑战者联盟，挑战自我，挑战成功。老师和家人等你成功归来。

万瑜函：万同学，这份试卷分析是你静下心来认真写的吗？你是班级的大管家，我安排给你的工作，你都完成得很完美。但是在学习上，我很替你着急。学习不只是做作业，更重要的是思考。我建议，你在做作业之前先复习教材，把知识理解透彻再动笔写作业。对于英语这门课，你先准备个迷你单词本，每天积累一点点，你会有收获的。

吴昊：你是老师眼中的潜力股。我一直看好你，初二是潜力被挖掘的关键期，试试看，能否全身心地投入到学习中。我们行驶在中考的列车上，人只有一心一意赴前程才会看到最美的风景。无论知识多么卓著，如果缺乏热情，则无异于纸上画饼，无济于事。

李泽华：学的时候拼命地学，玩的时候玩命地玩，我总感觉你潜力无限。哪里出了问题呢？是态度的原因？还是方法的原因？你给自己定目标，接下来就努力奔跑吧！学习路上，充满荆棘，你准备好了吗？如果要挖井，就要挖到出水为止！

张彪：你的成绩和你平时的表现不成正比，你是公认的班级前十五名的学生，你要在英语上多下功夫，数学是你的强科，要认真地对待。记住：高峰只对攀登的而不是仰望的人来说才有真正意义。

张文荟：勤奋是成功之母，除了勤奋，最重要的还是要静下心来，静能致远。如果有时间就多阅读，广泛涉猎知识，让自己的内心充盈起来。

张然：生活没有彩排，都是现场直播。张然，你这学期精神状态不错，心态平稳，也越来越乐观，希望你抓住关键期，争取更大进步。

祝宸辉：语文、英语成绩暂时不理想，说明你有足够的进步空间，这两门功课不理想的原因是懒惰。在学习这条路上行进一定要有的一个朋友就是勤奋。我送你一句话：勤能补拙是良训，一分辛苦一分才。初二的关键性不言而喻，需要你的百倍付出，我同样也对你充满期待。

房宏运：你是一名可塑性非常强的学生，升入八年级后我看到了你内心的笃定，你也做好了拼搏的准备，这些让我很欣慰。我会无条件地支持你的。加油！男儿有志在四方，既然选择了开始就永远不要放弃。

李晓宇：本学期我遇到一个叫小宇的乖乖女，我感觉很幸福。良好的开端是成功的一半，开学初期你表现比较好，学习是一项大工程，要苦中作乐，还要持之以恒，文科要多读多背，数学要注重理解，做针对练习。要学会科学地利用时间，认真听讲。

侯博：原来安静的外表下也有一颗"求静"的心，你是班级学习的标杆。宁静致远，如何让自己静下来，有两种方法：运动时尽情运动，宣泄过多的情绪；练字，买一本字帖，一个人的觉醒是从练字开始的，练字就是练心。毛泽东曾经在闹巷中读书，而侯博可以吗？

王裕婷：能够找到自己的短板，了不起。数学要充分利用错题本，每错必整理，坚持下来，一定会有收获的。

潘鸿达：帅哥，你字写得不错，分析得也较认真，送你两句话：耐心和持久胜过激烈和狂热。真正的学者就像田野里的麦穗，麦穗空空的时候，它总是长得很挺，高傲地昂起头；麦穗饱满而成熟的时候，它总是表现出一副温顺的样子，低垂着脑袋。

王梓业柠：兴趣+责任+努力+动力=成功。我一直很欣赏你，你口才好，言在当言处；你才思敏捷，你有追求。只要开始了就不要停下。你还没有认真分析你最有潜力的学科——数学，记住我们的约定，让"改错"进行到底。

石雯菲：你对月考成绩进行了细致入微的分析，为你点赞。雯菲，你是位有思想的女孩子，我希望你将来可以接受更好的教育，所以你需要加倍努力了。人的才华就如海绵里的水，没有用力挤压，它是绝对流不出来的。

刘洪都：自信，是成功的开始。洪都，你进入初二以来，越来越懂事了，我感觉到了你的进步。记住做一个把责任放到肩上的男子汉，只要努力，机会就会属于你。

严子颉：泰山不拒细壤，故能成就其高；江海不择细流，故能成就其深。细节决定成败，只有过程的细致入微，才有结果的完美无暇，学习过程比结果更重要。试试看，上课前20分钟更专注一些，课堂小结的时候认真倾听。开学以来你种种的进步我都记在心中了。忘了告诉你，今天中午你和候博、祝宸辉讨论问题的样子，是那么美。

斐然：不要怕困难，方法总会有的。尝试着喜欢上数学，它也会喜欢你的。我最赞同你的一点是，静下心来，负重前行。

王亩巍：这只是一次月考，相信你会很快调整好状态，以更高的热忱投入到学习中。多思，多记，多练，多读。

看到孩子们写的考试分析，我想到了一首诗："力学如力耕，勤惰尔自知。但使书种多，会有岁稔时。"是的，孩子们，你们正处锦瑟年华，但是青春不能肆无忌惮地挥霍。流年匆匆，珍惜这一段美好的韶光，努力从现在开始。遇见，从此不同！

第八周

班会课

　　碧云高天，黄叶落地，秋色连波，斜阳落入水中，在清风明月中打开一轴秋水长天的画卷。勃勃生机的冬青、高高挂在枝头的黄色柿子，还有红于二月花的枫叶、五颜六色的菊花。是啊，经过多情的春，蓬勃的夏，株株植物更有味道了，也隐约可见它们傲霜的风骨。就像今天少不更事的孩子们，他们需要走过四季，品尝酸甜苦辣，才能慢慢长大。

　　每周的周周清，孩子们已经养成了习惯，周一到校的第一件事情就是小检测，重基础，重落实，从开学到现在，每周必须进行。现在很多孩子已经感觉到周周清带来的福音了。要特别表扬刘乃宇，分层家长会后，孩子调整了学习状态，紧跟同桌祝宸辉的步伐，学习态度比以前端正了，成绩也有了起色。当然，每次考试也有一部分同学没有达到我们约定的分数线，我也采取了一定措施。在语文单元测试中，严子颉、刘洪都、潘鸿达、侯博基础知识失分太多，我和张艳老师也已沟通过，注意通过谈话解决问题。我认为在整个教育过程中，学习是关键，只要抓住学习就抓住了根本，孩子就会慢慢转变，成绩也会慢慢地提高。

　　育人是教育的起点和方向，为了让每一节班会都有时效性，让每个孩子都能健康、阳光地成长，我们在张芳副校长的带领下组成初中班会课程团队，编订了符合初中生身心发展的班会教材。10月19日我们进行了第一讲，我和凯歌老师选的题目是《小青春，大班级》（凯歌老师设计）。我和孩子们一起回忆了初一的点点滴滴，初一的军训、行为规范学习、明湖购书、运动会等各种活动，他们看到原来的自己，唏嘘一片，他们也看到了自己成长的印迹。

一年了，我们从最初的互不相识到现在的团结一心。一年了，日历又翻完了一册，记忆却永远珍藏在心里。一年了，我们携手走过了三分之一的初中生活，成长了不少。是啊，流年真的匆匆，就在此时，我仿佛才闻过晨起时淡淡的花香，可窗外已近黄昏，我仿佛闻到了斜阳的味道。孩子们，年少的你们就用这绚丽的晚霞织就锦绣的梦吧。今天，让我们一起为我们的二班祝福！然后，我向孩子们展示了三个案例：

（一）【你最后悔什么？】某杂志对全国60岁以上的老人进行抽样调查：

第1名：75％的人后悔年轻时努力不够，导致一事无成；

第2名：70％的人后悔在年轻的时候选错了职业；

第3名：62％的人后悔对子女教育不当。

（二）15岁觉得游泳难，放弃游泳，到18岁遇到一个你喜欢的人约你去游泳，你只好说"我不会耶"。18岁觉得英文难，放弃英文，28岁出现一个很棒但要会英文的工作，你只好说"我不会耶"。人生前期越嫌麻烦，越懒得学，后来就越可能错过让你动心的人和事，错过新风景。——蔡康永

（三）周春生：进入常州无线电学校这个中专后，发现学习内容不能满足求知欲望，因此就自学高中课程及大学数学。他暗自定下目标——考上北大数学系研究生。1985年，年仅19岁的他直接从中专考入了北大，成为北大的一名研究生。之后的路越走越顺，北大毕业后他拿到普林斯顿大学的金融博士学位。现为长江商学院金融学教授。

同学们以小组为单位积极讨论，王子说到：只要选择了目标，就不要轻易放弃；王亩巍说：只要努力，一切皆有可能；严子颉说：与人合作与沟通很重要；易露佳说：青春路上有荆棘，但是我们不怕，因为有最爱的人陪伴我们左右……班会的最终落脚点是：初二我们该如何度过？我和孩子们总结了三点：

（一）排除外部干扰因素，静心学习。

（二）学习三部曲：提前完成预习；课内重视听讲；课后及时复习。

（三）先处理情绪，再处理事情。学会倾诉，正确树立目标，多读书。

"初二之关键，我已经说了很多次，大部分同学已经积极行动起来，部分同学已经做出了样子，真心希望同学们外显于行，内化于心。我们的青春时代没有太多的光阴让我们虚度，更没有多少年华让我们随意蹉跎。努力，从现在开始还不晚。"

对于我们班状况常常不断的学生，如隆哥，我采取的是软磨的方式，让他当我的贴身助手，效果也不错。大课间，我看着女生一起跳绳，轻盈的身体，爽朗的笑声，或是八字跳绳，或是跳大绳，在锻炼身体的同时也增进了同学们之间的友谊。

教育是一种克制

本周除了日常工作，还有两件事情让我记忆犹新。第一件是傅辰昊事件。周二某节课，纪律有些散漫，与孩子们交流后，找到了问题比较突出的五名同学：李鑫、王兆隆、韩延圳、张馨元、傅辰昊。前四名同学认识到了自己的错误，就是自制力差，他们也一一保证以后认真听讲。傅辰昊同学说："老师，还有很多人说话，我敢于站起来，说明我是光明磊落的，他们不敢站起来说明他们不敢于承担。""你是真男子汉，敢做敢当，他们的问题我会调查解决，你先说说你的问题。人，都有一个通病，就是看自己内心太少，看别人世界太多。你为什么不听课？""我听了！""你说话了吗？""我说了，但是我听课了，你刚才是说我没听课。""你影响到别人听课了。""没有，我在给同位讲题。""讲的哪个题？""不知道。"再往后不管问他什么他都回答不知道，沟通很难进行下去了。"傅辰昊，你很优秀，但是我认为你要先学会和人沟通。""老师，你找我沟通，我们沟通进行不下去，是两个人的问题，不只是我的问题。"我再次无话可说。我在心里默默地想，这个孩子反应如此之快，说的也有一定道理。他很聪明，反应很快，稍不注意就会被他带到死胡同里。他是南方人，思维非常缜密，读了海量的书，我推荐他读《南渡北归》，希望将来的他成为大师级的人物。同时，我也感觉到我的师者尊严受到了挑战，我遇到了对手。心中有些着急，真想给他一巴掌。"如果问题解决不了，就先放一下，总有解决问题的方法。"张校长的话萦绕在我的耳边。我深吸一口气，说："孩子，我们去吃饭吧。"走出办公室，我们的心情都放松了，他的心理防线也慢慢放下了。我们一边走一边说，我转移了话题，也了解到了他的从前。谈到他的小时候，幼儿园在济南上，换了好几所学校，小学在浙江上的，一直都是爷爷奶奶带着。初中转到齐鲁学校，已经适应了学校的生活。他佩服爸爸的生意头脑，但是他不想做商人。问到他想做什么，他说没有想好。晚餐的时间很短，他是南方人，不喜欢吃馒头，从这些细节中我也了解到南北文化的差异。忽然，我找到了我们问题的症结。我只是想把这个事情处理完，让他认识到错误，进一步改正，但我有些着急。我只注重方向，没有注重细节，孩子是很注重细节的。饭后，我们围着操场转了一圈，继续闲聊。但是我知道，我还没有走进他的内心世界。

周四，大课间，云姐哭着到办公室找我。事情的大概是这样的，云姐不小心碰到了馨月，馨月哭了。傅辰昊同学说了云姐一句，本来云姐就委屈，傅同学又来干涉，所以他们两个吵了几句。二进宫，这次傅同学看着我，两个手交叉在前。我的急脾气要爆发："你们先陈述一下。""我看到张馨月哭了，我想问问缘由。""你去安慰她，为什么又去责怪云姐呢？你应该去安慰馨月，而不是责怪云姐，对吧，傅辰昊？"陈小会老师说道。"对，我应该安慰张馨月。""傅辰昊，你的动机是好的，想安慰同学，但是你却抱怨了云姐，好心办坏事了。傅辰昊，你知道老师很赏识你，你聪明好学，为人正直，光明磊落，敢做敢当。在这件事情上，如果稍微思考一下，你就知道该怎么做了，也就不至于把问题扩大了。你是老师眼中有潜力的学生，我在很多方面会对你要求严格，将来你是要为社会做贡献的，你有可能成为像马云那种人物，我还是希望你能对自己严格要求，这次我们沟通得怎么样？""挺好！"其实，他就是个孩子，但是从他的眼中，我能读懂他对我的感恩之情。接着，我们五个人进行了交流，最后三个学生很开心地离开了办公室。

事后，我告诉自己：老师很容易过分自信，也就很难真正地俯下身子倾听学生的声音。我想教育不是一场战斗，首先是一种倾听，是一种交流，是对彼此阅读视野、生活圈子、情感世界的尊重。有时候，教育不仅需要感染，也需要克制，需要退让，需要妥协，这应该是深层意义上的尊重。

第二件事情是分层家长会。从开学到现在，只要是没有特殊情况，我们班都会风雨无阻地召开家长会。这次我邀请的是：李鑫洁、张然、石雯菲、何凯毅、姜金廷同学的家长。家长们都提前到达会议室，交流得很和谐，很有效。通过与家长交流，我了解到孩子在家的情况，家长也了解到孩子在校的情况。特别是姜同学，开学一个月状态不好，我很担心，最近在慢慢地调整状态，尤其是数学进步很大。我欣喜的是学生开始变化，能坚持在学校完成"日日清"再回家，能坚持每天下午的跑步。虽然是一小步，我认为敢于迈出来就是一大步。张然妈妈的一席话让我感动不已。"孩子自从上了初二，就像换了一个人，越来越开朗，知道学习的重要性了，孩子回家就和我交流班级的变化，这得益于老师的付出，得益于学校领导对我们班级的关心……"张然的变化也让我很欣喜，成绩越来越好，性格越来越好。对于这么给力的家长和学生，我们唯有继续努力。

落叶飘逝的每一个秋天，都会为热爱它的人们留下一份金色的礼物。人生有缘弥可贵，岁月无期当自珍。孩子们，你们现在正拥有最好的年华，当自珍惜，不要让它似流水，从时光的空隙间仓促流走，不要让"错过"成为一生不可挽回的缺憾，不要枉读了"且将新火试新茶，诗酒趁年华"的诗句。孩子们，用自己的努力拼凑成自己青春的诗歌吧。

第九周

你看，你看，他偷偷地在改变

他喜欢笑，胖胖的，可以用心宽体胖、憨态可掬来形容他。他喜欢看书，边看书边思考，有时候眉头都拧成了小疙瘩。他喜欢打乒乓球，下课铃一响，就跑向乒乓球台。他品质优良，颇有人缘，能和同伴海阔天空地畅谈。

我对他，像对他哥哥一样充满了期待。他哥哥是去年毕业的，经过自己的努力实现了他的高中梦。他在整个初一的表现并不是太好。他听课不太专注，总是生活在自己的世界里，你提问他，他会"丈二和尚摸不着头脑"。有时候上课举手，问些不着边际的问题。他的成绩不是很理想，有时候看书也不分时间和地点，做作业有些拖拉。

他妈妈非常关心他的学习，多次和我沟通，让我多关注孩子。我和他一起分析了他暂时落后的原因：课堂上听课不专注，没有跟上老师的思路。我也给他提了建议：课前要认真地预习，把有问题的地方做一下标记，听课的时候就有针对性了。即使这样，他还是像蜗牛一样在行走。有时候我真着急，他还是那么四平八稳地行走在自己的世界里。

今年开学初，他改成了走读，早早地来到教室，和同学在交谈。我告诉他："孩子，你现在是初二了，你看，你都长高了。应该明白学习的重要性了，你坐在第一位，老师希望看到你在认真地读书、写字、背英语。你坐得住，同学们也会迅速地进入状态的。你的位置很重要，你在老师心里也很重要。"昨天我来到教室，他还是早早地来到教室，他认真地写字，头也没有抬。中午我们八年级召开了学科交流会，英语王老师"狠狠"地表扬了他，说他上课听课认真，能积极地回答问题，作业也完成得很好。其他的老师也说他表现得很好。听得我心里美滋滋的。我找到他说："孩子，今天老师特别高兴，你知道为什么吗？"他笑了笑，有点腼腆地说："不知道。""老师们表扬你了，说你比以前有很大的进步。"我把王老师的话转述给他，他用手挠了挠头，有点不好意思。"你哥哥是初二的时候转过来的，经过两年的努力考上了济南中学，你从初二开始努力也完全可以。我相信你可以和你哥哥一样优秀。"

　　上帝给我一个任务，叫我牵一只蜗牛去散步。

　　我不能走得太快，蜗牛已经尽力爬，每次总是挪那么一点点。

　　我催它，我唬它，我责备它，蜗牛用抱歉的眼光看着我，仿佛说：人家已经尽了全力！

　　我拉它，我扯它，我甚至想踢它，蜗牛受了伤，它流着汗，喘着气，往前爬……

　　真奇怪，为什么上帝要我牵一只蜗牛去散步？

　　上帝啊！为什么？天上一片安静。

　　唉！也许上帝去抓蜗牛了！好吧！松手吧！

　　反正上帝不管了，我还管什么？

　　任蜗牛往前爬，我在后面生闷气。

　　咦？我闻到花香，原来这边有个花园。

　　我感到微风吹来，原来夜里的风这么温柔。

　　慢着！我听到鸟声，我听到虫鸣，

　　我看到满天的星斗多亮丽。

　　咦？以前怎么没有这些体会？

　　我忽然想起来，莫非是我弄错了！

　　原来上帝是叫蜗牛牵我去散步。

　　教育孩子就像牵着一只蜗牛在散步。和孩子一起行走，虽然也有被气疯和失去耐心的时候，孩子却在不知不觉中向我们展示了生命中最真最美好的一面。孩子的眼光是率真的，孩子的视角是独特的。

家长也不如放慢脚步，把自己主观的想法放在一边，陪着孩子慢慢体味生活的滋味，倾听孩子内心声音在俗世的回响，给自己留一点时间，从没完没了的生活里探出头来，这其中成就的何止是孩子，还有家长。

孩子，做到比说到更重要

昨天下午第二节课间，我看见强老师和两位同学在走廊里谈话。走进一看，是我们班的两位活宝，肯定是上课说小话了吧。当时我很生气，因为其中的小S，我前几天三番五次地找他谈话。他说得很好，课堂上一定遵守纪律，课下一定好好复习。怎么说了就不做呢？还有小S的妈妈特别关心孩子的学习，进课堂听课的时候，也发现了孩子的一些小动作。我很严肃地说了这两名同学，小S哭了，不知道能不能触动孩子。今天早上，我来到教室发现小S和他同位调座次了。（我们班有规定四人学习小组可以随便调换座次）他选择和品学兼优的同学同桌，我知道他想改变自己。

著名的教育家班杜拉说过：孩子的行为是不断地反复的，也是忽冷忽热的，不是匀速前行的，有时候会暂时地倒退。我也在想，青春期的孩子，正在成长，也是在不断地发展变化的。对他们向上向善的细节，我们还是要及时发现及时鼓励。

我最想对小S说的是，做到比说到更重要，脚踏实地地前行吧。

重新调组

小组成员经过半个学期的合作，组员彼此都熟悉了。有时，个别小组上课说个小话，纪律有些松弛。个别小组上课讨论问题不是很积极。期中考试后，我征求大部分同学的意见，和班委会协商后，对全班的小组重新组合排列。

　　我先和班委草拟了一份小组重新组合的名单，期间有很多同学来找我，他们想知道和谁一个小组，他们也给了我很多的建议。比如谁和谁在一起不合适，纪律不好；谁和谁在一起对学习没有帮助，他们两个都是英语较弱；谁和谁在一起性格不合。我把第二次调整后的小组重新让班委会审议，他们又做了局部更改。

　　在排座前我和同学们说："我感谢排组前找过我的同学，他们没有站在自己的立场上，而是站在我们班级的立场上给了我很多的建议。我感谢没有找过我的同学，他们听从老师的安排，心中有大我。我和班委修改了很多次方案，最终我们达成了一致意见。有可能还有很多同学不太满意自己的分组，希望同学们互相体谅一下，如果实在是不满意我们私下再沟通。组内的人员确定了，小组的座次你们有什么好的建议？"我知道解决问题的智慧一定是来自广大学生，即使最后讨论出来的方案不好，也锻炼了他们思考问题的能力。

　　学生讨论后有两种方案，一种是班长设计的方案，一种是学习委员设计的方案。同学们经过激烈的讨论，大部分同学赞成班长设计的方案。最后我们确定，用抓阄的方式确定最初的位置，每半个月按照"S"形轮换一次。其中，学习、常规表现好的小组给予奖励，可以自己选择最佳座区。我也赞同这种方式，比较公平，又能激励小组团结合作。

　　我给同学们三分钟的时间，让他们迅速地各就各位。这时我看见一名女生情绪有些低落。放学后，我叮嘱两位男生安慰她一下。她正好是值日生，我拿起笤帚和她一起值日。我说："虽然你坐在最后面，下周轮换就到前面了。"她眼泪无声地流了下来，哽咽地说："老师我不在意坐在哪里，但是我觉得我很愧疚，因为我考得不好，我把我们小组拖累了。""我们没有按名次排座，我知道你压力大，你们组内需要帮助的同学多，我相信你能带好他们。"后来两位男生给她做了解释。课下我又让她的好朋友安慰一下她，和她说说心里话。下午上课时，我看到她情绪调整好了，露出了甜甜的笑容。

　　通过排座我发现我班的孩子都是心中有他人、不在意个人得失、懂事明理的孩子，我真的很佩服他们！

第十周

2015年11月10日　星期二　天气：晴

你养我长大，我陪你变老

　　"老师，昨天消防演习的时候我起晚了，没有去集合，被值班领导发现了。""好的，我知道了。"我从昌乐学习回来，刘乃宇和栾路通找到我承认错误。"老师，真不好意思，您刚回来就给您添麻烦。""知错就改，值得肯定，你们也是老师最放心的学生了，希望老师在场和不在场一样。"听着孩子们歉意的话，我知道孩子们已经知错了。

　　上周五夏雪的妈妈来接孩子，在一楼问我孩子最近表现怎么样，我说："她也在慢慢进步，自制力还有些差，喜欢和同位说话。"妈妈听后说："我回去以后再和孩子的爸爸交流一下，再和孩子谈谈。"因为马上要开分层家长会，所以没有和夏雪的妈妈细细交流。周三，我找到夏雪和李鑫洁："姑娘们，我们谈谈，你们肯定知道原因。""知道，老问题，上课说话。"鑫洁不好意思地看着我。"那怎么办呢？给你们两个调开？我现在可后悔让你们两个同位了，我本来是希望你们在一起好好学习的，可是，你们在一起却经常说话。""老师，我们改。""既然你们有上进心，我就相信你们，相信你们能自我克制，上课认真听讲。其实上课说话就是自制力不足的表现，如果以后再说话，就看一看张然、侯博，看一下人家是怎样遵守课堂纪律的，最重要的就是要自己提醒自己，就是我常常给你们说的——战胜自己。这点很重要，我不可能随时看着你，别人也不可能时时督促你，要让自己有毅力，只能靠你自己战胜自己。给你一个小小的建议，把每天自己要做的事情写在纸张上，并做一个时间安排表，把主要任务列出来，完成一件划去一件。晚上当你看到任务全部被划去时，你就会非常高兴，因为你战胜了自己。如果哪天没有完成，你就要提示自己要努力了。我本来想把你们调开，但我相信你们能做到上课不说话，试试看？"两个小姑娘点点头回去了。上周两个孩子说到做到，克制住自己，上课说话的时间少了。

上周我们学校小学部举行了班会展评活动，我听了两节有关感恩的。期间多次被感动，泪无声地流下来，我感动于细节，感动于亲子之间的真诚交流。初二正是亲子关系非常紧张的时期，我想趁机与学生沟通一下。我把刘老师的课件要过来，想让我们班级的孩子们听听《爸爸妈妈的心声》。静静地听了两位妈妈的心声，孩子们的眼神传达给我的是：他们也在想自己的童年，想自己的父母不容易。后来我又给孩子们播放了北大才女在超级演说家里的视频：《你养我长大，我陪你变老》。看了这个视频，很多孩子的眼睛红了。我趁热打铁，问孩子们："看了这个视频后你的感受是什么？"万瑜函说："父母养我们不容易，我们还嫌弃父母唠叨。""你家有姐弟三人，父母养你们三个长大，谈何容易？"杜晓彤说："我和父母交流的时间太少了，回到家，妈妈想问我学校的情况，我都是敷衍过去。我常常拿着手机自己玩，忽视了父母的存在，我想以后我要主动和父母聊天，陪伴父母。""你能认识到这一点，很了不起，爱需要陪伴。"王子说："身体发肤受之父母，我是独生女，我对爸爸妈妈很重要，他们养我付出了很多，我要好好爱他们。"吴昊说："上周我妈妈送我去辅导班，我不想去，还和父母犟嘴，想想自己太不孝顺了，所谓孝顺首先要顺从……"泽坤说："我的表哥在国外，好几年不回家了，我姑妈很想他，我想我将来不会出国，会好好陪我爸爸妈妈。"夏雪、李泽华等同学感动得说不出话来，我也感到这个视频对孩子是有教育意义的。教育需要生根，需要有后续的工作，班会的教育意义需要内化。我布置了本周的成长日记——写《你养我长大，我陪你变老》的观后感。

翻看孩子的成长日记本，在他们笔下，父母是最伟大的，他们知道父母的不容易；他们看到父亲的皱纹，母亲的白发；他们知道爸爸为了家庭，早出晚归；他们也知道妈妈的唠叨，是爱的唠叨；他们还知道每周陪父母的时间太少，回家后尽量地少玩手机，多陪陪爸爸妈妈。字里行间，看到孩子对爸爸妈妈的爱和依恋，作为家长的我们，是不是也应该俯下身子来倾听孩子的心声呢？不要说和孩子没共同语言，我们要了解孩子所想，家长也需要成长。

傅辰昊写到了他的祖父：

　　我的祖父，是个内敛的人。他从不把思念动辄挂在嘴边，但却爱得那样深沉。

　　小学在老家上寄宿制学校，我做了六年的所谓留守儿童，我的祖父一直陪伴在我身边。他很省钱，一天的菜他可以吃上好几天。尤其当我上学时，我是五天回一次家，那时，他沾不上一丝荤腥。他总是不舍得花钱，可当我回家的时候，总是会看到一桌的大鱼大肉。我总是对祖父说不要不舍得花钱，他也总是笑着答应，可当我一离开家，那些没吃完的饭菜总还是会回到桌上。

　　祖父喜欢接我放学，尽管从家到学校要坐一个半小时的公交车。一次，车要开了，我连忙催促祖父。一个趔趄，祖父仰面摔倒在地上，我正不知所措时，祖父若无其事地急忙爬起，笑着说没事啊。可他脸上的褶皱，却那么令人心酸。回家后一检查，祖父双腿全青了，好几天都只能躺在床上，可他还是笑着说没事，没事。

　　后来，祖父的身体不大好了，也没法接我放学了，可他还是喜欢坐在路口等我。他的眼睛，在车水马龙中闪烁。

　　毕业那天，放学很早，我和一个同学一起回家。本以为很早就能到家的，可路上堵车，十点放学，十二点才到了家。身心俱疲的我本想大发一通牢骚，却看见祖父就坐在路中间，漫天的灰尘中车一辆接一辆地呼啸而过。我的祖父，我苍老的祖父，就那样直立着，眼里那样期盼着，身影朦胧在一片喧嚣里。我赶忙下车，他看见我，先是怔了怔，而后掸掸灰，直起身板笑笑，拉着我的手说："回家吧。"

不知怎的，我竟有些心酸。我问祖父等了多久，祖父还是笑笑，轻描淡写地说，三个小时。

我沉默了，突然想起龙应台的《目送》，不觉间竟热泪盈眶。是啊，不必追。

再后来，我就来到了北方，体会到隐隐约约的乡愁，而这所谓的乡愁，不离开家乡的人不会懂。

仍记得离开那天，我一个人上的车，不问归期。祖父就在车窗外看着我，相视无言，却颇为哽咽。那一刻我觉得莫大的悲哀，却又不知从何而起，直到车开祖父还是没说一句话，就像以前一样。直到他的影子渐渐变远的时候，我才想起那天沙尘中朦胧的身影。那样的一头银发啊，就这样模糊飞远，从此不再。

我沉默了，就像那天一样，我向远方祖父的背影招了招手，默念道：再见了啊，我曾离不开的远方。

孔令超写到了他的父亲：

枫叶我认为它是平凡的也是不平凡的。它是平凡的，平凡得让人淡忘。它是不平凡的，秋天让它换成红妆，让人们感受到秋天的盛情难却，只为提醒秋天已经到来。就如同农民一般，辛苦地播下种子，到了秋天，才能体会到丰收的喜悦。

我的父亲，平凡而又伟大，他就如同枫叶一般，只为等我成才的那一天为我绽放。我曾回到老家，看到我和弟弟攀爬过的高山早已披上漫山红衣，我这时才发现，原来那座山只为等待秋天的来临。我和父亲漫步在红树林里，一起去感悟枫树的精神。这时我犹如婴儿一般，牵着父亲的手，一步一步走向前方，这让我浮想起父亲为我在寒冷的冬夜里一遍又一遍地拉着货，最后手脚都冻伤了也什么都没说。父亲为了我一次又一次地四处奔波，只为我能够过上更好的生活。父亲为了我一次又一次地东奔西跑，只为实现我的愿望。父亲为了我，为了我的无理要求而慢慢地改变自己。现在想起来，父亲已经为了我做得够多够多了……

回到城里后，我看到城里的枫叶，已没有当初看到家乡红叶的那种感触，反而生出一种萧瑟、寂寥的感觉。我感觉没有当初那么高兴，有一些失落感，觉得不如家乡的红叶好看。也许，这就是古人所说的思乡之情吧。

我的父亲，腿上有大大小小十余处冻伤，背上也总是贴着膏药，我已和父亲差不多高，这让我觉得他老了，不再那么年轻。脸上深深浅浅的皱纹诉说着他对我的期望，对我的等待……作为儿子，我不希望他再等太久，至少让他感到希望。

我的父亲犹如枫叶一般，那么的平凡，又那么的伟大。

张然写到了她的奶奶：

那年冬天，寒风大作，空中伴着飘舞的雪花，整座城市静悄悄的，显得格外空虚。

因为要赶去远在烟台的奶奶家过年，我们一家奔波在高速公路上。空调开到暖风，车里车外就像完全不同的两个季节。望着窗外的片片雪花，心里难免会有点激动，这是今年冬天的第一场雪。

路上车很少，也不拥堵。但因雪天路滑，便放慢了速度。

奶奶家四面环山，环境好，风景好。村里还有个水库，因为天气寒冷结了冰。光秃秃的果树被白雪覆盖，雪地上还残留着动物的脚印。

到了村口已经过了晚上十一点，借着车灯，车缓慢地开在被白雪覆盖的山道上。周围一片漆黑，伴着几声鸟叫，难免显得有点恐怖。开了十多分钟，在车灯的照射下，老远就看见了一个十分瘦小的影子。等走到她身边，定睛一看——是奶奶。

奶奶裹着一件单薄的外套在寒风中冻得瑟瑟发抖，耳朵和脸也被风吹得发干变红。她帮我打开车门，立马把外套脱下来披在我身上，嘴里还一边叨唠着"快进屋去，屋里暖和"。她早已为我们打理好了一切：她知道我怕虫子，特意挂上了蚊帐；知道我们会很晚到家，特意提前铺好了床；她早已打好热腾腾的开水，中途还换了几次。我和她相处的时间并不长，她却很懂我。

奶奶很瘦小，八十多岁的年纪，扛着虚弱的身体，脸上的皱纹拧在一起，却掩饰不了她嘴角上扬的弧度。

我的心里，已被奶奶坚强的身影占满，她就像寒冬里的阳光，温暖了我的心！

图13　张然在读文章

汉字听写大赛

周四我们举行了汉字听写大赛，有六位选手参加：严子颉、王亩巍、张文荟、傅辰昊、侯博、栾路通。六位选手经过精心准备，帅气上场了。我担心的是栾路通，他基础知识差，我曾一度为了班级荣誉把他换下。 站在孩子的角度上想，我想要给他这个机会，即使他会影响到我们的总成绩，但是他参与的过程就是他成长的过程。他也一直积极准备着，我相信他不会让我们失望的。事实证明，栾路通很尽心尽力，虽然第一轮就被淘汰了，但参与就是成长。严子颉同学其实准备得很充分，有可能是太紧张了，很可惜第一轮也被淘汰了。孩子走下台来，我向他竖起了大拇指："参与就是成长，以后再上台，就会从容很多。我还希望你练一种功夫，就是坐功，在教室坐得住，慢慢地就会有定力，就会稳得住的。"他点点头。我们班级获得了团体总分第一名，傅辰昊荣获了一等奖，侯博荣获了二等奖，张文荟、王亩巍荣获了三等奖。回到教室，我总结了同学们的这次表现："同学们，要学习栾路通、严子颉的敢于积极参与；学习傅辰昊的淡定从容，他的从容来自充分的准备和深厚的积累，所以我们不要打无准备之仗；学习侯博的冷静，走进赛场，心无旁骛；学习王亩巍和张文荟的阳光乐观的心态，即使淘汰了，也能积极乐观地面对，还进行了积极的反思。作为观众，我们班级大部分同学能积极参与，给选手以鼓励，尤其要表扬孔令超，他把全部的词语写了一遍，他的收获是最大的。就像张校长说的，敢于参与，就应该得到掌声，参与的过程，就是成长的过程。"

图14　汉字听写大赛

"孩子们，还有半个月我们就要期中考试了，我希望同学们乘胜追击，注重落实和细节，争取取得好成绩。"孩子们开始和我撒娇：亲爱的老班，我们今天表现得很好，能不能免了日日清啊。我也很想让孩子们放松一下，可是我还是忍住了。"今天大家心情不错，学习效率肯定很高，我们继续进行日日清。"虽然有不同声音，但很快被背诵的声音给埋没了。

给力的爸爸们

周五下午依旧是分层家长会，本次参加家长会的有严子颉爸爸、杜晓彤爸爸、李泽华爸爸、刘洪都爸爸。清一色的爸爸，真是开心。最开心的就是今天参加家长会的各位父亲。母爱是地，父爱是天，有了父亲的参与，教育的效果肯定不一样。有位专家说过："孩子过了8岁，母亲的影响力越来越小，父亲的影响力越来越大，父亲可以在思想上引领孩子，可以给孩子另外的世界。"接着我们分头交流，通过家校交流，我们了解到孩子成长中的关键环节，并对此加强指导，使得我们的教育更有针对性。家长也提出了青春期孩子的一些问题。其实，家长关心的不是为什么，而是怎么做？比如泽华，小学的时候基础很好，到了初中想法多了，成绩有些退步，我们都很着急，周末孩子也有玩手机的现象。最后我给家长的建议是，尊重孩子，和孩子约定好时间，给孩子树立目标，周末在家多陪伴孩子。刘洪都，需要在钻研方面下功夫，要鼓励他敢于发言，多读书，多和家长交流。严子颉，需要静下心来，稳住神，多参加体育活动。杜晓彤，需要扎扎实实，先把基础知识学扎实。家长会上气氛很活跃，交流很和谐，时间过得很快。

时间过得太快了，转眼已经第十周了。个别孩子又遇到了学习的瓶颈，比如兆隆、泽坤，思想开始波动，我还是需要进一步谈心，走进孩子内心深处。我希望和他们在锦瑟年华里，一起品尝青春的味道。

第十一周

家长进课堂

时间如流水，转眼到了十一月，孩子或多或少发生了一些变化。毕竟是孩子，毕竟是成长中的孩子，犯错在所难免。有时候，我也真着急。说教，孩子有免疫力了；发火，孩子更反感。只有互相理解，互相包容。

"于老师，我们家孩子，作业也不做，也不上辅导班，我管不了他，你说我怎么办呢？"家长很着急，一边哭一边说。孩子是个聪明的孩子，基础有点薄弱，喜欢机器人，本学期进步挺大。

我和家长聊到：上周日吃饭的时候，拿起一瓣蒜，我发现蒜发芽了。"老公，蒜发芽了，这么冷的天，它还是要生长啊。""对呀，蒜有休眠期，过了休眠期，它就开始发芽。"我来到妈妈的菜园子，看到了那一棵棵苗壮成长的蒜苗，天很冷，但是它们不畏惧。刹那间，我明白了所谓的差生不是真差，只是他们处在休眠期，他们需要等待和唤醒。真的，不管孩子成绩怎样，没有什么优生和差生的区别，"每一个孩子都是种子，只是每个人的花期不一样，有的花一开始就绚丽绽放，而有的花却需要漫长的等待"。有可能有的花一直没有开放，因为它需要长成一棵树。"李妈妈，我们不要放弃孩子，我们需要等待，需要漫长的等待。孩子在进步，只是他的起点有点低，孩子也很懂事，也敢于承担，能积极主动帮助同学和老师，给他一个平台，他一定可以绽放出最美丽的花朵。他非常喜欢机器人，我们以此为突破点来帮助孩子吧。"家长听后稍微宽慰了。

上周主要的事情就是组织学生参加辩论赛，班级的辩论赛，我没有参加。

听老师们说孩子们的表现还不错,吴慧贤是最佳辩手,王子也敢于挑重担,两个男生善于抓住对方的薄弱点积极进行反驳,结果我们班以微弱的成绩胜出。校级辩论赛,按照积分,我们班派出了吴慧贤和王子,两位同学在辩论赛的现场积极参与,能抓住对方漏洞,表现得不错。但是对于自己的学生,还是希望提高一点要求:有理不在声高,要沉着冷静,还要善于团队合作。虽然我们八年级失败了,但是经历过就是成长,成长比成功要重要。我们八年级的学生总体上还是不服气,有情绪。赛后我告诉他们:"不要轻视对手,七年级的综合素质很高,不要带有情绪,要冷静,不要在意一城一池的失败,记住我们总的目标是什么,是中考。这一次一次的锻炼,是为了让我们更从容地面对更重要的考验。"

周三我们进行了一个重要的活动:邀请家长进课堂听课。

斐然妈妈调休,主动要求来学校和老师交流。斐然在我们学校上了七年学,妈妈对学校的规章制度很了解。我和妈妈交流后,了解到妈妈对孩子的期待,了解到孩子小时候成长的不容易,了解到孩子成长的环境,爸爸比较溺爱

图15　家长与孩子们一同上课

孩子，妈妈对孩子要求严格。期间妈妈也对孩子失望过，彷徨过，纠结过，但是进入初二后，学校政策和对初二的重视、师资合理调整等措施的实行，孩子慢慢地发生了变化，家长心里是很感激学校和老师的。我给家长的建议是，关注孩子成长的细节，父母双方统一教育理念，不要在教育问题上互相争执，家是讲爱的地方，不是讲理的地方。多鼓励孩子，尤其是在学习数学方面，她的成绩也在慢慢提高，上次周周清满分，单元测试成绩也达到了良好。交流后，我邀请斐然妈妈进课堂听课。她听得非常认真，仔细地记笔记，课后也写下了对孩子和老师所要讲的心里话。我希望通过这种家校交流的方式，促进孩子们成长。我把斐然写的成长日记本拿出来，妈妈看后泪流不止。其实关注孩子成长的每一个细节，我们都会收获感动。特别感谢斐然妈妈，带着一颗真心来与我们交流。只有家校合力，教育才是有效的。

还有两位家长进课堂听课，她们分别是王彤彤妈妈和李鑫妈妈，谢谢两位家长的参与。两位妈妈能感觉到孩子们长大了，比较懂事，课堂效率比较高。王彤彤妈妈给孩子提出的建议就是：今日事，今日毕，学会规划自己的时间，管理自己的时间。

李鑫妈妈写到：今天上午我来八年级二班跟同学们一起上两节课。第一节信息技术课，我进教室的时候陈老师已经开始讲课，她正在讲怎样设计制作苹果标志的缺口。可能平时同学们也都喜爱电脑吧，教室里只有敲键盘声跟陈老师的讲课声，陈老师只要一提问题，或者让同学来演示，同学们都会争先恐后地举手回答，看得我都入迷了，以至于下课铃响了我都没听见。

第二节课是生物。李老师上课讲花的结构跟果实。李老师一开始在黑板上写"黄、青、绿、橙、红、蓝、紫"这几个字时，我还以为是写花的颜色呢，后来我才知道她是用这些颜色把同学们分成各小队。只要哪队同学回答对问题，就给哪个颜色的队来加分，以此来鼓励同学们积极发言。课堂中有同学站起来回答问题时，只要下面小组还有说话的声音，李老师就让那位同学先别讲，这时同学们立刻就鸦雀无声地继续听课。李老师用平时我们见过的花跟吃过的果实来引导学生，还讲起学校外面的白杨树，引起同学们浓厚的探索兴趣。

中午下课同学们都在吃饭时，班主任于老师还没忙完呢，还有信息技术陈老师在利用中午时间加班加点。通过这次进课堂听课，我看到我们的孩子发生了很大的改变，他们积极向上、热爱学习的态度让老师们看着高兴，也让我感受到任课老师们的辛苦。各科老师们为了让孩子们学习，想出各种方法来作教学指导。正因为老师们的全心付出，才换来孩子们点点滴滴的进步，在这里我向八年级二班的全体任课老师说一句：老师你们辛苦啦。

我知道成长中的孩子、发展中的班级还有很多的问题，如个别科目课堂纪律需要再好一些、个别学生上课说脏话等等，但我相信今后会好起来的。

给每个孩子表现的平台

我们班级有一个活动，特别受孩子们青睐——《开讲了》。二班的孩子们活泼、好动、好玩、爱窃窃私语。对于孩子们的这些天性，不能一味地限制，要想让地里不长草，最好的办法是往地里种庄稼。我给孩子们提出了要求，要讲励志人物，弘扬正能量，做好PPT，并把自己的感想和同学分享。第一讲是傅辰昊讲的"我眼中的拿破仑"，傅同学从拿破仑的出生谈起，说到了拿破仑在教育、军事、政治、法律上的贡献。傅同学也谈了对拿破仑的看法，他认为拿破仑是个敢于坚持、敢于奋进的人，但是连年的战争也给人民带来了深重的灾难。他最后把拿破仑的名言送给所有的同学："不想当将军的士兵不是好士兵。""没有机会，是弱者最好的代名词。"他以此希望同学们抓住机会，努力向上。

39人，构成了生机蓬勃的二班。感谢那些安静的同学——晓宇、泽华、王子、张然、侯博、乃宇、今天、易露佳、张彪、祝宸辉、王裕婷、刘洪都，你们向周围传达静谧，让我们感觉到安静的力量。斐然、慧贤、子颉、馨元、馨月、兆隆、瑜函、彤彤、鸿达、文荟，你们活泼好动，敢于直言，是你们让二

（1）

图16　开讲啦

（2）

班有活力。还有很多没有提到名字的同学，你们一样给老师带来了感动，如栾路通主动地帮助老师操作电脑；韩延圳在慢慢进步；严子颉知道老师上课提醒他是为了他好，主动让老师提醒他，哪里做错了及时改正；露佳心很细，善于思考，数学考得不好，及时寻求帮助；王泽坤上信息课得到了老师的表扬；吴昊知道学习重要了，要是再注重点细节就更好了。

　　孩子们，我们起点低一点并不可怕，但起点低的我们应该更努力。"别人学，你也学，那是你的本分；别人休息，你也学，才是勤奋。"这是张校长送给二班孩子的话。孩子们，既然我们相遇了，就要有所改变，慢慢走出不一样的人生。

第十二周

地理成绩

冬天已经悄然而至，这是一个积蓄力量的时节。初冬的早晨是美丽的，一层薄薄的雾在空中轻盈地飘荡着，各种树叶飘落在地上。行人的欢声笑语、汽车"嘀嘀"的喇叭声交织在这一片朦胧之中。这一切，预示着新一天的开始。每天都是崭新的，我相信学生都会有新的收获。经过半个学期的磨合，我们之间已经彼此熟悉，班级各项工作按部就班地进行。

周一上午第三节，办公室门被推开，强老师拿了两沓试卷来找我。语气非常着急："你看看咱班的地理成绩，一个上八十的也没有，你看看一班，光八十分以上的就有八个。我们班级还有这么多不及格的，你说怎么办啊？""给我试卷吧，我去班级做做孩子们的思想工作，看看问题出在哪里了。"我翻看了一下试卷，七十分以上的同学有祝宸辉、王兆隆、夏雪、万瑜函、易露佳、刘洪都、李鑫洁，可是还有十九名同学不及格。我陷入深深的沉思中，心中忐忑不安起来，还有一种"怒其不争"的情绪。我能理解强老师，强老师是位非常负责任的老师，下周一期中考试，明年六月份中考，看到这么可怜的成绩她能不着急吗？下了第三节课，我推开教室的大门，语气极不友好地训孩子们："今天中午留下，我们一起改地理试卷。"我回到办公室的时候开始自责，简单粗暴能解决问题吗？如果管用，早就起作用了。"淡定，淡定！"我一边安慰自己，一边想办法。我翻看了一下试卷，帮助孩子们查找原因：一是因为基础知识没有掌握好，导致选择题错题太多；二是孩子们落实不好，没有用规范的语言进行表达，如将"黄土高原水土流失严重"表述成"植被遭到破坏"，孩子们认为这两句话差不多，但是因为表述不科学、不严谨，所以不得分；三是孩子们对一些重要的知识没有理解，一知半解，不会迁移知识。中午，我把强老师请到班级，强老师再次强调了地理学科的重要性，让学生认真复习，好好准备期中考试。我又对孩子们说："不要怕困难，成绩差说明我们有提升的空间，我们班级边缘生很多，只要稍微努力一下，一定可以及格的。不要和其他班级比，我们就和自己比，只要下次考试比这次考试有进步，我们就进步了。"此时，同学们静静地改错，一直到12:30。我想我们为师者，遇到问题不要冠以"浮躁"的帽子，学生这个年龄就是浮躁的年龄，就是好动的年龄，如果常常冠以"浮躁"，孩子肯定就认为自己浮躁，也就静不下心来了。作为老师，我们还是要想办法解决问题。

我的上帝

我知道，我有很多的缺点，当老师久了，尤其是当班主任久了，学生对"班主任"敬而远之，不敢给老师提建议。"孩子们，人无完人，我也有很多的缺点，我也想进步，你们是我最亲近的人，可以给我提提建议吗？所以，本周我们的周记是《老班，我想对你说》。大家可以畅所欲言，将自己心中的愤恨也好感激也好都写出来。"上周二，我翻看了学生的成长日记本，有一份意外的收获——刘乃宇的妈妈也写了一篇日记。写的是刘乃宇成长中的点点滴滴：孩子懂事，非常节约，懂得父母的不容易，用表哥的旧行李箱；面对同学的调侃，他能从容地解决，非常自信乐观；乃宇妈妈还写了对各位老师的感谢。家长这么积极地参与到教育中来，我很开心。我本来想，我平时管孩子们那么严格，有时候是疾言厉色的，孩子们的日记中肯定会叫苦连天，满腹牢骚，可是孩子们没有。吴慧贤说："希望老师你多笑笑，希望你课下多和我们一起玩。"张馨元说："你批评我们的时候，我们真的很烦，但是看到你额头的痘痘，还有丝丝白发，我知道那有可能是我闯的祸。"侯博说："老师对我们很严格，也非常负责任，我们能理解老师对我们的批评，因为老师是为了我们好。"张然说："老班我爱你！"夏雪说："你对待所有的同学都很公平，希望你每天都开心一点。"张文荟也吐槽我对她的批评，希望我不要介意……

看到孩子们的成长日记，我的眼眶湿润了。平时我容易着急，我批评他们的时候总是戳到他们内心最柔软的地方，有时候我真的伤害了他们的自尊心。可是在孩子们的世界里，他们知道老师是为了他们好，能包容我的坏脾气，能理解我的早出晚归、我的不容易。我想到了六六的一篇文章，《上帝的模样》，六六和她的朋友一直想知道上帝的模样。她说："这个问题我也研究过，我一直想知道为什么耶稣就是上帝的儿子，上帝到底长什么样，直到有一天，我看见我儿子的脸。"她说："我的儿子无比信任我，即使我做错了，他也无条件认为我是对的，他不伤害我，他每天都对我笑，他爱我，即使我有诸多的不好。我有时候想，上帝为什么要让我们有小孩？带孩子那么辛苦，上帝仅仅是让我们繁衍吗？他一定有让孩子存在的更重要的理由。"

因为孩子没有写完作业，班主任给六六打电话，六六火速赶到，没有耐心地询问原因，而是把自己工作中的情绪迁怒到儿子身上，她打了儿子。事后六六想给孩子道歉，但还没有来得及道歉，孩子就已经跑到妈妈身边："妈妈，你看看我画的画，你看看这一篇作文……"孩子在说这些的时候，眼角还有泪痕。

我想说我的学生也是我的上帝，他们在我眼里是最优秀的，他们能原谅我，包容我，帮助我成长。

本周还有一件令人开心的事，李鑫和傅辰昊荣获了济南市机器人比赛二等奖。

图17　李鑫和傅辰昊同学获得机器人比赛二等奖

客串数学老师

凯歌老师去安徽学习，临行前安排给我三节数学课，留下了一份试卷，并给了我答案。周二晚上，我回家仔细研究了试卷，基本上弄明白了题的解法。周三数学课，我先让学生小组内交流选择题和填空题，小组长主讲，小组长不会的可以提出求助，找班级数学好的同学讲。小组长们讲得很认真，大部分组员也都积极参与了讨论。好多同学不会做选择题最后一道，这道题是关于一次函数图象所经过象限的判断问题。王子上来讲了一遍，虽然中间她的思路断了，但是她还是赢得了同学们热烈的掌声。接着，潘鸿达也上来讲了，但也没有讲明白，最后王裕婷自告奋勇地来讲，小姑娘讲得非常清楚，同学们听得也很明白，她赢得了赞许声。讲题最多的应该是严子颉，他思路清楚，语言简练，数形结合。侯博讲得最细致，过程写得非常详细。祝宸辉结合图形，边讲边写，非常注意细节。潘鸿达、傅辰昊、吴慧贤、刘洪都、刘乃宇、石雯菲、王彤彤也都参与到了课堂活动中。这样讲题的好处是参与面广，但有一个缺点，就是课堂进度会比较慢，课堂任务完不成。也有个别同学不认真听讲，如王兆隆。

本周还开设了《开讲了》，王子讲的是迈克尔·杰克逊，还原了一个真实的杰克逊。她语言特别流畅，肢体语言也很丰富，有很好的课堂控制力。

时光淙淙流淌，交织在美好的光阴里，有喜悦，也有遗憾。酸甜苦辣兼有的生活才能让我们更快地成长。

第十三周

2015年12月1日　星期二　天气：晴

一周记事

　　碧空如洗，片片晶莹的雪花纷纷落下……朋友圈都在晒雪，千树梨花压枝低，万里白雪铺大地。我从去年开始期盼一场瑞雪，盼了一年，等了一年，遗憾了一年。今年，雪如约而至。我在想，孩子的成长也是这样，你天天盼，盼他快点长高，盼他好好学习，很多时候都不尽人意。我们是否该给他点时间、空间，等待他慢慢长大，他也许会带给我们惊喜。

　　上周迎来了区里统考——期中考试。周一下午开始考物理，周二一天从早上7:30一直考到下午5:20，先不管结果，整个考试的过程对孩子就是一种考验。语文、英语考两个小时，数学是在下午考的，生物、地理同场不同卷。孩子们能坚持下来，就是小小的胜利。周二下午考完试，让孩子们稍微放松了一下，没有进行日日清。

　　孩子们喜欢考完试后对答案，虽然老师告诉他们不要去对答案，可他们总还是忍不住。夏雪、李鑫洁、石雯菲等同学围在一起叽叽喳喳地讨论数学。"我对了！""王老师估的题真准！""多亏老班让我们做了一遍这个题……"看着孩子们兴奋地讨论着，我心里很欣慰。众所周知，数学是中考中最重要的科目之一，曾经有人一度喊出"学好数学，战胜中考"。数学又是一门很有魅力的学科，爱好数学、喜欢钻研数学的人，会体会到攻克数学题后的成就感。可是，二班的数学让我开心不起来。我接这个班后，首先想到的是当好凯歌老师的小助手，提高班级的数学成绩，唤醒深埋在学生心中的数学种子。凯歌老师有自己宏观的理念。初一，他没有刻意追求成绩，而是努力培养孩子们的数学思维。但是到了初二、初三，他改变策略，力求快速扎实地提高数学成绩。记得上次他送初三班，一模的题目很难，但他所带的班级都能超越区平均分。基于对凯歌老师的信任，我相信二班的数学一定会有所进步的。当时我还不知道期中成绩，但是看到同学们积极地讨论试卷、分析试题，我感觉凯歌老师的付出是值得的，孩子们心中数学的种子萌芽了，他们有了学习数学的热情和信心。也许我语言乏力，难以表达当时的心情，只想说有凯歌老师陪伴，数学妥了。

　　《开讲了》第三次开讲，严子颉讲的是"普京"，他从普京的出生、爱好说起，然后谈了普京的政治生涯。短短二十分钟，主讲人很有范儿，设疑，解答，互动，最后赠送普京的名言给大家。若干年后，严子颉应该会记得这次成长的经历，应该会记得年幼孩子心中的普京。搞这样的活动，一是锻炼孩子们的倾听能力，二十分钟他们听得很专心；二是锻炼孩子们的其他能力，如语言表达能力、搜集资料的能力、组织课堂的能力。学习是中学阶段最重要的任务，但是留下成长的痕迹也很重要。

图18　严子颉讲"普京"

周四团委组织了入团积极分子学习，王亩巍、吴慧贤、张然、刘乃宇、祝宸辉、侯博、王梓业柠、李泽华等八位同学参加。这几个孩子学习态度端正，纪律意识强，是老师的好助手，是同学们学习的好榜样。希望他们能够通过学习、考试顺利入团。

图19 团课开课了

在这里，夸一下我们班级的小组长李泽华、祝宸辉、傅辰昊、王裕婷、吴慧贤、王亩巍、易露佳。他们要负责整个小组的学习，负责每天的日日清，负责记录小组成员的表现，安排本组的值日生，事无巨细，非常辛苦。这几个孩子责任心非常强，有服务意识、感染意识、管理意识；组员学习进步、学习态度变化，他们有一定的功劳。当然，他们也通过组织管理组内同学的学习，锻炼了自己的能力。

习惯了每节课上课前站在教室前面静静地看着孩子们，待他们安静下来，我才离开教室。同时我也利用这个时间和任课老师们进行了短暂的交流，了解班级的动态以及个别学生学习的状态。听到生物老师说"学生学习生物有热情，班风也正"，听到信息老师说"姜金廷最近信息课表现很好"，听到Miss王说"韩延圳有很大进步，要多表扬他"，我就会开心，我会和我儿子分享哥哥姐姐们进步的地方。听到老师说"课间纪律不大好""你不在学校的时候，孩子纪律不好"，我就会想，我要努力让这一状况得到改变，这就是我的工作。

周五下午期中考试成绩出来了，我一一告诉了各位家长。我能理解家长们的心情，因为他们的心情就是我的心情，孩子们是他们的孩子也是我的孩子。我想告诉家长们，孩子们每天都在慢慢进步，成长需要时间，不要紧盯着分数看，也要看一下他们的学习态度。不要老是和第一比，要学会纵向比较。我也着急，我也焦虑，但是我不会在孩子们面前表现出来，我会帮助他们分析原因，找到解决问题的方法。我也相信孩子们经过一年半的努力，他们会有进步的。我让他们写完了试卷分析，但因为我外出讲课，没有来得及批阅，等回来批改时我会和孩子们进行交流的。

语文课的作文题目是《因为有你》，孩子们写出了真情实感，让人热泪盈眶。严子颉的《因为有你》：

楼下一个简易房中，住着父子俩。

我大清早起来晨练，路过楼下那间破旧的简易房，便往里张望了一下，父子俩一人啃着一个烧饼，看见我，便冲我笑笑。当我提着早餐回家的时候，父亲正推着一辆老旧的三轮车，儿子在他后面跟着，跟得很紧。两人的腿都有残疾，这时的父子俩，步调十分相像，一拐一拐的，让人看了心中就有一丝悲凉。

几年前，老汉带着这个跛腿的儿子住在了这里。据他说，他曾经生活在南方，娶了个媳妇，刚嫁过来没有两个月就跟人跑了，他就一个人带着儿子来到了北方。说实话，这父子俩长得十分不像，儿子长相还算清秀，而老汉，多年的沧桑刻在脸上，五官就像扭在一起。

　　我那时经常去楼下的简易房玩儿，老汉很热情，挪这挪那给我腾出一块地方，供我玩闹。每当过年，母亲也会把单位上发的腊肠给父子俩送去，老汉感动地说："城里人，真好！"

　　老汉姓白，带着他跛腿的儿子一起在北方以捡破烂为生。一日，邻居在与母亲交谈时，我听到一句："老白好像有对象了。"我不相信，谁愿意嫁给他啊！可后来，我还真看到了。

　　她是一位拉扯着一个孩子的女人，家在本地，有房，打算和他一起过。可老白不愿意。我很纳闷，去问他，他抽着烟说："我不敢结婚，一是怕耽误人家，二是我要攒钱，儿子的腿要动手术，要十多万。大夫说越早越好。我不能让他一辈子一拐一拐地走路。如果我结婚，负担就更重了……"

　　我很久没再见到老白，简易房被拆了，剩下一堆废铁丢弃在原来的位置。我坐在门前痴想，这么多破烂，老白得赚多少啊！

　　再后来，我从父亲口中得知了一件事。

　　是父亲的朋友那里出了事。搞建筑，找来一些农民工，有一个跛腿的男人，干活干了没几天，就从楼上摔下来了。公司要给他治病，男人却说："别治我了，四五十岁的人了，给我点钱，给我儿子动手术吧。"

　　公司里的干部都不理解，更不愿意出这笔钱。男人哭着说："求求你们，给他做手术吧，我……其实，我是故意的……出了意外就会赔钱，我想让你们给我儿子动手术，这孩子跟着我很苦，还有，实话告诉你们，儿子……是我捡来的，我根本就不能生育！"

　　所有人都惊呆了。公司里决定给他儿子做手术，也要救他！

　　孩子做了手术，走路再也不一拐一拐的了，可男人依旧是一拐一拐的，父子俩仍以捡破烂为生。

　　每当逢年过节，父亲的朋友就会收到父子俩送去的一些玉米和山芋，他们懂得感恩。

　　老白曾说："这个秘密我不想让儿子知道，因为儿子说我是世界上最好的爹！"老白倾尽他所有的爱去爱这个孩子，可孩子却不知道老白并非他的生父。

也许真正的爱就是这样：

我爱你，不图一丝回报；我爱你，倾尽我的所有，包括生命

——只要我有！！！

也许这个秘密孩子将来会发现，但那时也已经没什么了。

因为，在孩子的心中只有你，

只有那个走起路来一拐一拐的——老白！

冬夜寒冷的街道，我遇到了改变了我一生的一位老人。

刘乃宇的《因为有你》：

那天，漫天飘着雪，我独自漫步在空旷的街道上，冬天的寒风吹过我的心田，我的心情有些波动。

我慨叹这个世界的不公平，慨叹学生的压力之大，十分不解现在这个社会究竟是怎么了。曾经摧残过多少人才？为何现在还要培养人才？

转过街口，冷冷的月芒斜落在他的身躯上，他的影子越来越长，一个年过六十的老人站在我面前。满头白发显示了他的阅历丰富，他有着一双有神而干练的眼睛。我们本可以像路人一样擦身而过，可这一次并没有。他身上似乎有种魔力在吸引着我。

他似乎看出了我的不解，走上前来询问我，我把我所经历过的事与他陈述一遍。他的眼中流露出一丝同情，久久不能消散。因为我去参加征文比赛，不及我文笔的人已进入了决赛，而我，拿着手中的作文，灰落落地站在一旁。

老人长叹，仰头注视着那满天的星辰，仿佛我的不幸也曾发生在他的身上。老人转过头，示意我边走边说。

东风飘过，老人与我谈起他飘零的过去。他生在农村，家里人大字不

识一个，仅以村口那块贫瘠的土地为生。他不想一辈子屈于此地，他想通过自己的努力来改变残酷的现实，创造出一片属于自己的天空。

他十分努力，是班里最用功的那一个，中考那年，他考中了全县最好的高中，但他依旧很努力。因为家远，天不亮，他的脚步就已踏在那坚实的土路上，夏天酷热难耐，冬天滴水成冰，三年如一日，他独自一人走过。

但……现实将他击垮在残酷的命运下，高考，他摘得状元，因为家穷……有钱人的孩子花钱进入了好大学，而他，一个农村的穷娃子，就被搁在了门外。

以前再苦再累，他都坚强地把眼泪堵在眼眶里，但这一次没有，泪水哗哗地从他的脸上滑落，他哭得那么痛苦……老人的语气有些哽咽了，我懂他的心情。他比我更不易。我再次感到世界的可怕，原来，还有另一种力量可以操控一切，并能轻易埋葬人们的梦想。

但老人想冲破蓝天的束缚，于是他更努力了，他觉得只要足够优秀，就没有不成功的理由。老人自信的样子触动了我，即使他在人生的最低谷，在社会中最阴暗的地方徘徊，我也能发现他身上那种不可磨灭的力量。

他没有放弃，何况我。

因为他，我看到了人生的真理；

因为他，我感到路依然漫长，路上，

仍有阳光！

寒风吹过，老人消失在了昏暗的街道尽头……

李泽华的《因为有你》：

"霜叶红于二月花。"秋天的枫叶似春天娇艳的花朵，美极了。

街道种满了枫树。至今，树越来越多，路越来越宽，只是尽头少了形单影只的背影。这里的一草一木，一树一花，我都无比熟悉，小时候在树下荡秋千，大了在树荫下看书。那背影，我再也没见。

记事起，秋天是一个丰收的季节。苹果、梨等各种各样的水果香气四溢，金色的稻浪随风翻滚，枫叶红遍了街道。每次回去看了心情大好，并且，满载而归。

有一个身影一直默默地陪着我们，在街道的尽头，在反光镜里……存储在小时候模糊的记忆中。月光下帮我挂秋千认真的样子，我放学后，他用那破旧不堪的自行车载我回家的样子，一点一点浮现，我依稀可见。

至于样貌，竟是一点也想不起来了。只记得他头上的那顶军绿色帽子，上面还有着数不清的补丁，以及黝黑的皮肤，笑眯眯的眼神，眼角边的皱纹能让人看出来他这些年的沧桑。

我去过他家，屋檐上有蜘蛛网，四边都灰扑扑的，衣服堆积得到处都是，他细心为我腾出一块坐的地方。屋外的大黄狗不住地吼叫，似乎是在发泄着什么。他丢了几块骨头过去，狗叼着骨头乖乖地趴在那里。角落里堆放着烧火用的干柴。

同样是秋天，我回来了，参加的却是他的葬礼。我在那个棺材里见到他最后一眼，他嘴角还带着似有若有的微笑。听说他得了癌症，他放弃了最后的治疗。一抔黄土了却残生。

他一辈子未娶妻，没有子孙，我不知道是谁为他操办的葬礼，我甚至都不知道他是谁，他叫什么，我只记得，秋天的街道上每次都会遇见他。秋天的街道上总是有他默默的身影。

小时候不知道阴阳两隔，不知道死与生的区别。长大以后我想去珍惜，人却不在了。在村民的谈论中我才得知，他用写不出几个字的双手种出了一条街道的枫树，那是他一辈子的心血。他帮助村民种树富裕起来。

梦里，秋天道路的尽头，我又看见了他。

作文课上，孩子听得非常认真。

外面大雪纷飞，预示着好年头，让我们携手努力。

图20　作文课上认真听讲的孩子们

第十四周

2015年12月8日　星期二　天气：晴

下雪了

　　上周对于我和孩子们来说是幸福的，我和孩子们在雪的世界中一起成长。无数飞舞着的雪花在空中翻腾、交错，交织出一幅独属于冬天的水墨画，那仿若永恒不老的松树也因它而染上了一层层晶莹的银白，校园成了一个粉妆玉砌的银色王国。

　　冰雪覆盖的世界分外妖娆。马路上像铺上了一层厚厚的雪毯，踩上去发出"咯吱咯吱"的声音，留下一串串脚印。整个世界仿若进入了无声的世界，刹那间，我的心静下来了，因为谁也不愿打破如此的静谧。冬天啊！如此令人痴迷的冬天！我们班的那群精灵，多么喜欢雪。周一周二我外出讲课，我看到实习老师雨佳老师带着活泼好动的孩子们在操场上玩雪的照片，照片上他们的脸上挂着满满的幸福。

图21　雪后合影

图22　师生合影

　　课间，孩子们趴在窗户上看外面的雪，有的学生想把手伸出去，甚至有同学偷偷地趁老师不注意爬下楼，抓一把雪在手里，即使雪凉得彻骨，他们仍然把小小的雪球传来传去。周四，我和孩子们说："今天是感恩节，我们一起到操场合影留念吧。"张馨月、王泽坤整好队，我们选择了两个地点拍照留念。年轻的脸庞在雪的衬托下格外明丽动人。他们摆了各种各样的Pose。我想若干年后，他们看到这些照片，就会记得这场雪，记得和这场雪的故事，记得那些亲爱的同学、老师，还有他们的青春。我们一起看一下八年级一班孩子们笔下的雪：

落雪

黄家盈、艾欣

皎皎玉琼洁似云，
纷纷森森轻如羽。
飒飒飘雪若云烟，
悄然落地积薄棉。

雪

林致远

浑然白茫一片天，
绵白大雪飘其间。
不觉身冷心犹颤，
但缺知音心相连。

雪

王依霖

（一）

洁白莹透似玲珑，漫飞天际皆朦胧。
苍茫大地难囚我，天地之间任遨游。

（二）

在万世之巅，你悄然出现。
不染一丝污秽，玲珑而又晶莹。
你从何处而来？又将消散何处？
飞扬飞扬，这是你的方向。

沁园春·雪里摔跤

孙瑜

乙未冬月初场雪，落至泉城齐鲁中。

班内小儿喜上颜，皆欲奔走自由舞。

大雪绵绵似锦被，小儿摔跤入雪中。

头破血流不为怪，要把快乐当为先。

雪

田镇玮

　　纯洁的嫁衣披在了今天济南的身上。华丽的丝绸珐琅、金银玉宝都不如大自然对世间静止的这一刻的深情赞颂！你的优雅如淑女的微笑，你的深沉如山脉的静默。风啊吹痛了我的脸，雪啊洒满了我的身，却缔造出了山水一清、华天丽地的诗的语言。

　　周三，是何凯毅的生日，妈妈送来了大蛋糕，给每个孩子过生日是我的心愿。孩子们爱玩，爱闹腾，我担心孩子们会把奶油抹得到处都是。所以每次在大家很开心地分享生日蛋糕的时候，我都会强调不能乱抹奶油，不要破坏班级卫生，如果发现这样的现象，集体过生日的机会取消。孩子们也知道珍惜来之不易的生日聚会，都能遵守约定。当刘洪都、傅辰昊打开蛋糕的一刹那，我们惊呆了。如此美的蛋糕，我是第一次看到。蛋糕上没有奶油，同学们说是冰激凌的。何凯毅妈妈真细心，已经把蛋糕分成了49块。我们一起给何凯毅唱生日歌，他的好同学们也一一送上祝福。我看得出何凯毅很开心。到了分享蛋糕的幸福时刻，刘洪都、夏雪等同学说"先给老师送去"，他们成立了送蛋糕小分队，给每位任课老师送去蛋糕。姜金廷说"不要忘了给历史老师啊"，然后很郑重地给我一块蛋糕。孩子们一起分享蛋糕，说明他们心中有他人；孩子们把蛋糕送给老师，说明他们心中有尊长。看着孩子们细细地、慢慢地品尝着蛋糕，我很开心，很满足。有些细心的孩子品尝完蛋糕后，把精致的小叉子也保管起来，以留作纪念。在这里谢谢何凯毅妈妈送来的蛋糕，若干年后何凯毅一定会记住这次同学们一起给他过的生日，同学们也一定会记住这一起品尝的甜蜜蛋糕。吃完蛋糕，我告诉学生过生日首先应该给妈妈

图23　凯毅，生日快乐

打个电话，道一声辛苦了。因为我们的生日，就是妈妈的受难日。

家长的一封信

　　周四下午，我和孩子们一起分析期中成绩。我先让他们知道自己在班级中的位次，再让他们知道自己在年级中的位次，最后让他们了解历下区的平均分，表扬了每科前十名的同学，希望他们踏实前进。一组数据：21人地理不及格，15人生物不及格。第二组数据：167.5（班级语、数、英、物总分最高分和最低分的差距）。再看一组数据：393.5、393.5、380、384（同学们之间分数相差很少，提高一分"干掉"千人，一分有一分的价值）。表扬期中考试前十名：吴慧贤、侯博、祝宸辉、傅辰昊、王裕婷、石雯菲、刘洪都、王亩巍、严子颉、张然。进步大的同学有：王裕婷、石雯菲、雷俊骁、潘鸿达、夏雪、张彪、李斐然、张馨元、胡锦科、杜晓彤、孔令超等同学。成绩起伏的同学有：傅辰昊、严子颉、王梓业柠、易露佳、刘乃宇。我也在帮助同学们查找原因，希望他们能突破学习的瓶颈，慢慢进步。我还让同学们懂得了一个道理：学习是世界上最公平的事情，只要付出肯定就会有收获。从班级总分的平均分来看，去年低于区平均分不少，今年缩小了差距。我也和同学们总结道：学习肯定是辛苦的，不努力付出，就不会有优秀的学习成绩。没有经过无聊和艰辛的学习过程，就不可能有令人满意的

学习成绩。努力学习是一种责任。学习上吃苦，一辈子受益。在学校读书不仅是读书，更重要的是培养一个人吃苦的习惯和能力。

期中考试后，学生们写了试卷分析，侯博写到：语文成绩需要提高，唯有读书，读书不能只有量的要求，要走进作者的内心。我回复到：语文学习是个漫长的过程，需要多积累，我建议你在读书的时候可以摘抄笔记，可以做一下批注，可以和老师交流。

石雯菲写到：语文要重视基础，考试要合理安排时间，我太粗心了。我回复到：考试没有粗心之说，所谓的粗心就是你对这个知识掌握得不扎实。李鑫写到：妈妈对我期望很大，自己要努力。我写到：李鑫，恭喜你有进步，只要努力，你是可以的，不怕起点低，就怕自己没有志气，坚持就是胜利。李鑫洁写到：读书要走进作者的世界，做题的速度要加快。鑫洁妈妈写到：这次期中考试总的来说考得不错，各科都及格了，尤其是数学有很大进步，自己也能找出缺点与不足，希望以后上课认真听讲，多读书，多思考。易露佳写到：物理失分严重，主要是自己马虎。我写到：目标和动机很重要，要有明确的长远的目标，又要有切实可行的行动计划。李晓宇主要是从学习态度上分析的，我给她具体的建议：要学会学习，不要只是急急忙忙地写作业。张然也分析得很到位，我写到：每天进步一点点，一月进步一大截，只要静心前行，一切都不是问题。李泽华写到：英语选择题就丢到了30分，看来要注重基础。大部分同学能从学习态度、应试状态、知识掌握等方面进行分析，其中吴慧贤、王裕婷写得很认真。

期中考试后很多家长发短信、打电话和我沟通，也谢谢各位家长对我的信任。有好几位家长对孩子止步不前的成绩很苦恼，说到"我连自己的孩子都没有教育好，真的好失败"。

其实作为家长要看到孩子的闪光点，成绩暂时落后不代表教育孩子出了问题。每个人都有属于自己的蓓蕾，暂时没有开花结果，是因为还没有到开花结果的时候。教育，也就是这样一个等待、栽培的过程。班里有一位家长在孩子试卷分析后面附了一段话——写给孩子的心里话。我看了之后感觉到了爱的力量，眼睛湿润了，这就是伟大的母爱吧。我把这段话和大家一起分享，有可能也会让你思考一下我们家长是不是也需要改变。

为自己争口气才是最主要的，对你而言，我只是你的妈妈，你考出这样的分数其实是意料之中，但之前出于对你的尊重，我没有强迫你必须怎样。我总在想，你越来越大了，我应该尊重你，这是一种人格上的尊重，我希望你能成长，能自己觉悟。该说的，该讲的，都做了。我做事的原则是：尽力了才不遗憾！哪怕我不是最棒的，我也不会遗憾！对你的教育亦是如此，我接受你的一切，因为你是我的儿子，无论你有多少缺点和不足，我都爱你。我可以接受你普通平凡，但希望你是有用之人，于自己来讲，活着有价值；于别人来讲，你的存在有意义。但我还是希望你积极向上，勤奋努力，只有如此你才不会后悔！

我若强迫终究是外力，你需要足够的内因唤醒自己。你不比任何人差，若不甘心人后，只有努力，更努力！前进之路是艰辛的，要肯吃苦。俞敏洪三次高考进北大，这说明只要目标明确，肯坚持，没什么实现不了的。

坚持！在你觉得累的时候；

坚持！在你想要放松一点的时候；

坚持！在每一次失败或成功的时候。

人生是一场马拉松，只有坚持不懈的人才能获得真正的快乐，那是一种自我存在的价值感！

问问自己，你尽全力了吗？你后悔吗？

若这次失利，能唤醒你的自觉，也值了！

我把这封信在班级读了，教室里静悄悄的，我想孩子们应该是听到心里去了。当下是初中真正的开始，两极分化明显，作为老师和朋友，我想和他们一起走过这段青葱岁月。

第十五周

文艺范的孩子们

上周六我来学校拿手机，推开办公室门，看到了奄奄一息的绿萝，是的，好久没有打理它了。原本翠绿的颜色像蒙上了一层雾霾，还有很多黄色的叶子呈现出一副垂头丧气的样子，让我心疼。我赶紧把它拿下来，浇水、修剪。我心里想，它还有救吗？

周三上午，走进语文课堂，好不热闹，同学们踊跃地举手回答问题，原来是张艳老师在讲陶渊明的《归园田居·其三》："种豆南山下，草盛豆苗稀。晨兴理荒秽，带月荷锄归。道狭草木长，夕露沾我衣。衣沾不足惜，但使愿无违。"最后一句"但使愿无违"中，表达了哪些"愿"？王亩巍说："这种愿，是安乐于现在种豆南山下的生活，每天日出而作、日落而息的雅致。"吴慧贤说："依照自己的本心而活，远离腐败的官场，不为五斗米折腰！"老师问："远离官场的心愿从哪些地方看出来？"斐然说："草盛豆苗稀，这句把自己比作田地里的豆苗，杂草丛生比喻那时的官场黑暗。陶渊明自己不想与其他人同流合污，保持自己的清廉，就会被其他人所排挤。"傅辰昊说："道狭草木长，说自己回来的路上，道路狭窄，两边草木茂盛。也比喻自己的为官之路是蜿蜒小路，一波三折，不像康庄大道那样一帆风顺。也展现了诗人对自己前途的迷茫和感慨！"张老师作了总结：对于诗人来说，人生的道路只有两条任他选择，一条是出仕做官，有俸禄保证其生活，可是必须违心地与世俗同流合污；另一条是归隐田园，靠躬耕劳动维持生存，这样可以做到任性纯真、坚持操守。他选择宁可忍受身体的苦痛，也要保持内心的纯洁。"王子说："不为五斗米折腰，说明了他要坚守自己纯洁的内心。"课后，我和张老师交流，张老师满满的幸福，说孩子们能分析得这么透彻，她都没有想到。

周四下午第四节，读书交流。读书交流一共分为两大板块。张艳老师首先向同学们介绍了作者林海音的生平经历和文学成就，还就《城南旧事》的电影版作了细致的分析，为同学们的交流作了一个铺垫。活动开始了，只见屏幕上显示出八枚金蛋，原来是久违的"砸金蛋，赢积分"。每个组都选出了自己满意的金蛋，金蛋后有对应的题目。每个组都派出自己的实力战将，和同学们分享着《城南旧事》中的那些故事。有的同学对秀贞表示十分同情，对她和小桂子的结局感到万分的惋惜。有的同学就兰姨娘展开了细致的分析，对那个时代的新女性大加赞叹。最精彩的当属《我们看海去》这一章节的交流，同学们就"厚嘴唇男人"的形象各抒己见，在"好人"和"坏人"的定位中详谈自己的见解。

第二大板块是各小组展示自己的阅读经历。每个小组派出一名同学。傅辰昊和大家分享的是《三体》，讲出了茫茫星河中，文明的何去何从。刘乃宇和大家分享的是《福尔摩斯》，把大家带入了那个悬疑的年代，同学们听得津津有味。李斐然和大家分享的是《我们仨》，带领同学们一起"走进"了杨绛和钱钟书的一家，也让同学们对课本上的《老王》有了更加深入的认识。李鑫和大家分享的是《名人传》，特别是对伽利略等科学家做的实验分析得头头是道，真不愧是科技小达人。同学们事前做了充分的准备，制作了精美的PPT，勇敢地走向前台和同学们分享了自己的收获。通过开展这次活动，同学们一起又走进了那个时代，回顾了那些人、那些事、那些情，对于《城南旧事》有了更加深入的认识。伴随着这种语言上的交流和思想上的碰撞，相信同学们会以小英子的那颗纯真的心更好地看待世界、看待生活。

每周三的《开讲了》还是如期进行，本次是王泽坤介绍"隆美尔"，介绍了他的生平，以及他眼中的隆美尔，最可喜的是他能用辩证的观点来看待历史人物。

周四我们见到了久违的太阳，大课间，学校组织了跳绳比赛，在阳光下那跳动的身影显得如此的动人，青春无敌啊。周四的数学测验，孔令超、祝宸辉得了满分。90分以上的有侯博、胡锦科、吴昊、刘乃宇、张然、潘鸿达、易露佳、张然、王宙巍、傅辰昊、吴慧贤。对以上同学提出表扬。

易露佳的大作《长江》入选了历下区教育刊物。另外，才女还代表历下区到上海参加了比赛。

长江

你是我告别多日的故土

现如今你依旧气势磅礴

怀念着昔日的你

如今却显得更加成熟稳重

你见证我成长的每一步

你像我的小摇篮

我每天却依偎在你柔软的身体里

做着一个又一个的美梦

慢慢地

我悄悄长大了

也渐渐懂事了

你用那熟悉的嗓音

向我一展歌喉

感受你的魅力

当我再一次与你相逢

那熟悉的声音不见了

换成了那般惊涛骇浪

你显得很激动

像海浪一样波涛汹涌

让我感受到你的热情

长江

我的故土

你的热情似火

让我铭记在心

期待与你的再次相逢

班级的"熊孩子"

期中考试后，孩子们心里紧绷的弦开始放松。周四中午打扫卫生时，我来到教室，有两名同学在打闹。李同学喊我："老师，你过来！"声音很急促。我低头放拖布时，就听到了扭打的声音和哭叫的声音，再仔细一看，李同学的脸被眼镜框划了，靠近眼角处，渗出了血。严同学看到同学脸上受伤了，也开始担心，提出要送李同学去医院检查，并多次询问李同学，李同学一言不发。后来我看到李同学的眼角处一直在渗血，我告知双方家长。事后，我和双方家长积极地解决了此事。晚自习期间我回到教室，再次和同学们重申，同学之间交往的度就是不要有肢体接触。安全重于泰山，彼此之间要互相体谅、包容。

周五下午第三节我有课，下课回到办公室刚坐下，赵书记给我打来电话："你们班级有三个同学在校外的花园路上溜达，他们请假了？"我心里咯噔一下："第四节是讲座时间，他们怎么逃课了呢？"气不打一处来，这些熊孩子，胆子真大。十分钟后，他们三人站到了我的面前。因为第四节课是讲座，他们知道我不去看讲座，然后就开溜了。我怒气冲冲地对着他们喊："你们胆子可真大，出了安全问题怎么办？你们的家长过来问我要孩子怎么办？你们心中还有没有学校规则、班级规则，还有没有班级，有没有老师？""老师我想去修表，我们是安全的，那条路我走了无数遍了，不会出什么事情。"一位同学辩解道。另一位同学认识到自己的错误，说："老师让你担心了，我以后再也不会犯这样的错了。"我认为这件事情必须让家长知晓，第一出于安全的考虑，第二出于规则意识，为什么孩子心中没有规则，不遵守校规，将来走向社会怎么办？第三出于责任心，他们逃课，会不会连累其他的老师，如保安。让孩子们知道在做事情的时候要三思而后行，要有责任心。学生给家长打了电话，家长十万火急地来到学校，我与各位家长一一交流处理。希望同学们引以为戒，不要随心所欲。

青春期的孩子，好动，热情，偏激，敢于尝试，敢于说不，有时候我们真的不懂他们。我知道不管是对文艺范的孩子，还是对班级的"熊孩子"，我不能轻易给孩子贴上标签，也不会轻易下结论，不会盲目地拔掉这些花花草草，因为每棵树都会长成它本来的样子。我需要耐心地等待、慧心地修剪。

忘了告诉大家了，绿萝在我的精心照料下，又恢复了往日的生机，枝繁叶茂，就连那些黄叶子也开始泛出了绿意。

我一直认为我们当班主任应该向农民学习，春耕夏耘秋收冬藏，因时而耕，适时而作，遵循庄稼的生长规律，要慢。在做班主任的生涯中，我们曾经优雅地转过身，也曾经惨烈地撞过头。我也可以放慢脚步，用心享受教育过程中的点点滴滴，一如既往地迷恋禾苗的成长，我执着如一地守望着教育的农田。

语文老师张艳老师笔下的孩子是这样的：

我的"奇葩"学生

十几年前的自己从未想过今天的我会站在那三尺讲台上，承担着教书育人的责任。当时还是初中生的我会时常谈论我们的老师，而现在的我谈论最多的却是我的学生们，一个个与众不同的孩子。

现在人们时常会谈论现在的孩子和自己当初上学那会儿是真的太不

一样了。以前的我们是多么听老师的话，老师说什么就做什么，老师的话就像是圣旨一样，不敢违抗。还记得自己上初中那会儿，老师给我布置了一个任务，让我带抹布来学校打扫卫生。我回到家左翻右找还是没找到，正逢妈妈不在家，我二话不说就把前几年买的裤子剪掉了，圆满地完成了老师的任务，但是却换来妈妈的一番咆哮。现在想想当时的自己真是太过天真。

自从接手这一批孩子以来，更加真切地感受到当初的我和他们的差别。他们每天都像打了兴奋剂一般，朝气蓬勃，仿佛有使不完的力气。每天出现在我面前的几乎都是一张张笑嘻嘻的脸庞。有时，我也很好奇，他们的世界里到处都有引爆点，一个不小心就会引发哄堂大笑。当你想要责备他们的时候，他们会异口同声地说："老师，我们就是这么'逗比'，笑点太低。"他们的世界中充满了欢笑，傻傻呵呵地过着不一样的日子，于他们来说或许是一种莫大的幸福。

我的学生中有善解人意的知心"暖男"，有倔强的"女汉子"，当然也有有几分我当年风范的乖孩子。就拿我们班的"隆哥"来说，确实是位让各位老师头疼的孩子。这个绰号也是班里的同学赠与他的。他能把上课时的小动作说得头头是道，那嘴不差于辩论场上的选手。如此这般的孩子却通过一件事让我刮目相看。上周的时候，由于时间紧迫，吃饭时候的餐具没有人去搬走。我正想找人之际，隆哥走了上来，说要搬下去。当时的我很吃惊。平时的他一下课早就没有了踪影，而现在却主动来帮忙。而且他当时因感冒正在发烧，一脸没精神的样子，却主动来帮班里的同学。看到他一步一步走下楼梯的身影，我的心里充满了说不出来的感动。是我没发现孩子们的另一面，平时只是通过一种角度去观察，原来再顽皮的孩子也有闪光点。

说到奇葩，我就不得不讲一下我的学生们的奇葩文字了。这学期的第一次作文题目是《我的老师》，看到同学们写到自己的小学启蒙老师，着实是读到了那些老师对孩子们的重要性。其中，还有几篇是关于我的。

"暖男"在文章中写到："张老师，我的心灵明灯，一个伟人，一个把我从彷徨的边缘拯救回来的伟人！"看到这段话，我顿时是满满的感动。在我这不到一年的教学中，能够在学生的心灵中留下痕迹，我觉得我做什么都是值得的。不经意间，我才发现，原来自己平时对学生们的关心和关注有时候真的会改变一个学生的思想。那一刻，我对"教书育人"的理解更深入了一步。

我的学生很普通，每天嘻嘻哈哈过着平静快乐的日子。我的学生很"奇葩"，每个人都有不同的特点，而且会把他们的欢乐传递给我，让我感受到自己的价值所在。

第十六周

六个字的班会

　　周一班会课，我和孩子们谈了六个字：感恩、敬畏、自律。我让吴慧贤读了我写的一篇日记《不称职的妈妈》：

　　　　昨天回家都九点多了，儿子因为没有读好"一起作业"的英语部分，自己很不开心。爸爸说："你不要有情绪，你要多练习，才能获得更多的星级，你练习得少，让你多练你不听……""谁说我没练，我练习了……"孩子开始为自己开脱，老公上去就踹了他一脚。孩子回到卧室，狠狠地把门关上了，说："你别过来，我不用你管……"老公接着推开门，开始训他。我默默地坐在客厅的沙发上，一直忍着，我要和老公站在一起，又很心疼孩子。我很是自责，自己陪孩子的时间太少了，我是个不称职的妈妈。我等了很久，卧室终于安静下来了。我走进卧室，儿子趴在床上，我摸了摸他的头，他忽然站到床上喊到："妈妈，你几天没有回来了，我再也不想你了。"我想把他抱在怀里，他倔强地拒绝了。然后又趴在了床上，我轻轻地拍了拍他的背说："宸宸，妈妈做得不好，没有好好陪你，但是爸爸妈妈是爱你的，懂事的宸宸是知道的，对吧？"这时他安静了许多，我把他抱在怀里，他闭着眼，他哭了，泪无声地流了下来。看到儿子这样，我的泪水再也控制不住……（宸宸平时比较听话，规则意识比较强，学习也比较上心，每周他都会把他的作品《大熊熊和小熊熊》充实一下，然后拿给我看看。大熊熊是我，小熊熊是他。）我静静地看着他的脸庞，他的脸似乎瘦了，眉宇之间还有个小疙瘩。我只是重复了刚才说的话，剩下的只有静静地抱着他，伴随我们的还有钟表的滴答声，就这样他睡着了。

我和老公说，也不能怪孩子，他应该也有自己的压力，妈妈照顾得又少，不要光责罚孩子，我们家长也要反思，尤其是我。工作、家庭如何更好地平衡，反思中……

孩子们听得很专注，也能体会到老师的各种不容易，老师甚至于照顾不上自己的孩子。我顺势说到："Miss王早上七点十分准时到教室，等待你们上自习，周三晚上匆匆回家看孩子写作业，6:30之前一定回到教室，陪你们上晚自习，而Miss王的儿子自己在家写作业；凯歌老师刚当爸爸还在给你们上课，把陪小女儿的时间都给了你们；秀平老师产假还没有结束就回来给你们上课，最近两个孩子生病了，也尽量不耽误你们的课；强老师，周三、周五早上7:15准时到校，看着你们背诵地理；还有小会老师，每节课都带着放大镜发现你们的优点，看看你们在哪里有进步。老师们一回到办公室就迫不及待地和我交流你们的种种好。还有很多老师，都在像呵护生命一样呵护你们的成长，你们能够感觉到吗？"

"是的，这是我们的职业，也是我们的责任，我们只是做了我们该做的。亲爱的孩子们，你们想想你们的父母，周末多么期待和你们交流，有可能等来的是"哐当"一声的关门声，有可能等来的是你的"嗯！""行了！"等种种不耐烦的回答，或者是一次次敷衍。孩子们，你们有没有注意到妈妈眼角的皱纹、爸爸两鬓的白发。你看你们多好，每周都可以和家长团聚，我很羡慕，而我只有过年过节才能和我爸爸妈妈团聚。孩子们你们好好珍惜和父母在一起的时光，多和他们交流。周末回家做点力所能及的事情，让父母见证你们的成长。希望你们带着一颗感恩的心看待社会、看待学校、看待老师、看待父母、看待同学。有感恩之心的孩子将来也是幸福的……"

白岩松说过："有信仰就意味着有所敬畏。敬就是知道什么是最好的，我希望那样；畏就是知道什么是最坏的，我不能那样，得守住底线。"我们每个人都要有一颗敬畏之心，敬畏法律、规则，当你迟到、上课接"话把儿"、打架、不尊重老师时，你心里可曾有"敬畏"。敬畏课堂，课堂是我们学习知识的地方，你对课堂充满敬畏吗？如果足够敬畏，你就足够谦卑，肯定会收获很多。敬畏真理，"吾爱吾师，吾更爱真理"。我们应该有这样的追求，在我们的课堂上，我们是否可以有一颗神圣之心。我们不能拒绝一切崇高，不能拒绝一切真挚的感情，不能拒绝对祖国真挚的爱，不能拒绝伟人的功绩。有时候我也在想，你们还小，学生需要成长，学生需要理解。但是一味地无原则地自责、迁就就是不负责任，学生也是需要教育的。

自律，指在没有人现场监督的情况下，通过自己要求自己，变被动为主动，自觉地遵循法度，拿它来约束自己的一言一行。自律并不是让一大堆规章制度来层层地束缚自己，而是用自律的行动创造一种井然的秩序来为我们的学习生活争取更大的自由。自律包括自爱、自省、自控。自律真的很难，对于成年人也很难，但是但凡成功人士都是高度自律的。我把我自己自律的方法告诉学生："早上写上自己要做的事情，做到一项划掉一项，划掉一项就是对自己的肯定，这样意志力慢慢就建立起来了。"

试试看，孩子，如果你想改变，从什么时候开始都不晚。

今天是很不寻常的一天，新团员举行了入团仪式。我们班级王宙巍、吴慧贤、侯博、祝宸辉、张然五位同学从今天起成为了一名光荣的共青团员，他们进入了一个新的团体、一个先进的团体。我外出教研，会议结束很晚，回到学校的时候已经12:50了。我去报告厅的时候仪式已经快结束了，我看到共青团员笔直地站着，目光炯炯有神，他们郑重地拿着团员证，胸前佩戴着团徽。八年级一班孙瑜同学代表新团员讲话，掷地有声的演讲让我的心灵也受到了一场洗礼。那一张张稚嫩的脸庞，传达给我的是成长的力量。我想这样的活动真的很有意义，毕业后，他们一定能铭记这次入团仪式。会后，我在班级中再次对他们表示祝贺，并且希望他们五名团员处处起到带头作用，帮助班级更多的同学进步。

慧爱家长课堂

　　周四雾霾，我们全班同学原本要到锦屏学校参加班级体育联赛，我想这样的鬼天气肯定不能去了。可意外的是，周五天高云淡，正是进行体育联赛的好天气。于是，我们39人坐着大巴车来到比赛地点。先是大课间的展演，韵律操、踢毽子、跳大绳等等，真是百花齐放。蓝天、绿地，蓝白相间、红白相间的校服，还有那一张张青春的脸庞，红红的，真是一幅美景。那一刻我感觉我们的校服真的好美，美得就是与众不同。我站在跑道上给每个孩子加油，感觉弥补了一个遗憾（学校没有秋季运动会）。感谢区领导让我们圆梦。男生参加的项目是引体向上、跳远、1000米跑、篮球投准等。栾路通、胡锦科、刘洪都等同学的引体向上能拉25个以上，真厉害。女生一起给他们数数，引来了众多学生的围观，裁判开玩笑说："你们是体校的吗？"立定跳远成绩严子颉245厘

图24　田径场上的女孩们

米，刘洪都255厘米，王宙巍192厘米，张馨月195厘米，吴慧贤195厘米，王彤彤188厘米，他们不管跳得远近，都是蛮拼的。篮球投准再一次证明了我们班级的孩子是团结的，大家互相鼓劲加油。最具挑战的还是800米跑、1000米跑，参加学校众多，我们到了12:00才开始比赛，很多同学已经饥肠辘辘，但是他们还是一直坚持了下来。跑下来就是英雄！严子颉、王泽坤两位同学一直带着全班同学跑，最后100米冲刺很精彩。这坚定了我一个信念：男孩子一定要多运动，喜欢运动的男生就是男神。通过这次比赛，我也看出同学们的体育成绩比起初一有很大进步，这和平时的跑步训练是分不开的，但是学生与学生之间的差距还是很大的。不管怎么说，感谢帅哥焦龙老师的忙前忙后，只要尽力了，也就无悔了。

本周末我以老师和家长的身份参加了一个讲座。历下区教育局和齐鲁晚报成立了"慧爱"家长课堂。有几点小想法和大家分享：

1. 我认为这个讲座去的人应该不多，但是我错了，我8:50到历山剧院，一楼已经坐满了人，我只能到二楼。9:00讲座正式开始，座无虚席。这说明越来越多的家庭特别重视孩子的教育，也给当代的家长提出了更高的要求。

2. 爱孩子，连母鸡都会做，关键是如何爱孩子。我们都知道父母是孩子的启蒙老师，其实父母还是孩子一生的老师，是孩子永恒的老师。当孩子成人、离开父母时，他们想起我们，依然依恋我们、想念我们，由此看来父母还兼有一种职业——就是孩子的家庭教师。

3. 不要认为和孩子有代沟就不去沟通，代沟就是不愿意沟通的代名词。

4. 教育不反对精英的培养，每个孩子也应该有自己的个性。

5. 教育不光是用嘴巴说，身教胜于言教。不要过分相信语言的力量。

6. 青春期的孩子和你作对是成长的必然阶段，如果不作对就要引起重视，和你作对说明孩子在成长。孩子犯错，家长首先应该自省。

7. 家庭教育应该从负一岁开始。

8. 家长的成长对孩子的成长非常重要，家长是应该接受教育的。

9. 一切教育最高的目的是形成性格。

10. 孩子一生中最重要的关系是和爸爸妈妈的关系。

11. 孩子是一颗种子，独一无二的种子。家长要像农民一样等待种子的成长。

历下区的"慧爱"家长课堂后期还会推出很多讲座，如果有机会我们可以去听一听，相信会有收获的。

一位英国哲学家说过：播下一种思想收获一种行为，播下一种行为收获一种习惯，播下一种习惯收获一种性格，播下一种性格收获一种命运。班主任作为教育的陪伴者、思想的引领者、心理活动的参与者，我们应该帮助学生播撒下"善"的种子，帮助学生成为有思想的未来人。

第十七周

2015年12月29日　星期二　天气：雾霾

家长助学

翻开日历，2015年马上就要溜走，我一直在行走，和孩子们一起行走，和家长们一起行走。回首过去，有收获也有些许遗憾。周日，我在山师大礼堂聆听了一场报告，感触颇深。信息社会瞬息万变，如果不学习，我们就跟不上潮流了。（周一班会我得和孩子们分享一下我学习的过程，我很震撼于信息时代的变化。）我梳理了一下上周和孩子们在一起的点点滴滴。

周一，雾霾。我们班级来了九位助学家长，站在雾霾中，为学生上学开启绿色通道。特别感谢何凯毅父母、王宙巍妈妈、雷俊骁妈妈、李斐然妈妈、傅辰昊爸爸、李泽华爸爸、李鑫妈妈、夏雪妈妈等九位家长。我在班会课上已经把你们执勤的事情转告给了同学们，我相信同学们也能够感受到各位家长传给我们的强大的力量。因为有你们的陪伴，我和孩子们都非常的欣慰，我并不是一个人在战斗。周一班会开始前，我盘点了上一周的两个重要人物——屠呦呦和林森浩，让孩子们感受两人不同的命运轨迹，借此培养学生正确的价值观，为他们种上一颗梦想的种子。班会的主题是《青春路上的满足》，通过做调查问卷，让同学们正确地看待自己，悦纳自己，最后同学们写下了对自己正确的评价。

与青春对话

初中阶段是学生成长的关键时刻，学生们也在这个阶段迎来了人生中的第一个大考验——青春期。学生们体会着成长的快乐，也感受着成长的烦恼。在学校，有的同学面对新的环境与课程出现了不适应；在家里，有的同学与父母的关系变得紧张。为了让学生顺利地度过青春期，让孩子感受到成长的力量，学校于12月15日特邀济南中学心理专家周秀琴老师为七、八年级的同学带来了一堂有关青春期的讲座。学生们在听讲座的过程中，时而聚精会神，时而窃窃私语。会后，我留下我们班级的女生，与她们谈了谈青春期的那些事情。我先了解了女生例假的情况，告诉她们学会爱惜自己，学会保护自己。她们也告诉我一些小秘密，她们时而互相揭发，时而互相补台。我告诉她们，心里懵懂说明她们长大了，但是要有自制力，要有定力，不要被一个个小小的诱惑吸引了，那些都不是她们的风景。

周二，我开始新一轮的与学生谈话。（此项活动每天都在进行，所有的老师都在进行。）我简单分类，分拨谈话。这样，孩子不至于因单独与老师在一起而感觉紧张，再者他们之间还可以互相学习。本次谈话的重点是听听孩子们临近期末打算如何复习，给出针对性的计划。如祝宸辉、侯博，学习一直很努力，是班级学生学习的榜样，他们要跳出二班的圈子，着眼于区统考，和其他班级的孩子进行比较，找到差距。王裕婷是个很懂事的孩子，善于学习，语文不错，我给她的建议是在数学、物理学习上要多下工夫，多去问老师，勤于思考，勤翻看错题。石雯菲、张然、王宙巍要多思考，向课堂要效率。接着我给孩子们看了往届学生的学考成绩，他们一片咋舌，生物、地理等等级学科大部分学生都是A级。我还给孩子们讲了学长王淄齐的故事，王同学有很强的学习内在动机，他对学习有极大兴趣，关键是付出了努力。他不是最聪明的，却是最把学习当回事的，他是最努力的，不管在什么时候都能看到他在努力学习，认真钻研。他一直保持着学习的记录，每次考试都稳居年级第一，他中考刷新了记录，考了533分。我希望通过和孩子们分享身边的榜样，让孩子们反思自己的行为。上周天气不错，我、张然、石雯菲、李鑫洁、夏雪，大课间，我们五人围着操场兜圈子，他们围着我叽叽喳喳地谈他们心中的偶像，说青春期的困惑，聊学习上的苦恼。那个时候我真切地感觉出了作为老师的意义。我告诉何凯毅，他的周周清有很大进步，希望继续保持。我告诉李鑫，只要自己不放弃自己，就没有人能放弃他。我告诉今天，虽然周周清还差一点点到达平均分，但是她努力的身影老师一定记得，为她的进步点赞。我告诉王泽坤他是我的左膀右臂，他对于我、对于二班都很重要，老师很在乎他，我知道他也懂得。我还找了吴昊、刘乃宇、孔令超，并告诉他们既然我们来到学校，就要在学习上踏实些，我相信他们还有更大进步。潘鸿达也有进步，上课不再那么随便说话了。王彤彤还需要克制一下，毕竟课堂落下一分钟，课下十分钟也赶不上……

周三下午我接待了两位家长：雷俊骁妈妈、李鑫妈妈。我了解到雷俊骁的成长环境，也知道妈妈特别关注孩子学习，妈妈非常尊重孩子。孩子规则性很强，喜欢运动，总体不错。通过交流我们也找到了一些解决问题的方法。李妈妈不单关注孩子成绩，更关注孩子的同辈群体。希望我们之间的交流，能带给妈妈一点启示。

今天听说1月13日、14日要进行期末考试，心再次悬了起来。

流年似水，用心记录孩子成长的每一个瞬间，这是送给他们最好的青春纪念册。

第十八周

2016年1月5日　星期二　天气：多云

互联网+

上周一直被雾霾笼罩。PM2.5一度突破455，孩子们只能待在教室里，两眼望着窗外，眼睛里充满了各种渴望：自由，空间，外面的世界……作为老师何尝不想让孩子们酣畅淋漓地打一场球，出一身汗，宣泄一下负情绪，可是天气不允许……本周我零星地整理了老师和学生的四个小片段。

上周日，我在山东师范大学大礼堂聆听了关于现代教育的一场报告，让我脑洞大开，收获真的很大。古老的座椅，油漆斑驳，没有暖气，但先进的理论却温暖着我们的心。报告会上大腕云集，精彩纷呈。教育家李希贵提出，让学生"适度失控"，只有适度失控，孩子才会回归，找到来时的路。"没有后排"关注全体学生的发展。给我感触最深的还是沪江CEO伏彩瑞的发言，我真是有些孤陋寡闻，我没有听说过沪江，但是不管你听说或者没有听说，它就在那，疯狂地发展着。它的C端客户遍及海内外。截至目前，沪江网的影响力已辐射2亿民众，有8000万用户，300万学员，行业排名第一，获得千万美元级风险投资，并获得广发银行、招商银行联合亿元授信，成为全国最大的互联网学习平台。还有思来氏的张韫博士的大数据，让我们看到数据背后的故事。利用好大数据，对于有关学校、学生的研究也是极有好处的。

班会课，我从互联网大会说起，说到丁磊、马云、马化腾、雷军、李彦宏，当我问学生是否知道他们的故事时，刘洪都、张彪还能说出个一二来，其他人都不吱声，我有些失望，现在的孩子们对于企业家竟然一概不知。然后，我隆重地介绍了伏彩瑞小学、初中、高中、大学、研究生的学习。他从大三就开始创业，8万元（借的）起步。我想通过他的例子让学生明白，在信息时代也需要深厚的积累，也必须要认真学习。在学校里，除了学习，还需要培养学生坚毅的品格，面对困难不退缩。在学校里，有可能还会遇到将来志同道合的合伙人，关键看你的平台，在省实验、山师附中和职业学校遇到的同伴是不一样的，将来发展的方向也不一样。学生静静地听着，特别专注。有可能伏彩瑞离同学们有点遥远，不过我想接下来的这个例子离大家应该不远。他是我的一个学生，毕业于齐鲁学校，升入济南一中，后来考上了青岛理工大学。大三，创业中，他创立的也是线上线下教育，鲁秀才。他目前在高校巡回演讲，招募合伙人，发展自己小小的事业。我也和学生聊到他的过往，初二面临没学上（调皮，后来转入我们学校），来到齐鲁后，老师关心他，他也很努力，慢慢地找回原来的自己，中考考进了自己理想的学校。我一边展示他的照片，一边介绍，目的是让学生明白初二是人生的一个拐点，既会赢在拐点，也会输在拐点，且学且珍惜。最后我让学生看了一个视频《变》，让学生小组讨论看完视频的感想。王子说："世界变化太快，如不学习，很快就被淘汰。"王裕婷说："我感觉我们这一代人的竞争压力更大，毕竟更新速度太快了。"王泽坤说："世界变化之快，让我始料不及。"还有很多同学参与了发言，我不一一列举了。我上这节班会的目的是给孩子们一定的思想引领。是的，教师应该是有思想的，是人类思想的启蒙者。而我有时也沦落为一个宣传员、一个传话筒。所以老师，应该是一个知识分子、一个思想家。我与之相差甚远。

勤奋的孩子们

周二第一节是英语公开课。感谢Miss王，给孩子们提供了更多的展示机会。Miss王的课充满激情，她就像一名战士那样永远激情澎湃。最可贵的是Miss王一边讲授知识，一边渗透德育。在英语课堂上真的没有角落，Miss王的眼睛绝对是360度无死角巡视，她把每个孩子都抓在手里。"有一个同学没有抬头""有一个同学没有跟上""有一个同学没有发言"她不点名，但是目光已经温柔地作了提醒。学生们应该从那目光里看到了鼓励,瞬间调整状态。我主要看了学生们的精神状态,还有学生们对课堂的参与度。班级39人只有寥寥几人没有发言。表现好的同学有:侯博、王裕婷、张馨元、林今天、严子颉、李鑫、李鑫洁、何凯毅、石雯菲、王彤彤、祝宸辉、王兆隆、刘乃宇、张文荟、张然、王宙巍、李晓宇、王子、傅辰昊、韩延圳、李斐然、吴慧贤等同学。听课老师也给予孩子们很高的评价:"这一节课孩子们表现得真好!"(我听了心里美美的)希望这句话也能带给孩子们力量。孩子们,请记住自律、自主、自习。不要让老师失望。

二班孩子活跃、好动,喜欢无拘无束。你想不到他们会有如此专注的神情。他们练习口风琴的时候是多么的专注和投入啊!我真心佩服孩子,背谱子背得那么认真。真心感谢音乐老师赵老师。在报告厅看着他们练习口风琴,我和赵老师说:"你看,二班这一群孩子,在你的指挥下,这么有文艺范儿,关键是这么投入,我感觉他们练习曲子的时候心沉下来了。他们特别美,特别有气质。"赵老师说:"你还记得《放牛班的春天》吗?那群孩子一接触音乐,都成了天使。"说实话,班级39个人,吹口风琴的水平还是有差距的,但是赵老师给了每一个孩子机会,让所有的孩子都上台演奏。这样的经历会让孩子们有更大的收获。孩子们,元旦汇演全学校师生都会目睹到你们的风采。加油!音乐课+德育课=孩子成长。为赵老师点赞!

他们还是孩子,他们期盼课间,但是课间不能打闹,我会不定时地去班级抽查,每每都有收获。不让打闹的原因是:"身体发肤受之父母,我们需要有明亮的眼睛、聪慧的耳朵、灵敏的鼻子、灵活的双手,你们是唯一的,所以安全很重要,你不但是你自己,而且是父母的唯一,所以不能在教室打闹。"好动是学生的天性,班级有两名男生打闹被我抓个正着。动之以情,晓之以理,他们认识到错误了。我知道他们有很多负能量,运动可以让他们释放负能量。周二晚自习,一女生郁郁寡欢,走近一看,她正抹眼泪。问之,有男生在背后对她进行评价,但评价不怎么好。容忍没有用,怒火爆发了,一男一女,互相指责对方,声音特别大。最后劝到办公室,我先让他们互相指责，指责过后，再各自反思。

　　谈了很长时间，谈话真的很有必要，我走进了两个孩子的内心世界。他们终于和好如初，回教室去了。有时候，我是消防员的角色，有时候，我也在想中国的老师付出了很多，收获和付出不成正比，其实还是源于老师的思想和能力不够。交流—读书—反思，这条路一定要走下去。

第十九周

2016年1月12日　星期二　天气：多云

元旦汇演

时光荏苒，岁月匆匆。2015年已从指尖悄悄滑走，有收获，有欣喜，有期待，有苦涩。经历过后才知道生命中的每一分钟都是向永恒借来的片羽。有人在这段时光中载歌载舞，有人在这段时光中水墨丹青，还有人在这段时光中恍惚而过。有一位哲人说过："不是你过了多少日子，而是你记住了多少日子。"不管怎样，这段光阴留下了二班所有师生的脚印，或深或浅，或大或小……

我的生活每天都是新鲜的，因为我面对的是一个个鲜活的个体。这不生活服务中心传来了消息：王同学、刘同学、房同学熄灯后，三个小伙子没有好好休息，而是三人挤到一张床上。真是调皮，我也想到了事情的后果——安全问题。前天，我和班级的孩子说过："马上就要期末考试了，我们本周开启期末复习模式，在课堂上要严格要求自己，提高课堂效率，课间可以解决个人问题，然后马上回到教室，认真复习，抓住点滴时间。自己统筹安排晚自习，学会做学习的主人。晚上一定要养精蓄锐，才有精神面对一天紧张的复习。如果之前犯错，老师、同学可以原谅，但在非常时期犯错是不会被原谅的，因为我们都在备考，你破坏了气氛和规则。"可是，这三个孩子因为自制力的问题，犯错了。同学们都知道我处理事情的原则："我没有说，责任在我，我承担全部责任；如果我强调了，你还为之，不好意思，你来承担责任。"对青春期的孩子还是要严在当严处，我如果不尊重原则，让孩子感到侥幸，问题有可能会接踵而来。接着，我经学生同意，给家长打了电话。（其实很无奈啊，但是教育还是需要家长的配合。我做班主任最不想做的就是两件事情：一是把犯错的孩子领到教育处、校长处，让领导处理问题，这是老师无能的表现；二是给家长打电话。但是有时候教育是需要家校合力的。）好在这三位家长很支持老师的工作，他们三个离家都很远，有的需要一个半小时车程才能到学校，但他们还是来到学校，与我进行了深入的交流。我特别感谢家长对我工作的支持，也感谢他们对我工作的理解。上周，我们班是忙碌的一周，也是幸福的一周，2016年的元旦汇演拉开序幕，我们班级参加的节目还真不少。张文荟、王宙巍带领学校舞蹈队的学生排练了开场舞，他们用动感的旋律、激情的舞步宣示我的舞台我做主，我的青春我做主。我们只是看到了他们的笑容和优美的舞姿，却没有看到他们背后的付出。王宙巍嗓子化脓，连续低烧好几天，也从没有耽误过排练。张文荟是舞蹈的总导演，从召集学员到排练，到仔细地纠正每一个动作，真是个负责任的好孩子。还有李斐然、张馨元这两位同学参加了歌曲串烧《一个像秋天，一个像夏天》。这两个姑娘，前期选了好几首歌，有的不符合场景，有的唱不出气势，选来选去最后定了这首。她们两个利用空余时间反复练习，海选的时候成功晋级。舞台上，她们穿着一样的衣服，梳着一样的发式，她们用天籁之音演绎自己的锦瑟年华。易露佳、王梓业柠朗诵了易露佳的原创诗歌《长江之歌》。她们着淡雅的裙子，背景音乐气势如虹，一刚一柔，非常之美。李鑫洁弹奏的葫芦丝《月光下的凤尾竹》，宛转悠扬，宛如看到凤尾竹上的晴朗明月。最让我自豪的节目是我们班级全员参与的口风琴演奏《同一首歌》《雪绒花》《红河谷》三首曲子。我很佩服孩子们，他们用极短的时间就记住了三首歌的谱子。我对赵老师说："孩子们真厉害，那么快就记住所有的谱子了。""这源于初一的时候我教会他们识谱，他们有基础，我们班级的孩子还是很聪明的，他们稍微努力一下，就记住了。"他们排练了几节音乐课，课外活动时间走过两次台，大部分孩子很认真地练习，如祝宸辉、侯博、房宏运、李鑫、何凯毅、刘乃宇、夏雪、王彤彤、石雯菲等。最后一次彩排，有个别同学候场的时候没有静下来，赵老师说："只有静下心来才能完全投入，你看看你们这样浮躁，能发挥出你们真实的水平吗？你们知道吗？老师想了各种方法想让你们静下来。还有你们关键时刻不要溜号，演出的那一天，全凭你们自己，我不会指挥你们。"我说："孩子们，我们是齐鲁学校独一份的节目，我也知道二班的孩子在关键时刻是能挺起脊梁来的，我看好你们，加油。"第二天正式演出，孩子们已经站上舞台了，我心里还是很忐忑，我告诉赵老师："你去台下看看孩子们吧，别乱了阵脚。"赵老师面对孩子们站了一会，走过来说："每个孩子都很投入，都静下来了，很棒。"我悬着的心终于落地了。我静静地听，听出了曲子要表达的感情，看着一张张专注的脸庞，莫名的感动，蓦地眼睛湿润了。我想：孩子的可塑性是那么强，只要老师有一颗匠心、一双巧手，温柔地带他们前行，他们会谱出新的乐曲。联欢会结束后，我们一起照了大合照，每个孩子手里拿着一个橙子，石雯菲还拿着一筐红红的火龙果。王宙巍的妈妈说："希望孩子来年心想事成，学习红红火火。"带上祝愿，我们一路前行。

是啊，2015年在歌声中高调结束了。

我最想说的是感谢。感谢孩子们，因为你们，我有了自己的乐园；因为你们，我品尝了酸甜苦辣咸；因为你们，我和青春一路同行。感谢家长，虽然我们见面不多，但是我感谢你们对我工作的支持。雾霾天中，你们护送孩

图25 口风琴表演

图26　元旦合影

子前行，周五分层家长会每约必到；元旦演出，你们百忙之中过来帮孩子化妆；游三孔，你们全程陪同，贴心服务。感谢你们，亲爱的家长们，为了孩子，我们继续牵手同行。

感谢各位同事们，是你们给了我前进的动力。"女神"和孩子畅快地谈心；凯歌帮助孩子慢慢提高成绩；Miss王给孩子前进的力量，不断给孩子输送精神食粮；魏老师利用课余时间给孩子补课，培养孩子学习的兴趣；强老师，你的课堂效率是最高的；秀平你用温柔的声音告诉孩子青春期的秘密；小会老师，孩子最喜欢你的课，你用规则和温柔成就了很多孩子；焦龙老师总是把幽默带给孩子；赵嘉老师，你是孩子的精神导师。感谢各位亲爱的同事，感谢你们对二班的付出。感谢学校领导对我的信任，感谢我的家人对我工作的支持。

我会带着感谢、感动、感恩上路，演绎2016年的精彩。

遇见更好的自己

2015年悄声离去，2016年翩然而至。回忆过往，有欣喜、欣慰，也有遗憾、忧愁。回头看自己或深或浅的脚印，很幸福，在人生的长河中留下了我们的印记——那都是我和孩子们一起成长的足迹。根据班主任工作计划，我将班主任工作总结如下：

一、走进学生内心，让学生接纳新班主任

我原来是二班的任课老师，作为任课老师，很容易和孩子搞好关系，我和孩子是有感情基础的。但是任课老师和班主任对孩子的要求是不一样的，角色定位是不一样的。我告诉孩子："我带班的'三不'原则：不比较，不告状，不上诉。俗话说：衣是新的好，人是旧的好。我们不和兄弟班级比，不和好学生比，你们也不要拿我和以前的班主任比较。每个人的性格脾气不同，管理班级的模式也不同。珍惜眼前，珍惜当下我们的师生情谊。不告状，我当班主任期间，不喜欢小事麻烦家长，很少主动给家长打电话告状。在学校你如果违反纪律，是我们之间的事情，我会亲自找你谈心、处理，没有必要麻烦家长。不上诉，我也很不喜欢把自己的学生领到教育处、校长室。当然教育有时候是苍白的，有时候是无力的，说教不是万能的，家长还是你的监护人，家长有权利知道你在学校的表现，如果我和家长沟通，我会事先征得你的同意。"我接着聊起学生很感兴趣的话题——我和我之前的学生们的故事，从上届到上上届再到我的第一届学生。他们有的是学习优异的，有的是普通的，有的是体育好的，他们现在都很幸福快乐。我也希望两年后，我和我的新学生说说你们的故事。感谢学校给我这次和青春成长的机会，感谢学生和我一起编织美丽的故事。

二、制订目标，和学生一起向着目标前行

目标就是方向，班主任就是班级的舵手。众所周知，初二是孩子成长的关键期，是重要的分水岭，也是滑坡期。主要的原因是学生学的功课越来越多，

越来越难；地理、生物还要进行学考；加上家长无暇顾及，很多孩子初二成绩大幅度下滑，一度出现逃课、退学的现象。智者见于萌。我首先和学生一起制订了各自的奋斗目标，争创学习班级、自治班级。让学生结合自己的实际情况制订了切实可行的目标，一一粘贴在班级桌子右上角。通过制订一系列目标，让学生有抓手、有方向。

三、自主管理，让学生参与班级管理

苏霍姆林斯基说过："最好的教育就是自我教育。"孔子说过："不愤不启，不悱不发。"要让学生学会思考，学会成长，体验成败。我告诉学生们，二班是我的，也是你们的，但是说到根本还是你们的。你们是班级真正的主人，二班的命运是掌握在你们手中的。在班委任用方面，我在原来的基础上略作调整。我很希望有这么一个男班长，德智体全面发展。二班，目前还在培养中。但是有一个女生，个子不高，基础不错，她就是斐然。我班级有两支班委队伍，一支以李斐然为中心，一支以刘洪都为中心。斐然各方面能力较强，善于沟通，善于表达，能灵活处理问题。刘洪都，比较沉稳，在班级中有很好的人缘，但是怯于参加班级工作。我多次和他面对面地谈话，让他勇敢地走向前台，大胆开展工作，我就是他的坚实后盾。慢慢地，他敢于走上前台表达自己的观点了。为了平衡和减轻班委的负担，这两支队伍轮流"执政"，责任到人，如果哪支班委负责时出问题，就问责班委。我想以此培养孩子的责任心。二班的跑操，历来人数不全，我接班伊始就告诉学生，于老师带出来的班级方方面面都是数一数二。跑操是我们班级的名片，希望你们也要成为齐鲁操场上最美的风景。事实证明，张馨月、王泽坤没有辜负二班师生的厚望，二班自跑操以来，人数很全，队伍比较整齐。我还挖掘出一个孩子：房宏运，他聪明、灵活，但是自制力差，我希望以班委之名对他进行约束。事实证明，在我和任课老师的不懈努力下，他的纪律意识明显提高，学习态度有所进步，各科成绩进步很大。当然在任用班委方面我也有很多不足，如开学初的调整应该多听一下学生的建议，对岗位被调整的学生要及时和他们沟通。

四、健全文化，营造竞争的氛围

班级文化的建设对一个班级的发展和成长同样具有重要的作用。学生们来自各个不同的家庭，成长于不同的环境，各自有着许多的共同点与不同点。优秀的班级文化，就像一块磁铁石，可以把学生们凝聚在一起，又如同凸透镜，可以把光线聚集在一点，形成高温。否则，再优秀的一群学生，不过是一束束的光线，只有光亮而没有温度，没有力量。班级文化会起到规范、引领、监督、教育、激励的作用。我在学校文化的基础上又加上了班级特色文化——竞争机制。设计了"奔跑吧，兄弟"板块，给班级分成了七个小队——赤橙黄绿青蓝紫，我告诉同学们，一个人可以走得很快，但是一群人可以走得很远，让孩子们抱团取暖，学会合作，学会竞争。从开学初到现在我们坚持了五个月的班级量化，孩子们懂得了合作、竞争。我想下学期每个板块责任再清晰一些。我给班级设计了两块醒目的标语——"躁之多言，智而默养""完美初二，完美人生"，一进门就都能看到，起到一定的督促作用，也希望学生常看，能内化于心、外显于行。我还设计了总的目标板块，要同学们养成两个习惯——端坐静听、言出必行。

五、抓典型树榜样，弘扬正能量

身边榜样的力量是无穷的，一定要挖掘身边的榜样。侯博善于利用时间，课堂效率极高。王裕婷课上认真听讲，作业及时完成，会利用零碎时间。祝宸辉时间利用率极高，作业能最早完成。傅辰昊善于读书，文笔流畅，思想深刻。王梓业柠知识面广，善于演讲。吴昊最近学习态度大转弯，要逆袭。吴慧贤心系学习，刻苦认真，全面发展。房宏运数学有很大进步。李斐然各方面都有进步，善于管理班级，语文成绩好。王泽坤，真爷们，敢担当。刘乃宇，作业认真，尤其是临近期末，复习得非常认真。张然，心中有数，作业完成及时，是优秀的物理课代表。王宙巍，乐观积极，善于思考。馨月，各方面也有很大进步。严子颉，周末作业完成很好，临近期末状态不错。李晓宇听课认真，作业完成良好。李鑫洁学习主动性强，作业完成认真，学习渐入佳境。

抓住孩子成长的每一个细节，及时鼓励、表扬。表扬军训中顶着炎炎烈日坚持锻炼的学生，表扬汉字听写大赛中未雨绸缪的学生，表扬百科知识竞赛中笃定认真的学生。

每月举行一次班级"灿烂之星"评选活动，让他们成为班级的正能量。我们设置班级荣誉本，记录学生小小的闪光点，通过这一方小小的天地，可以让学生找到自信。

六、文字走心，让文字沟通师生情谊

纵然是信息化的社会，文字依然彰显独有的魅力。我喜欢那方方正正的文字，它传达出独有的情愫。你只有了解孩子的世界，你才能有效地组织教育教学。如何和孩子进行有效的沟通，我想了一个通过学生个人成长日记和孩子进行沟通的方法。本学期我一共让学生写了八篇成长日记，写过自己的目标、自己的偶像、自己的同桌……我都进行了仔细的批阅，说实话，我写的批语比有的同学写的日记还要长。他们都很期待看到老师的批语，我也希望小小的批语能带给孩子一缕阳光。暑假，我听了山大附中高平老师的一句话：遇见，从此不同。我也想我和孩子的相遇，让孩子遇到不同的自己。我每周坚持给孩子写周记，让孩子感觉到成长的力量。调皮的隆哥，心思缜密的廷哥，泼辣的云姐、馨月，稳重的侯博，懂事的刘乃宇，班长斐然，各科老师，我都一一记录。我还记录了很多事情：学生之间的矛盾，一起游三孔，参加区联赛，这些很平常的事情我记录下来，等孩子们毕业了，长大了，回首往事的时候，应该是感激老师的。

七、以班会为引领，让学生学会做人

班主任应该是孩子的精神领袖，因为我们在孩子最重要的人生阶段与孩子相遇。他们需要我们的引导，但是又不能那么急功近利，除了学习就是学习。我利用班会和孩子们多次交流，让他们接受自己青春期的不完美，建立规则意识，懂得感恩，学会敬畏，学会规划自己的目标。除此之外我还发动学生走上

讲台，如周三人文时段，我设计了班级活动课《开讲了》，傅辰昊、严子颉、易露佳、吴慧贤、王泽坤等一一到讲台与同学们畅谈他们心目中的伟人。通过这样的方式，既锻炼了同学们的表达能力，也让学生们品尝到同学的心灵鸡汤。下学期我打算邀请家长进课堂，为孩子做有关梦想的讲座。

八、周周清、日日清及时反馈

本学期开展了周周清、日日清，我每天和孩子们一起完成日日清，孩子们每周也欣然接受周周清。学习是一个慢工程，只有不问回报的坚持才会开花结果。

有人说过：教育就是迷恋他人成长的学问。因为迷恋，所以坚持；因为梦想，所以坚持。我也相信，只有一路播撒爱与宽容，我们才能不断成长。

第二十周

2016年1月19日　星期二　天气：多云

期末复习

期末复习模式进行中。考试，练习，复习，这是学生的常态；批卷，讲解，辅导，这是老师的常态。在关键时刻能听到成长的声音，今天我和孩子们说："初一课外活动时，一部分同学在操场瞎玩，一部分同学在教室下棋，一部分同学无所事事。看看现在的你们，知道分秒必争了，这就是进步。孩子们，我们在努力，比我们优秀的同学也在努力，所以我们只能更加努力。我希望同学们能理解老师，老师对你们苛刻，因为只有铁的纪律才能保证我们的学习是有效的，希望大家理解老师的做法，我只是想给你们营造一个好的学习氛围。你们的压力很大，我的压力也很大，还有短短的四五天，我们一起拼了吧。一个人的意志力品质在关键时刻才能显现出来，我们一起看看谁能在压力面前冷静前行，谁能抵挡住种种小诱惑，谁就是赢家……"

其实我理解孩子，面对扑面而来的各种复习、考试、公布成绩，有的同学有点吃不消，有的开始在教室坐不住，有的开始说个小话、开个小差。针对以上小问题，及时发现及时处理，有的同学需要鼓励，有的同学需要严肃处理。云姐最近心情不好，要及时与她交流，做好疏导。吴昊最近上课老走神，爸爸从外地回到济南，看到孩子状态不好，急切地赶到学校与老师交流。我、Miss王、凯歌老师共同分析孩子现状，给家长提出要求，多陪伴少指责，勤和老师沟通。我们还给吴昊提出建议，上课不要托着腮，因为特别容易走神，积极参与课堂。周末让手机放个假，全身心地复习。经过多方会谈，从最近的表现来看，效果还是不错的。我摸着他的头说："吴昊要逆袭了啊。"房宏运，喜欢动，晚自习表现不好，经过说服教育，效果也还可以。还有傅辰昊，思想有些小动荡，经过一个学期的磨合，我给他的建议他都能接受。希望他在关键时刻，赢回学霸的尊严。小王子，本周也安静了很多，努力了很多。吴慧贤，一直很努力，同样保持好的状态的同学还有王裕婷、侯博、祝宸辉、张然、刘乃宇、王亩巍。

恭喜班级获奖的优秀家长义工们：王亩巍妈妈、王泽坤妈妈、夏雪妈妈。感谢你们为二班所做的一切。还有一些家长，他们时刻关心着班级孩子、班级群的动态。任课老师公布成绩时，他们有鼓励，有期待。我已经把他们的力量传递给了孩子："张馨月要加油了！""王彤彤要加油了！""馨元要加油了！""石雯菲要加油了！""二班孩子要加油了！""不要辜负老师的期望！"……我想孩子们听到他们的鼓励，会付诸行动的。各位家长，我们是相亲相爱的一家人，我们为了同一个目标而努力。当然周末你们也要多陪伴孩子，即使没有很多的交流，你在家，就会给孩子一个安全的环境，他就会安心。

我是这么写"评语"的

每个学期末，班主任们都会给每位学生呈上一道菜——老师精心雕琢的评语。刚入职时，我一本正经地这样写："该生在学校尊敬师长，遵守纪律，团结同学，乐于助人……"或者是苦口婆心地劝导："上课要认真听讲，作业要认真完成……"我发现这是一个万能公式，用之每生皆可。鲜活的个体没有了，个性没有了，分不清谁是谁。后来，我开始与时俱进，用淘宝体："亲，你如果多参与课堂，数学肯定会超棒！"用甄嬛体："小主的字是极好的，老师真真喜欢。"用流行语："浩浩要逆袭了！""你课上精彩的回答'秒杀'师生！"这样写和孩子的距离拉近了，但缺少厚重。

怎么写会让孩子记忆深刻，让孩子知道他就是唯一，还能给孩子力量和方向呢？我陷入沉思……看到书桌上潘校长带领学校优秀教师们编写的《经典诗文诵读》读本，一首首古诗，一篇篇经典，我豁然开朗。古诗厚重，思想深刻，有景有情。我何不用诗歌的形式给孩子们写评语呢？趁热打铁，我从四个方面给孩子写藏头诗：名字含义，本学期表现，需要改进的方面，老师的期待。现将拙作与大家分享。

王宙巍

清秀端庄舞蹈棒，心怀大志敢拼搏。

巍巍昆仑敢立马，仔细探究定夺魁。

刘乃宇

华山论剑在朝夕，建功立业乃勤奋。

声振寰宇会有时，绝知此事要躬行。

严子颉

严肃守纪靠自己，竹林君子资质高。

仓颉造字敢为先，端坐静听为翘楚。

王裕婷

王家有女初长成，主持绰绰又余裕。

亭亭净植贵族范，勤思善学是王道。

李鑫洁

桃李不言自成蹊，欣然成长乐观派。

洁白无瑕宽待人，勤思穷究上台阶。

石雯菲

石蕴玉山自光芒，文采飞扬真才女。

斐然可观竖拇指，表达参与待加强。

刘洪都

方正刚毅最属你，勇把责任肩上扛。

勤奋努力兴洪志，都说好男闯四方。

写完之后，我利用班会时间和孩子们一起分享。让他们猜一猜老师写的是谁？他们齐声朗读，争先恐后地猜。读到自己的格外认真，同学们有的自豪地竖起拇指，有的羞涩地挠挠头，有的一字不落地记下来。"老班这是我看到的最好的评语！""老班你真了解我们！""老班，你分析得真透彻！"我隐藏学生名字，发到班级家长群。QQ不停地闪动，"24号是我孩子吗？""22号是我儿子吧？""大赞于老师对孩子的细心、爱心、耐心、关心，真是做到了细致入微。""感谢老师给孩子量身打造的评语，感动、感恩、感谢。""细心照顾，如师如友，'大二班'的孩子们有这样的老师简直太幸福了，我们的感谢无以言表。""我们与孩子一起进步，共同成长！"

孩子们开心地笑了，家长们热情地点赞。小小的评语架起了师生、家校沟通的桥梁。小小评语是老班送给孩子的新年礼物，希望小小的方块带给孩子们幸福和快乐。

附班级评语：

王侯将相宁有种，博闻强识天资聪。遵规守纪是榜样，脚踏实地凌云上。

王家有女初长成，主持绰绰又余裕。亭亭净植贵族范，勤思善学是王道。

林下风致真典雅，博古通今是方向。烂漫天真又乖巧，人间正道肯学习。

张弓北望射天狼，如兰之馨吾亦喜。通元识微情商高，学习还要从头越。

李氏家族唐为王，晚霞落鑫景怡然。黑发要知勤学早，白首不悔少年时。

知易行难人皆知，初露锋芒在诗歌。忠言苦口要倾听，良辰佳期在来年。
孔氏家族冠群芳，令郎欣然已成长。踏实勤恳几超乎，恒心毅力铸辉煌。
严肃守纪靠自己，竹林君子资质高。仓颉造字敢为先，端坐静听为翘楚。
绿树荫浓夏日长，冰雪聪明心善良。明眸善睐气质佳，赢得蔷薇一院香。
桃李不言自成蹊，欣然成长乐观派。洁白无瑕宽待人，勤思穷究上台阶。
石蕴玉山自光芒，文采飞扬真才女。斐然可观竖拇指，表达参与待加强。
萧何汉中人中王，勤能补拙定凯旋。毅力刚强人所求，七尺男儿有方向。
学贵有恒进贵连，勤思善学定称王。赤朱丹彤风景美，栉风沐雨为前程。
自助者天必来助，灵犀心有展宏图。鱼跃龙门才华有，芳泽慧心出辉煌。
祝福千言在心间，一祝宸宇在心间，二祝身体康又健，三祝前程尽辉煌。
踏实淳朴敢担当，遇事谦让又宽容。锦绣文章须多读，盈科后进做真人。
华山论剑在朝夕，建功立业乃勤奋。声振寰宇会有时，绝知此事要躬行。
满脸喜气招人爱，郝隆晒书有学问。冯唐易老光阴逝，奋发直追定成功。
张家幼女欣然长，懂事明理师欢喜。助人为乐有德行，旖旎青春拼搏中。
言谈举止你最行，秀外慧中知礼节。文采斐然须静心，芸芸众生拔头筹。
端庄文静爱学习，通晓大意知恩情。紫芝眉宇人人爱，学习需要加速度。
张氏人才数不清，大义勇敢责任扛。标榜千秋成佳话，我家男儿敢拼搏。
方正刚毅最属你，勇把责任肩上扛。勤奋努力兴洪志，都说好男闯四方。
清秀端庄舞蹈棒，心怀大志敢拼搏。巍巍昆仑敢立马，仔细探究定夺魁。
万象更新一六年，怀瑾握瑜是标杆。班级事务你来管，茹古涵今多读书。
张良借箸有主张，明德惟馨是榜样。明辨笃行是方向，积年累月有收获。
杜工诗篇有深意，晓明通意须琢磨。耐心细致肯钻研，气势如虹在今朝。
口齿伶俐文采好，荆南杞梓在北方。勤学苦练心安宁，学习路上NO.1。
淳朴厚道真善良，飞鸾翔凤待来日。条条大路通罗马，前进路上要吃苦。
韩信点兵有智谋，学习需要深思考。延安深圳有精神，吃苦拼搏有方法。
江南才子心温润，解惑答疑已为师。浩然正气要修炼，北辰星拱不远日。
乖巧伶俐方法多，斐然成章勤练笔。惜时勤奋加巧干，金石为开梦实现。

勤奋惜时勇上进，兰心蕙质心善良。见贤思齐找不足，梦想定能早实现。

房谋杜断大智慧，天资聪慧有潜力。勤奋踏实明目标，大展宏图运气来。

强兵干将会为王，知书达理情商高。温润而泽好男儿，努力勤奋扭乾坤。

骏马定能跑千里，骁勇善战考场上。雷厉风行学母亲，多思勤学是赢家。

谨慎耐心加勤奋，吴家男儿有志向。皓月当空常静思，明年定能闯龙门。

姜家太公大智慧，男儿有智要努力。寸光寸金要惜时，大庭广众我为王。

燕雀之志要抛弃，鸿鹄之志闯四方。畅游学海要静心，识时达务要修炼。

成人成己

第一周

2016年3月1日　星期二　天气：晴

开学礼物

今年年初，张芳副校长提出了"成人成己"的学校文化。成人，尊重个体生命的成长，成长比成绩重要，成人比成绩重要。成己，帮助别人成全自己，学生之间要学会团结协作。本学期我想以此为标题，继续书写我的班级周记。

史上最寒冷的冬天已过，明媚的春天悄然而至。

临近开学，我晚上开始睡不好。39张脸庞都要在脑海里过一遍。在梦里，我有时候是"消防员"，处理班级小状况；有时候是"监督员"，站在门口观察学生的一举一动；有时候是幸福的妈妈，班级19名女生围着我叽叽喳喳说个不停；有时又是和孩子一起跑操的场景。我辗转反侧，我真的想你们了。

在春风花草香的季节，我看到了久违的39张笑脸。再次见面，没有寒暄，只有深情一笑，只有默默凝视，我们彼此经过一个学期的磨合，已经成了一家人。一个月没有见面，男生的肩膀宽了，女生高挑了。开学初，同学们学习劲头足，目标性强，有自己的规划，纪律意识增强了。感谢你们，我亲爱的孩子们，你们让我的教学生涯多姿多彩。

正月十六，我在办公室忙着写计划，门开了，一个高高的男生走进办公室："老师，我来了，有什么需要帮忙的吗？""你来得太及时了，我们班卫生还没有打扫。""没问题！我把王泽坤喊过来，我们一起打扫，一会还要来几个女生。"严子颉和王泽坤，浇花、扫地、拖地、排桌子、擦桌子、擦黑板，用了一上午的时间把教室打扫得干干净净。教室外面的吸音板上写着："新学期，新起点。"我希望孩子们在新的学期可以走得更远，继续播撒善良和爱的种子。下午李斐然、王子、张馨元到校帮助我整理学生档案。

窗明几净的教室，是这两位帅哥送给班级同学的开学礼物；"新学期，新起点"是老师送给孩子们的开学礼物。

开学了

开学第一天，收心考。

考了半天，接着开始上课。我利用自习课开了一节《新学期、新起点、新期待》的班会课。我认为班会课应该给迷茫的孩子方向，给自卑的孩子力量，给骄傲的孩子鞭策，给成长中的他们一碗心灵鸡汤。我先让孩子们看了网上比较火的两段话，一段是龙应台的《孩子，我为什么要让你读书》："孩子，我要求你读书用功，不是因为我要你跟别人比成绩，而是因为我希望你将来会拥有选择的机会。选择有意义、有时间的工作，而不是被迫谋生。当你的工作在你心中有意义，你就有成就感。当你的工作给你时间，不剥夺你的生活，你就有尊严。成就感和尊严，带给你快乐。"我解释到，读书就是过自己想过的生活。接着我又让孩子们看了宁波一中学校长的开学致辞："天将降大任于斯人也，必先卸其QQ，封其微博，删其微信，去其贴吧，收其电脑，夺其手机，摔其iPad，断其Wi-Fi，剪其网线，使其百无聊赖，然后静坐、喝茶、思过、锻炼、读书、弹琴、练字、明智、开悟、精进，而后必成大器也。"我解释：新的起点，让我们用新的要求规范自己。

接着，我把自己在假期的收获、张芳副校长在开学典礼上的讲话和学生作了解读。这七句话给了我力量：

1. 成人成己。

2. 凡我在处，便是齐鲁。

3. 态度对了，一切就对了。

4. 将来的你，一定会感谢现在拼命的自己。

5. 养成持之以恒的习惯。

6. 没有公主命，要有一颗女皇心。

7. 怕吃苦，苦一辈子；不怕苦，苦一阵子。

我先让学生解释，然后我补充。易露佳说："'成人'就是指有一颗成熟的心，做事情前想一下后果，要敢于担当。"张馨月说："要学会管理自己。"李鑫洁说："不仅外表成长，内心也要长大。""刚才同学们说得很好，'成人'不但是身体的成长，心理也要成长，心理上也要长大，要顺利地度过断乳期。我们要看清自己的职责，要敢于担当，与父母争执的时候要冷静一下。'成己'，自己要有目标有规划，要学会如何应对生物、地理的会考，如何应对英语、物理、数学学习难度的增加。我们还是一个团队，我们是二班人，我们是我们小组的人。你给予别人帮助，自己也是获益者，自己也获得了成长，送人玫瑰，手有余香。我们不管你暂时的成绩如何，如果我们心中有善良的种子，有正直的念想，将来我们不管从事什么行业，我们内心都是充盈的，我们都是快乐的。"

接着，同学们又解释了他们理解的"凡我在处，便是齐鲁"的内涵。我再一次列举了张芳副校长在开学典礼上的讲话："2月13日，南昌地铁车厢里一位大妈蹲在地上，用纸巾将同行的大爷鞋子上掉落的泥土收拢擦干净，并手捧着带出车站。在澳大利亚的杭州姑娘董思群，把银行卡里莫名多出来的20万澳元，约合人民币100万元，主动还给了银行……"目的是让孩子们懂得品质的可贵。然后结合班级奖学金分配情况，说了"你"和"小组"的命运息息相关，你的一举一动都会影响小组，我们要传递正能量。

"态度对了，一切就对了。"我列举了班级勤奋踏实的孩子，侯博的专注，持之以恒；孔令超的默默努力，默默奉献；吴慧贤的目标明确，敢于吃苦；王宙巍高效的课堂，认真倾听，积极思考；张然坚毅的品格，善于总结，善于反思自己的不足；祝宸辉的作业高质量地完成；王裕婷在上学期能够静下来，针对自己上课走神的问题及时想办法解决……我通过列举身边的榜样，让孩子们知道，只要努力，每一个同学都可以。

"将来的你，一定会感谢现在拼命的自己。"我和孩子们讲了芈月，讲了霸屏的孙俪、胡歌、吴亦凡、华晨宇。孙俪从《玉观音》拍摄到现在只休息了三个月，换来的是片酬的提高、家庭的幸福。吴亦凡、华晨宇等都是富二代，但是他们不安于现状，努力追求自己的梦想。孩子们，我们可以拼什么？只有拼我们自己的努力。我又给孩子们讲了学哥王淄齐（刚考入实验中学时年级排名1000名开外，这次期末考试班级第三名，年级前100名）、张经纬、金文艳的故事。我通过孩子们熟知的明星，让他们知道不要只看到他们媒体前的风光，更要看到他们奔跑的身影。八年级下学期才是初中真正的开始，你们做好准备了吗？我分析了班级存在的问题：

（1）有的学生体育成绩差：张然、王子、李泽华体育成绩B，影响了评优。

（2）部分优秀学生百分考核不理想，影响了评优。

（3）班委要善于管理，善于沟通，学会包容同学的缺点。

（4）男生应该是班级的半边天，呼唤男子汉站出来。

同学们认真地听着，静静地思考着，积极地和我互动，同位之间互相鼓励。亲爱的孩子们，我真的对你们充满期待，期末考试虽然不是很理想，但是我感觉你们学习态度有了转变。学习也不是一日之功，我希望你们八年级下学期有更大进步。

灿烂之星

本周我们还进行了评优评先。每一份付出都是有价值的，学校为孩子的发展提供了平台，还有各种激励措施。荣获校长奖学金的同学有：傅辰昊、侯博、吴慧贤、祝宸辉、王亩巍、严子颉、张然、王裕婷、孔令超、王梓业柠、刘洪都、潘鸿达、万瑜函。

有位名师说过："教育，不是一堂又一堂黑色墨水换红色分数的鏖战，而是在孩子们的生命中铭刻记忆，那是孩子郑重而庄严的成长。"是啊，教师是园丁，教师的工作不是剪冬青，也不是培育转基因的大豆和高粱，而是让玫瑰成为最灿烂的玫瑰，让青松成为最挺拔的青松。每个孩子都是独一无二的，为了让每个孩子遇到未来的自己，让孩子看到自己的闪光点，开学初我为每个孩子准备了一份特殊的礼物——授予每个孩子二班之星的称号：智慧之星——傅辰昊、坚持之星——侯博、英语之星——吴慧贤、数学之星——祝宸辉、专注之星——王亩巍、思考之星——严子颉、沉稳之星——张然、文学之星——易露佳、主持之星——王裕婷、努力之星——孔令超、口才之星——王梓业柠、奋进之星——房宏运、亲和之星——刘洪都、自信之星——李鑫洁、劳动之星——潘鸿达、潜力之星——雷俊骁、坦诚之星——张馨元、情商之星——刘乃宇、勤奋之星——万瑜函、潜力之星——石雯菲、乐于助人之星——栾路通、善解人意之星——杜晓彤、逆袭之星——吴昊、管理之星——李斐然、与人为善之星——王泽坤、阅读之星——王兆隆、舞蹈之星——张文荟、跑操之星——张馨月、纪律之星——张彪、文静之星——李晓宇、生物之星——王彤彤、好习惯之星——李泽华、体育之星——何凯毅、电脑之星——姜金廷、感恩之星——夏雪、进步之星——李鑫、友爱之星——林今天、责任之星——胡锦科、担当之星——韩延圳。

学生们会因此认识到在二班这个大家庭里，每个人都是独一无二的。我相

图27　灿烂之星

信学生带着这份自信的种子，春耕夏耘，一定会收获自己金色的秋天。

家长的期许

我们学校家校交流的桥梁是素质报告单，素质报告单详细地记录了同学们的在校表现，期末发给学生，开学初上交。我认真翻看了家长写的家长意见。感谢各位家长诚恳的交流，希望各位家长互相学习，交流如何与孩子沟通。以下摘自部分同学的素质报告单：

1. 孩子加油！妈妈相信从这学期开始你会坚持，坚守自己的承诺，每天认真完成自己的目标！加油！坚持就一定没问题！你一定会更出色，爸妈相信你！

2. 孩子，你在寒假期间表现不错，希望在开学后继续保持积极向上的心态，争取下学期都得B！只有不断努力，才能超越自己，做最后的赢家，加油！相信自己一定行！！！

3. 孩子，这次成绩不是很理想，还需继续努力，发挥出自己的真实的水平。老师您辛苦了，望老师对她严格要求，作为家长我也会尽最大的努力配合老师的工作，真正的初中生活已经来了，我们一起努力。谢谢老师！

4. 理科成绩仍然是弱项；另外，语文成绩也不好。初二下学期是最为关键的一学期，希望能收心，全力冲刺！

5. 孩子，你必须清醒地认识到上学期的成绩很差，更应当认真地查找原因。同时，妈妈希望你千万不要气馁，痛定思痛，定当奋然而前行。新的学期已经开始，你一定要信心百倍地接受新的挑战，不要辜负老师对你的殷切期望。永远爱你的爸爸妈妈。

6. 时光飞逝，转眼初中生活已过去一半，回顾来看，有成长也有遗憾！然而时不待我，唯有努力、努力、再努力。只有如此，才能让剩下的初中生活少些遗憾！

7. 孩子，你要相信自己，发挥自己的潜能；你要努力学习，在漫长的学习路途中，还有无数次的考验等着你，努力吧！加油！

8. 孩子，一次失败不等于永久的失败，在这次考试中你要找出你的不足，好好地改正自己，做一个听话的孩子，争取期末考出个好成绩，我相信你，老师也相信你。

9. 孩子的学习进步，离不开老师的精心培育。作为家长非常希望老师对孩子多关注一点，给我们家长多反映一些孩子的不足，我们会对孩子的缺点加以指导改正。谢谢老师！

她最近在家中表现不错，但是通过这次考试成绩，我发现孩子的重心有所偏移，在家中经常抱着手机看。我觉得孩子的自制力差，希望老师们帮助孩子一下，多提醒和监督她，让她把握最关键的一个学期，让她学有所获。

10. "长风破浪会有时，直挂云帆济沧海。"希望孩子在学习上能乘风破浪，更上一层楼，能在原有的基础上有学业上的新突破，加油！

11. 学习成绩不是一般的差，看到成绩心都凉了！ 望老师在这学期严格要求，多指点，多管教。孩子，你是初二的学生了，学习是你的本分！制订出学习计划，学吧！学吧！

12. 从小到大，在妈妈眼里，你一直都是一个懂事的孩子，不过总感觉你在学习中少使了那么一点力气。只要你再努力一点，你就会前进一大步，妈妈希望在新的一年里看到一个全新的你！

13. 继续努力，语文、英语要加强。希望老师们对他严格些，我们一定配合老师，在家也要好好管教他。

14. 孩子，在妈妈眼里，你始终是那个懂事、有爱心、幽默可爱的孩子，虽然你的学习成绩不佳，但并没有影响你乐观向上的信心，希望你在今后的学习中多向老师和同学请教，多做题。要相信，阳光总在风雨后。

15. 孩子，你是个不爱言表的孩子，可学习认真、仔细，在父母和老师的眼里，你又非常懂事，可父母希望你在德智体美劳各方面都要发展，在校大胆与老师交流，和同学团结友爱，共同把班级搞好。爸妈希望每天都能看到你阳光的笑容，在新的学期里努力学习，争取优异的成绩。

　　我把以上家长的意见没有记名地在班级读了一下，同学们除了面面相觑猜测是哪位家长写的之外，都认真地听着。

　　感谢Miss王早出晚归，早上七点到教室等着同学们上早读。晚上朗读时间还要陪伴孩子们朗诵。谢谢！感谢你在课堂上用各种方法提高孩子学习的积极性，你的创新精神会传递给孩子们。谢谢！感谢凯歌老师在学生跑完步后再次到教室讲解重点、难点，见缝插针地辅导学生数学。

　　感谢各位老师，我们虽然面临困难，但是我们坚信，只要我们正确引导孩子，他们每天都会进步一点点。既然我们在茫茫人海中遇见了，我们就要珍惜这份遇见，我们就要不吝给孩子成长助力。共勉一句话：陪伴是最长情的告白。

第二周

班级正能量

阳春三月，吹面不寒杨柳风。

"绿柳才黄半未匀"，灰色调中已经有了微微的绿意，校园里蔷薇花、月季花的嫩叶用力地舒展腰肢。挺拔的杨树枝头缀满杨花。春姑娘已经在校园中踩出了星星点点的绿意。教室里，我感受到青春的气息扑面而来，学生脱下厚厚的棉衣，脸庞已经有了棱角，嘴上的小绒毛也越来越浓密。明媚的春光里，我们不能辜负，唯有慢慢成长……

周一评优，有欣喜也有遗憾。欣喜的是那些平时默默学习的同学实至名归，遗憾的是有些同学成绩非常优秀，因为个人纪律意识差，影响了评先评优。陪伴是最长情的告白，从开学到现在只要时间允许，我都进课堂听课。我坐在最后一排，我的同桌是栾路通。我看到同学笔直的腰杆，高举的双手，小组间讨论、交流，真的感动，有时候眼里会涩涩的。我不是矫情，只有陪着孩子一路走来才有这样的感动。你知道孩子的起点，你才会为他们的点滴进步感动得泪眼婆娑。是啊，他们从坐不住到静心思考，从趴在桌子上散漫听课到积极参与小组合作，就是那么一小步，我也会感动半天。我和孩子们约定，他们如果有精力，中午就留下来梳理一下知识，我可以陪着他们。从周二到周四，很多同学自愿留下来学习：傅辰昊、王亩巍、万瑜函、王裕婷、易露佳、潘鸿达、张馨月、张文荟。还有一部分同学利用课间开始梳理知识，这些现象在以前是没有的，如房宏运、雷俊骁、李晓宇等同学。每天下午的日日清，我们如约进行，傅辰昊同学组织测试，小组长对组内成员进行督促。班级的各项工作都有序地进行着。我仔细观察同学们一周的表现，我发现踏实下来的孩子多了，有了内在学习动机的孩子多了，把计划变成现实的孩子多了。这最主要的是来源于孩子内心的觉醒，来源于学校严格的百分考核制度、三清制度。王石说过："胜利往往是在再努力一下的坚持之中。"我们一起坚持，一起努力。

成长中的学生也会犯错，因为自己语言的不文明，导致同学之间出现摩擦，我对三名同学已经进行了教育，在百分量化考核中扣分。扣分不是目的，我们是为了孩子健康快乐地成长，通过这个事件我让他们懂得两个道理：一是"凡你在处，便是二班"，你的一言一行和班级形象挂钩，应该从自己做起，做一个文明的中学生；二是"尊重不是别人给予的，而是自己争取的"，做好自己的本分，坚持做，学着做，也会赢得尊重。

个别学生有开小差的现象，我及时跟进，了解思想动态。我很想把栾路通叫到办公室，和他促膝长谈。他肯定会说："我不是在学习吗？我已经有很大进步了，我又没有犯什么错误。"现在的孩子认为你的说教很苍白陈腐，那我就让文字当信使吧。我写到："路通，初二是非常关键的一年，时间已经度过一半，我们是否应该给自己一个明确的目标，而不是随波逐流，你和他们是不一样的。本学期一定要选一个朋友，那就是书，烦躁的时候，走近这个朋友，你会发现一片新天地，加油！"学校给我们老师提出了新的要求，建立高效课堂，课堂上关注所有的学生。我一直在听课，发现很多老师都进行了适当的改革，凯歌老师课上精讲，讲的是重点难点，接着就是小组合作，在小组长的带领下进行讨论。有可能个别小组长没有起到带头的作用，但是我还是能够感觉到同伴影响的力量。"关注每一个孩子，成人成己"是我们的教育信条，我也想把这种理念传递给孩子们。历史课上，我不再一味地灌输，而是适当地给孩子们扩充知识，布置任务，小组合作研究，提出疑问，一起探讨解决。教授《抗美援朝》一课时，学生针对该不该出兵援助朝鲜展开激烈讨论。他们列举史实，陈述自己的观点。尤其是说不该出兵的严子颉、傅辰昊小组，他们说解放初国家国力落后，人民饱受战争之苦，不希望把人民卷入到战争中。这种敢于说出自己的观点，敢于说不的精神，敢于质疑的精神，值得肯定。历史课不光是让学生背诵时间、地点、人物等历史要素，更重要的是让学生享受思考的过程，培养同学们分析问题的能力。

从本周开始，我在周记里面开设一个新的环节——推荐班级中进步的孩子。本周被写入班级周记的是她：

她很文静，是一个很端庄、很内敛、很纯净的孩子。她原来在课堂上都是默默的。第一次分组，她在王宙巍小组，他们小组都是安静努力的孩子。为了小组之间的平衡，我问她："亲，我把你调到傅辰昊小组可以吗？"我想她会拒绝的，但是没有，她笑了一下说可以。刚进入新的小组，她坐在最后排，每当看到她总感觉对不起她。后来组内进行了微调，她和她的同位坐到了组内的中间。我知道，她内心对于小组的调整并不开心。数学课，我坐在她后面听课，她与组内同学积极讨论问题，积极举手回答问题。凯歌老师让她到讲台讲题，讲的是不等式的解法。她边说边写，思路清晰，声音洪亮。王老师给她的建议是：讲题的时候不要面对黑板，要大方地面对同学。生物课，我坐在她后面听课，秀平老师讲的是食物链。看书—读书—思考问题—组内合作。她很踊跃地回答问题，答案简练正确。我真的惊喜她在沉默中爆发了。她就是我们班级"蓝队的"——李晓宇。

图28　文静有大局观的晓宇

课下，我问她："在这个小组怎么样？""挺好的，我们可以问傅辰昊、严子颉数学题。""晓宇我告诉你，世界上的事最怕认真二字。我也希望你把这句话放在心里，落实到行动上。"她笑了笑，点了点头。同时也表扬晓宇的同位馨元，数学课上也能走上讲台讲数学题了，最应该感谢的是组内傅辰昊、严子颉的帮助和成全。

本学期我和孩子们一起写班级周记《我们的日子》，今天我们走进傅辰昊的班级周记：

　　天气渐渐地转暖，春意盎然，生机勃勃。也正如我们，从刚开始时的生疏晦涩到今天的难以割舍，在不知不觉中走过了多少风雨，看见了多少彩虹。

　　上周，是开学的第二周了。还记得上周的评优，可以说是喜忧参半。我，还有其他很多同学感觉非常的遗憾：虽然成绩优秀，但在纪律方面欠缺，"百分量化考核"没有达标。我同时也衷心祝福那些各方面都足够优秀的被评上的同学，希望你们继续努力。

　　新学期，新起点。同学们很快就从寒假生活中走出来了，全身心地投入到新学期的学习中。很多大家并不看好的同学也开始很投入地学习。学考已经迫在眉睫，同学们都分外努力，在努力的同时，也不忘互帮互助，这就是独属于一个集体的凝聚力。正是因为有了这种坚不可摧的凝聚力，才有了坚不可摧的二班，才有了坚不可摧的二班人。我们会用行动去证明——我们一直在路上。

　　不过美中不足的地方肯定还是有的。人无完人，更何况由39个各有千秋的人组成的集体。上周有几位同学发生了一些口角与摩擦，原因都只是一些小事，原本可以避免。当然，生活中难免会有摩擦与碰撞，许多成果都是在火花中产生的。比如爱因斯坦和玻尔，量子力学就出自他们不停的摩擦与争论。希望以后大家能像爱因斯坦和玻尔一样碰撞，而不是因为一件微不足道的小事而引发口角。

　　最后，还是老班常说的那句话：

　　遇见，

　　从此不同。

第三周

盖被子的故事

我用流水账的形式记录孩子成长的点点滴滴，没有批评某个同学的意思。我只是想展现原生态的二班，真实记录孩子们的似水年华。里面也有我教育的小"伎俩"。

周一的校会，赵主任、訾主任、我分别和孩子们进行了交流。我们都没有说大道理，而是通过解释学校文化，让孩子们知道成人比成绩重要。学会听父母的话，与人为善。通过学习曾国藩的日课十二条、张瑞敏今日事今日毕的好习惯，孩子们播种下了"好习惯"的种子。

周二中午我因为开试卷分析会，没有留学生学习。我参加完会议后，来到女生416宿舍。这个宿舍两次被查到午休效果不好，我想看看孩子们中午到底在干什么。我蹑手蹑脚地来到宿舍，推开门，大部分同学安静入睡了，有三个学生看到我进来很意外，手忙脚乱。书，我带走了，用手势暗示她们尽快休息。这时李莹老师悄悄告诉我："王同学中午睡觉没有盖被子，提醒她，她不听，还说扣分就扣吧。"这么优秀的孩子说出这样的话来我很意外，因为她是我们班的副班长，三好学生。严爱优生，溺爱差生，是我管理学生的原则之一。午休后，我把她叫到面前问她："今天中午怎么了？""我感觉这个制度不合理，不合理的事情我们为什么还要坚持？""让你盖被子，怕你冻着，老师为了什么？""为了制度，我又不冷，不想盖被子。""老师让你盖被子，不是为了制度，那是一份爱。""反正我不冷！"她很不服气，小嘴够伶俐的。"后来你还说什么了？""扣分就扣分吧，不就是知道扣分吗？"看到她生气的样子、不管不顾的样子，我声音不自觉地提高了："王同学，首先说一下你的态度，对老师的态度，老师善意地提醒你，你却固执己见。今天的事情，如果换成别人，我可能会原谅他，发生在你——一个优秀的学生身上，我有点失望。你是好学生，你是班委，你是同学们的榜样，你说这些话的时候，有没有考虑到你和别人不一样，凡你在处，就是二班。"她的眼神告诉我，其实她没有认真听我说的话，她觉得自己很委屈，哭了。急事情，缓处理。我也想维护孩子在班级同学中的形象，我对她说："你先去教室外面等我一下。"安排完班级事情后，我把她带到了办公室。她还在哭。我在想该怎么和青春期的孩子交流。孩子是个懂事的孩子，有可能心情不好。我给孩子倒了杯温水。我记得殷永盛说过，当一个人情绪激动时，喝一口温水能让他安静下来。李娟教授也说过，当矛盾发生时，离开矛盾的场，问题会解决。我去班级待了十分钟，回到办公室，我让孩子坐到我的旁边，我拍了拍她的肩膀："你是不是生理周期到了，有些烦躁啊，要学会自己调整心态。""老师，我错了，下午我找李莹老师道歉。"或许是因为她心中的不满已经宣泄完毕，也或许是我的诚恳打动了她，她竟然这么快认识到了错误。

青春期的女孩子更敏感，情绪化极强。她们犯了错，你非要和她们理论，不但解决不了问题，有可能还会激化矛盾。我选择以退为进，迂回解决，离开那个"场"，让她自己静下来。孩子静下来就会思考，她是个品学兼优的好孩子，她一定能分清是非。当然，我也有做的不对的地方，语言有点疾声厉色。

手机事件

周二晚自习，教室静悄悄的，同学们都在认真写作业。后面有一名女生引起了我的注意，她的手放在膝盖上，低头专注地看东西。我悄悄地走到她身边，她有些慌，着急往口袋里塞东西。"孩子，给我吧！"她的眼神中透出几丝不安。我把手机带走了，没说一句话。

我接着发短信给她妈妈，问孩子手机是不是在家，妈妈说：手机在家。事后通过其他同学我才了解到她手机的来历。她用自己的零花钱买了一部手机。她也是我关心的学生之一，她毕业于我们学校小学部。她小学学习非常扎实、认真，成绩名列前茅；进入初中后，作业、课堂表现都不错，但是成绩一直退步。我一直帮孩子找原因，没有找到。今天，似乎有了答案。分神应该是其中的原因之一。她毕竟是自尊心很强的孩子，有进步的空间，具体问题具体分析，我想低调处理这件事情。妈妈也许是太关心孩子了，也真替孩子着急。当晚把孩子接回家，孩子是哭着走的。我给孩子妈妈发短信："回家后，不要和孩子着急，让她自己想想，她会想明白的。"家长回信息说："于老师，你什么时候有时间，我们见面聊聊。"我们约定周四见面。

周四，孩子的爸爸来学校，我很感动，父亲能参与到孩子的教育中来，问题已经解决了一大半。我们进行了深入的交流，要解决问题，必须追根溯源，了解孩子成长的环境。通过交流，我知道了孩子的过去。我也向爸爸说了孩子现在的情况：孩子作业完成较好，作为小组长非常负责，在班级中人缘好，有一定的威望，但发言不积极。爸爸说："孩子很懂事，当孩子上初一的时候，弟弟正好上一年级，我们就把精力放在小的上面，有可能忽视了她。""一个行为会导致一种结果，父母在孩子成长的点上是不能不在场的。我给你三个建议：给孩子制订一个具体的目标，我会让孩子每天进行一个小总结。爸爸要多陪伴孩子，妈妈在生活上照顾孩子，爸爸需在思想上引领孩子。给孩子力量和方向，即使孩子做错了，你要告诉她你是她的依靠，有老爸在，什么事都不是事。不要拿孩子的过去和现在比较，不要拿孩子过去的同学和现在的她比较，这样容易给她很大的压力。"后来我把她叫到我身边，对她说："爸爸一直在埋怨自己，当你需要他的时候，他不在场。爸爸以后也会多抽点时间陪伴你。你现在就要有空杯的心态，不要和你的过去比较，接受现在的你，每天进步一点，每次考试进步一分，你也会是了不起的。"孩子含泪答应了。

她是个比较内敛的孩子，这样的孩子出了问题，一定要低调处理，要设身处地地为她着想。她的问题，我会继续关注。周一开学我特别关注了她的周记，她写到了她的迷茫，写到了她的反思。

上周Miss王约见了雷俊骁的妈妈，我也和孩子的妈妈聊了聊，雷俊骁妈妈特别通情达理，很有内涵，特别支持老师工作。我说："学习如果有三方合力是最完美的，如果我们不能达成三方合力，最起码也要两方合力，家长不能放弃，只要我们努力，一切都会有好的结果。"希望关键时刻，我们能够坚持住，陪伴孩子度过最关键的初二下学期。雷妈妈是个知识分子，孩子品行很好，就是缺乏学习的动力。这样的孩子还需要我们找到他的闪光点，给孩子平台。

周五是个开心的日子，很多同学都领到了自己一学期的"报酬"。以下是获得校长一等奖、二等奖奖学金的同学。

图29　一等奖奖学金获得者

图30　二等奖奖学金获得者

本周被写入班级周记的是他：

　　他皮肤白净，腰板笔直，眼小聚光，戴副眼镜，喜欢笑，文质彬彬的。他是个聪明的孩子，聪明的孩子有一个共性就是有时候有些懒散。记得初一上历史课，常常趴在桌子上，常常神游，成绩一般。也许是缘分，一接班我就从心里喜欢上了他。先给他个紧箍咒，让他当班级的纪律委员。让他自我约束一下，正人先正己。初二上半学期，比初一有进步，但是还是小错不断，说个小话，课间也坐不住，常常和同学打闹。我说他是个"常常犯错误的好学生"。为了帮助他，我没少批评他。你批评他，他也不辩解，低头认错，总是笑眯眯的，够聪明。我常常告诉他："你基础不错，悟性高，可塑性强，有潜力。我给你个建议，你的学习成绩首先要在男孩子大都擅长的科目中有所突破，如数学和物理。一个男孩子，这两个学不好，多丢人啊。"上学期我明显地感觉到他特别喜欢钻研数学题，数学成绩也有很大进步。上周二，我看到他在做"不等式"学案，有一道题不会，问我。我说你先思考一下，他回到座位上静静地思考。我在教室转了一圈，最后发现我们班级的数学"学神"都没有把答案写全，只有他做对了。我在班级中表扬了他，希望同学们向他学习，学习他的钻研精神。他就是我们班的潜力之星——房宏运。

　　孩子，齐鲁男儿多才俊，卷土重来未可知。带着思考、坚持上路，演绎全新的你。坚持，坚持，你会成为中考的黑马。

成长日记节选

学生仍旧一周写一次成长日记，我周一仔细阅读，及时反馈。

刘乃与写到：以后我一定要养成持之以恒的习惯，那样做任何事情一定会事半功倍。

我回复到：成绩=情商+智商。这两点你都是优秀的，但我觉得要想成绩优秀，只有坚持不懈地努力。脚踏实地地前进吧！

张然写到：八年级下学期，我们要面临的困难和压力越来越多，老班说：八年级下学期才是初中生活的开始。八年级，或许很累，过不了多久，我们要迎接一场关乎自己未来生活的生物与地理学考。

我回复到：我想"将来的你，一定会感谢现在拼命的自己"这句话你已经铭记。除了拼命，还要有自己的方法。正确做事比做对的事情更重要。你现在是非常努力，但是还没有充分利用各种时间，学会利用自己边角料的时间，每天给自己列一个小计划，坚持下来，你就会有进步。每天一个小总结，也会有小小的惊喜和收获。

王裕婷写到：老班常说：一分耕耘，一分收获，简单来说，就是下的功夫越多，成绩越好。学习三分靠智慧，七分靠勤奋。老班也常为我们讲一个资质一般的女孩子如何通过自己的努力考上好的高中的故事。

我回复到：懂事的姑娘，你的随笔有一种气势，这是一种不服输、勇往直前的气势，我相信你只要努力，一切都有可能，加油！你是我们班级同学学习的楷模。

夏雪写到：我现在有了学习的意识，晚自习写完作业就做辅导题，预习一下新的内容。我们的口号是：我拼我赢，我能我行。

我回复到：夏雪，你的进步有目共睹。不要忘了我们为什么出发，沉下心来，多一点思考，我相信多年后你会感谢初二拼命学习的你，加油！

石雯菲写到：态度对了，一切就对了。将来的你一定会感谢今天拼搏的自己，没有公主病，要有一颗女士心。我们不像别人一样有着很硬的背景、丰厚的条件、公主般的待遇，那我们更要有自己的追求，把一切做到最好。

我回复到：很高兴今年我重新认识了你，你是位有潜力、有韧性的孩子。期末成绩稍差，我相信有自知之明的你会及时调整状态，奋力直追吧！态度对了，一切就都对了。

易露佳写到：我很喜欢班会课，即使幻灯片没有华丽的背景，但里面内容就如烛光一样瞬间照亮了我的心田。我有时会迷茫，但只要珍惜现在所拥有的，肯吃苦，肯努力，就一定会成为最好的自己。

我回复到：从今天起，做一位把爱转化为动力的孩子。龙应台说过："所谓父女母子一场，意味着今生今世不断地送他的背影离开，并且背影渐行渐远，告诉你不必追……"

潘鸿达写到：我的座右铭是自己选择的路，跪着也要把它走完。每当想到这句话心里就会莫名地澎湃起来，斗志昂扬，会不顾一切尽可能地完成当时的愿望和计划。这个座右铭不仅仅是一句话，还会给我带来动力，促使我、引领我前进，给予我很大的启发。

我回复到：你是一位靠谱的男子汉，懂得担当，有责任心，你具备了这样的学习品质，应该是攻无不克、战无不胜的，为什么成绩没有达到我们的期望值，是不是应该再努力一点，坚持一下。父母对你的期望值很高，希望这份期望能给你前进的动力。一分耕耘，一分收获。只有持之以恒地努力，才会实现自己的目标。

韩延圳写到：这一学期比较短，一共短短的十九周，这也是非常关键的十九周，因为这十九周决定了你一生的命运，因为如果这十九周不好好学习的话，九年级会很苦，就考不上好高中。在这学期，我也要好好学习，争取考上一个好的高中。

我回复到：有志者立长志，无志着常立志，我希望你成为有志者。

张馨月写到：在同学之间，肯定会有这样的人，他不聪明可他却比谁都努力，他可能在众人面前一副从不学习的模样，但是学习起来比谁都认真。有的人努力却不聪明，有的人聪明却不努力，而往往越不聪明的人越努力。

我回复到：事实证明，勤奋比聪明更重要。

张文荟写到：现在我所知道的女皇是具备一颗大度的心、能够坚持、能够确定自己目标的人。即使缺乏公主命的我，现在依然可以培养女皇心。所以，我不会放弃。

我回复到：要有一颗女皇心指的是要有一颗进取心，不要安于享乐、安于现状，而要从现在开始，多思考，多探究，多努力。

祝宸辉写到：我越是把上一类高中想的易如反掌，成绩越是下降得快，我明白了努力可以成就自我，带领我走向高峰，永不跌落。多少次失败是由于缺乏坚持不懈的毅力和精神，多少个遗憾是因为中途而废，同学们何不做一个坚信自己、持之以恒的人。

我回复到：送你一句话：一日之计在于昨夜。每天进行总结、反思，给自己定一个小小的目标，我相信你会实现你的梦想。

林今天写到："明天的你一定会感谢现在拼搏的自己。"第一眼看到这句话的时候，我承认，我心底有了一丝丝自己的想法。也许你知道我的想法后会感慨、会嘲笑，会觉得这是天方夜谭，但我会拼搏努力，至少我成功的可能性大一些，至少失败后我可以这样安慰自己："你努力过了，已经没有遗憾。"

我回复到：一个假期没见，今天的文笔那么美。原来你是江南软妹子，你是有底蕴的。最喜欢你浅浅的笑，清澈的大眼睛，感谢你为二班做的工作，新学期，新收获。努力从春天开始，从今天开始，播种下勤奋的种子，等待春耕夏长、秋收冬藏。

王梓业柠写到：坐在同一间教室里学习的我们，都不是什么富二代，因此只能靠自己的努力考上理想的高中。我不禁想到了上学期的期中考试，拿到成绩时，我都不敢相信自己的眼睛了，不仅主课成绩一落千丈，连副科也只是荡悠在及格线附近，摇摇欲坠。于是我开始努力地学习，期末考试成绩终于有所进步，我如愿以偿地拿到了奖学金。

我回复到：努力一定会有收获，"No pains no gains"。本学期我很欣喜地看到你的变化，看到了你坚毅的眼神，甚是开心。不怕起点低，就怕我们不努力，从本学期开始，加油吧，希望你和吴慧贤共同进步。

孔令超写到：凡事都要用积极向上的态度去看待，而不是充满抱怨。自己的梦想要想实现，一定要付出努力。在学习上如果怕吃苦，处处都是痛苦。

我回复到：你扎实、踏实、诚实，这是最宝贵的品质。你是二班的名片，唯有努力，才会不负年华。

房宏运写到：新学期，新起点，每个人都有期盼：明天的我要更精彩，我一定在对美好未来的憧憬中展现自己，迎接新学期。努力从春天开始。

我回复到：努力从春天开始，从今天开始，播种下勤奋的种子，等待春耕夏耘，秋收冬藏。

吴昊写到：不能再这样浮躁下去了。从现在开始，一定要认真对待每一堂课，认真地完成每一项作业，把坏习惯换成好习惯，不让坏习惯成为我的绊脚石。

我回复到：退步是为了以后更快地进步，要学会静下心来。我问你静不下心的时候怎么办？你的同位都已经超越了你，你的综合能力较强，还真的希望你静心慎行，心如止水！

孩子们，

遇见，从此不同。

孩子们，

成人成己。

第四周

2016年3月22日　星期二　天气：多云

馨月妈妈进课堂

　　小草偷偷地从土地里钻出来，嫩嫩的，绿绿的。园子里，田野里，瞧去，一大片一大片满是绿。风轻悄悄的，草软绵绵的。春天，充满生机，春天是播种的时节，也是蓄势待发的时节。春天时节，青春万岁，二班的"青春纪念册"越来越厚重。

　　上学期我和馨月妈妈就约好了，让她和班级的孩子们聊一聊如何读懂父母的爱，如何调整自己的情绪，如何看待学习。周一，馨月妈妈从上海回来，下午3点多来到学校。我和馨月妈妈简单聊了一下班级情况，说到了自己工作中的困惑。馨月妈妈说："这些都不是问题，最主要的是唤醒孩子，疏通好孩子的心理障碍，克服这些不良情绪，一切都会好起来的。"她还说到："不光是孩子需要提高，需要学习，需要改变，家长更需要学习，更需要进步，家长应该和孩子一起成长。""我完全赞同你说的，家长是唯一没有上岗证就开始工作的人，面对社会的变化，面对青春期的孩子，有时候束手无策，这是因为缺乏学习，有人说家长应该从孩子负一岁开

图31　馨月妈妈进课堂

始学习。"

馨月妈妈利用班会课和孩子们进行了交流，交流的主题是《感恩与梦想》。整堂课有视频，有图片，有现身说法，有故事。"提到你的爸爸妈妈，你会用什么词语来形容？""恐怖，专制，强权，无话说，闺蜜，兄弟，翻脸比翻书还快，妈妈比爸爸好多了……""我的妈妈是个爱唠叨的妈妈，我下定决心如果我将来当了妈妈，我一定不会唠叨，是的，我不唠叨了，但是我看月月犯错的时候还是眉头紧锁，还是对她指手画脚。我做了妈妈才明白了妈妈的唠叨……我们要读懂父母给我们的各种爱，唠叨就是一种爱。"馨月妈妈还教会孩子用肢体语言表达对爸爸妈妈的爱，如拥抱、握手等等。学生接着欣赏了《共振实验》，孩子们知道自身也有能量，要传播自己的正能量。孩子们还观看了《梦想》视频。馨月妈妈讲完后说："和孩子们在一起真好，听听他们的心声，能更多地理解他们。"我一边听一遍记录，以下的话深深地打动了我。

图32　馨月妈妈与学生交流

1. 学会读懂父母各种款式的爱。

2. 父母已经尽了最大的努力爱你，从此就能够认出"爱"。

3. 爱和感恩，让我们活在满满的幸福里。

4. 拥抱父母，告诉他们：爸爸（妈妈），对不起，我错了，谢谢您，我爱您！

5. 恩师如父母。

6. 能量等级图：所有存在的一切都有一定的意识水平和能量水平，觉察对照我们自己时常所处的层级（正能量还是负能量）。

7. 学习是一种"乐趣"，它带给我们无比的"成就感"。

8. 未来，是一群正知正念正能量人的天下，活在爱的频率里！

9. 与梦想融合，成为梦想本身。

10. 梦想不需要合理，只需要你内心的那股劲儿。

教育需要家校合力。一个故事你讲多了，孩子会听烦。换个人来讲，意义就不一样了。听听别人的妈妈讲故事，孩子多少能理解妈妈的爱。馨月妈妈送的心灵鸡汤，应该能滋润孩子们青春的心田。

繁忙的一周

周一下午第四节，初三进行百日誓师大会，去年的誓师大会仿佛还在昨天，如今又迎来了2013届的誓师大会，逝者如斯夫。大会上师生慷慨激昂，秣兵厉马。会后，我给孩子们看了往届的毕业生拍的小视频。现在的孩子不喜欢单一的说教，他们喜欢听别人的故事，尤其喜欢听学长、学姐的故事。他们有的就读于"211工程"大学，有的就读于济南市一类高中。孩子们看得很认真，我一边让孩子们看，一边给他们讲述学长们的故事。他们用坚持、努力、勤奋创造了自己的梦想。因为时间有限，没有让孩子们一一交流。以后有时间再让孩子们看看视频。教育有时候"润物细无声"，不妨用别人的故事潜移默化地影响孩子。

周周清本周考的是数学、物理、地理。孩子们比上周有很大进步，尤其是李鑫，进步很大。我表扬了班级学生："我们只要用心，一定会进步，不要和一班比，就和自己比，进步一分就是赢家。"有部分同学考的成绩出乎我的意料，只能挨个谈话了。与学生谈话是我工作中最重要的一部分，也是践行"走心"教育的理念。这样的谈话非常有针对性，帮助孩子分析周测成绩，听听他们的心声。和孩子谈话不只要有"口才"，更重要的是要有"耳才"。我喜欢午后和孩子在操场上溜达，听听青春的脚步。我喜欢和孩子漫步在夕阳下，谈天说地。我喜欢用文字与孩子交流，进行心与心的碰撞。谈话，可以拉近师生之间的距离，能发现问题，能帮助孩子解决问题。

周二，标准化教室检查，李泽华、林今天、侯博、孔令超、姜金廷、何凯毅做值日。他们一丝不苟，李泽华（组长）分工很细致，姜金廷来回倒了好几趟垃圾，何凯毅擦的黑板都能当镜子用了。最让我感动的是主动留下来做值日的同学，他们是：斐然、王彤彤、杜晓彤、万瑜函、张然、李鑫洁、石雯菲、夏雪、馨月、馨元、傅晨昊。傅晨昊、张馨元用报纸仔细擦着前后窗的玻璃。夏雪看到地板不干净，来回拖地好几次。斐然用自己的才华设计的吸音板很漂亮，很有个性。不管结果怎么样，我们享受了整个过程，足够了。你们是好样的，我为你们点赞。这就是班级的正能量，下午一定要当众表扬他们，继续传播班级正能量。

本周学校公开课开讲了。五位老师在我们班级讲课，孩子们状态不错。

公开课，同学们和老师们都忙碌起来，同学们都拿出了自己最好的状态，展现出了二班的风采。尤其是李鑫、何凯毅在公开课上大胆举手，讲述自己的观点，了不起。何凯毅基础薄弱，不太善言谈，但在语文课上他大胆发言，能读懂《马说》，知道作者是在托物言志。更应该感谢张艳老师，静静地等孩子说完，及时跟进对孩子进行评价。政治课上的《现场直播——公私之间》，傅辰昊、严子颉、吴慧贤、王子大胆地表演，辰昊灵活地处理开发商、拆迁户之间的矛盾，处理得非常好，解说得很到位。生物课，秀平老师讲练结合，知识落实扎实。物理课老师用实验探究的方法和学生一起学习浮力，参与面还是比较广的。房宏运、潘鸿达、姜金廷、严子颉、吴慧贤、王子等同学积极参与课堂。小组合作计算浮力时，小组长发挥了主要作用。我感觉这一节课孩子们的学习效果是不错的。每一节课，老师使尽浑身解数，提高课堂效率，调动学生学习的积极性，大部分的孩子能参与其中。但也有部分孩子没有和老师在一个频率上，常常掉队。

初二下学期才是初中生活的正式开始，开学已经四周了，部分学生学习状态很好，部分学生开始制订目标，部分学生还是想偷懒。本学期非常短暂，已经过去了五分之一，只有调整好状态，才能不负青春。毕竟，过去了的时光是再也回不来的。

周三人文时段依然是《开讲了》。姜金廷讲的"马化腾"。他做了很多功课，资料找的比较全，学生听得也很认真。他讲了十分钟左右，我让孩子们对讲座进行评价，"姜同学讲得怎么样？""内容挺丰富的，我第一次听说马化腾。""他太依赖PPT了，只是在念，没有融合成自己的知识讲。""他讲的没有我讲的隆美尔好。""讲得挺系统的。""姜同学分了板块，资料准备充分，和学生有互动，有对马化腾的评价，很棒的。敢于讲就是了不起，掌声送给姜金廷，期待下周同学的精彩讲说。"

周五我约见了几位家长，这几位同学潜力很大，但是最近学习的状态不是很好，上课爱说个小话，学习效率低。让家长来的目的是让家长了解孩子在学校的表现。我和家长进行了简单交流。"于老师，你说我们该怎么办呢？"每次开家长会，家长不但想了解孩子在校的表现，更需要知道如何解决成长中的问题。"家长也是教育者，你想要孩子怎样，你先怎样。身教胜于言传，你想让孩子多读书，你也得放下手机，拿起书本。多一些鼓励，少一些指责；多一些具体的要求，少一些漫无目的的唠叨；多一些陪伴，少一些询问。"对于成长中的孩子，作为老师，我们也应该去研究他们，帮助他们。洁是位爱笑、懂事的孩子，学习也很有潜力，但就是自制力差，说到底就是意志力差。爱说话，因为这个事情，我上周找过她几次，她也一直说要改，她自己有时候也很无奈。我说她的时候言辞严厉，她频频点头，频频说要改正。我知道她有自己的梦想和追求，还需要我们一起助力帮助完成。孩子只要你不放弃自己，我就不会放弃你。

本周被写入班级周记的是他：

　　他，非常内敛，爱好广泛。大大的鼻子，大大的耳朵，一脸福相。他内心明净，是一位有潜力的孩子。他上学期学习过程不太好，学习结果在我们意料之外。妈妈对孩子的学习非常上心，我们见过三次面，聊的都是孩子成长的内容。本学期我们再次见面，做了简单的交流。"过程决定结果。""陪伴孩子度过最关键的一学期。"这是我们交谈的主要内容。我也一直在观察孩子的变化，发现他内心有了学习的动力，能坚持做一件事情。"周周清"做得很好，作业完成得也不错，还常常找英语老师背诵短语和课文。物理在单元测验中考了92分，数学周测成绩也不错。看到孩子令人欣喜的变化，我在班级中大力表扬了他。希望他能成为我们班级的黑马。加油吧，雷俊骁。

　　春天像刚落地的娃娃，从头到脚都是新的，它生长着。春天像小姑娘，花枝招展的，笑着走着。青春期的孩子，在生长着，我得多想点办法助力孩子成长。

　　张然在周记中写到：

　　第一个青春是上帝给的；第二个青春是靠自己努力的。

　　2016年的"大二班"成长了，懂事了。转眼间，那看似漫长的三年时光正悄悄流淌，我们要好好珍惜剩下的日子，手牵手，一起走。

　　本周内容特别精彩，有家长进课堂，有公开课，还有我最喜欢的班会课。张馨月的妈妈来到二班课堂给同学们上了一课，同学们积极踊跃地发表自己的见解，课堂上充满了欢声笑语。这四十分钟让我深刻记住了一句话："我们是活在爱和感恩里的人。"

　　下午，于老师给我们看了2009级学哥、学姐们给初三的同学们制作的中考加油的视频。他们拼命努力给我们很大的触动，这就是老师说的"将来的你一定会感谢现在拼命的自己"。

　　标准化教室检查，为了迎接领导的检查，几名同学认认真真地布置走廊的班级文化，贴出了许多同学们参加各种活动时拍的照片，还有"家庭"聚餐时老师们和家长们的合照，一张张照片，满满都是回忆。

这一周，上课及晚自习的状态都很好，同学们课堂的效率也越来越高。总的来说，这周过得很充实。看着二班蒸蒸日上，我相信："将来的我们，一定会感谢现在的自己！"

第五周

爱的教育

春光里，百鸟鸣叫，歌声盈耳；春光里，万物复苏，花红柳绿。我们贪恋阳春三月，我们知道一寸光阴一寸金，我们希望不负春光，快乐成长。其实，如果有人只知道享受明媚的春光，而忘却春前有严寒，春后有酷暑，那也不会真正懂得春天的乐趣。

周一历史课，辰昊给大家讲了"文革十年"。有图片，有视频，同学们听得都非常认真。辰昊在讲述的时候，与同学、老师互动。他上课的效率还是挺高的，最后进行了总结：这是不堪回首的十年，这是痛心疾首的十年，希望我们珍惜今天的生活。我随后又补充了历史知识："文革"的性质、"两大反革命集团"等。

周日我听了一首歌《当你老了》——《音乐大师课》中一首感人肺腑的歌曲。班会课上，我和学生一起欣赏，很多同学听着听着就哭了，男生也泪眼朦胧，他们是一群暖心、懂得感恩的孩子。我希望通过听这样的歌，让孩子多理解一下父母，学会换位思考。我接着给学生看了《爱心树》，让孩子知道父母为了孩子可以变得一无所有。为了孩子的成长，父母可以舍弃所有。我接着给学生发了信纸，让学生写一封信给爸爸妈妈。

在渲染的场景中，很多孩子低头开始写信，还有抽泣的声音。越来越多的孩子开始写，教室里很静很静。我环视教室，发现只有三名男生没有动笔。这三名男生，有可能觉得很矫情，不想表达自己的感情。有的同学是和父母有距离的，认为没有什么要和家长说的。（我了解这三名学生的成长环境，我告诉他们等他们想写的时候再写。如果我硬要求他们写，写出来也寡然无味。）班会课后，我让学生把信装到信封。我希望用文字架起亲子沟通的桥梁。

青春期的孩子，你能体谅父母、老师吗?

家长会侧记

周三下午家长会。全班39个人，来了37位家长，两人请假。我给家长们印发了李镇西的一篇文章——《家长也是教育者》，让家长们读一下，家长们应该有收获。我希望家校形成教育合力，让孩子健康成长。我主要从两个方面与家长们进行了交流，一是分类介绍孩子们在学校的情况，二是讲了"青春期兵法——我们如何与青春期的孩子交流"。

图33 于玲老师在家长会上讲话

"八年级下学期很短，何况时间已经过去了四分之一。这学期是初中三年的重中之重。学生要面临生物、地理的学考。物理、数学难度越来越大，尤其是数学有很多综合初一知识的地方，很多孩子难以理解。数学老师凯歌也很尽心，每天的辅导、每周的测验、错题的整理都很认真，每周五测验如果没有合格的，还要进行补考。英语的词汇量越来越多，课文需要背诵，孩子们原来是没有背诵课文的，现在要求背课文，面临的困难很大。八年级下学期还有一个突出特点——"叛逆期"问题严重，顶嘴、离家出走、厌学、打架、早恋等问题常常出现。这么重要的时刻，如果出现种种问题确实让我们很揪心。为了让学生平稳地度过这一学期，我们需要不停地研究孩子的学习现状，研究孩子的心理，科学地指导孩子，要恪守"契约在先原则""知道孩子犯错时的动机是对的""多倾听，少指责""多具体的指导，少一点唠叨"。但是我们在做的时候常常为了维护长者的尊严，伤害了幼小的心灵。家长真是不好做啊，学会和孩子很好地交流是一门学问。我邀请了上届毕业生王淄齐妈妈到校，她与各位家长进行了交流："相信学校，相信齐鲁学校的老师，我孩子在齐鲁学校度过了非常有意义的三年，最后考入了省实验中学。因为在齐鲁学校打的基础好，现在学习状态不错。作为家长，我们要配合好老师，和孩子一起成长。"她还具体交流了如何科学控制孩子玩手机的时间、如何应对孩子的早恋问题。邀请上届学生家长来的目的是想让各位家长有更多收获，不虚此行。

图34　专心致志开会的家长

抄作业事件

周五我忙着录制《一师一优课》，录完课接近十二点半。后来强老师给我发消息："于老师，咱班有地理答案，大部分同学交上来了，还有三份没有上交，你查查吧。"原来班级出现了"抄作业"事件。

我回去吃饭时，发现饭已经没有了。"老师，我们给你打饭了。"是李斐然和张文荟。我的小心脏感动得不得了，眼睛也湿润了。吃完饭，我来到教室，同学们瞬间安静下来。对于抄作业这一事情，我只能迂回解决。我给学生讲了最近的"济南疫苗事件"，现在各级各部门都在力查疫苗事件，已经查到了线上线下很多人。我给孩子们讲了上届学生"喝啤酒"事件，他们以为神不知鬼不觉，老班肯定不会发现的，可是还是被我发现了。他们也深深地认识到了自己的错误。我还讲了上届班级的一个"故事"：

有一天，张同学的钱在班级中丢了。当班主任很多年，我最不会处理的事情就是丢钱事件。"孩子们，我当你们班主任两年了。我们之间建立了真诚而深厚的友情，我们之间彼此信任。老师最不会解决的是丢钱问题，虽然我的工资不高，张同学丢的钱，我补上吧。如果你觉得不好意思，就把钱放到我的键盘底下。"后来我在我的键盘底下发现了160元钱，还有写给我的一封信。"老师，我不是故意拿他钱的，他整天在我们面前炫富，我想让他知道钱不是他的，是他父母辛苦赚来的。感谢你的处理方式。"

孩子们听得非常认真。我告诉他们："犯了错不可怕，关键是有勇气站出来承担错误，上帝会原谅你们的。""老师理解你们，所有事情的动机是好的，你们抄作业也是为了及时上交作业，免于责罚，但是你们这样抄作业有一点收获吗？强老师是一位非常负责任的老师，如果她听之任之，受害最大的是谁？既然事情已经发生了，我们应该想办法解决这个问题，现在祝同学交上了一份，但还有两份没有上交，你如果觉得耽误大家学习的时间了，那么请你主动上交……"我们约好了地点。我相信我们班级是充满正气的班级，孩子们应该会主动上交答案。

周一，一名同学上交了自己那份复印的地理、生物答案。另外一名同学说已经把答案放在家里了，让妈妈带过来就上交。那个上交半份的同学已经给我写了一封信。他也认识到事情的严重性，并且保证以后不会犯这样的错误。可是还有半份答案仍然没有上交。

我想让班委解决这个事情。班委最后想出来了方案。"老师我们三个把答案再重写一份吧。""我尊重你们的想法。"事情没有结束，吃完午饭，这个同学找到我说："老师那半份答案我找到了，已经交给强老师了。"孩子们，吃一堑，长一智。我希望类似这样的事情不要再发生。

周末我们进行了爬山活动。人员之多，人气之旺，可以创造齐鲁学校的历史了，呵呵。70余人参加这项活动。

傅辰昊在周记中写到：

这周举行了春游活动，是我们二班的第一次集体活动。我们很开心，此活动再次见证了独属于二班的凝聚力。

8：00准时出发，前往此行的目的地：西营。

到了西营，稍作集合，拍了几张照片，就开始此行最主要的活动：登山。起先的路很平坦，和当地的路一样，所有人都能很轻松地登山，就像散步一样。可渐渐地，路变得越来越不像路了，崎岖、起伏等问题出现了，到一个平台时，就没有我们正常所谓的路了。

图35　开始爬山

有些人望而却步了，但有很多人没有。"世上本没有路，走的人多了，也便成了路。"没有比脚长的路。

继续向上，可供登顶的道路越来越模糊，放慢或停下脚步的人越来越多。到最后的那段路，已经不是单单用脚就能登上的了，还需要勇气和双手。

图36　二班同学在山顶宣誓

继续向上，用上双手，路很滑，满是沙砾，我们很多人都滑倒了，但这并不能阻止我们的脚步与双手。再一次短暂的休息后，我开始有些返程的念头了，真的，上来都尚且那么艰辛，更何况下山。多往上一分，下山时就要多费两分的力。我们不熟悉这座山，万一在返程途中出了意外呢。大家基本上同意，但万瑜函执意向上："都上到这里了，不登顶多可惜。"我并不觉得她鲁莽，想想其实也对。

最终还是决定继续向上。遗憾的是，走在队伍最后的韩延圳掉队了，只得下山。此时，我们剩下的七个人继续向上攀登。这里连手机信号都没有了，是一定意义上的背水一战。最终我们成功登顶了。没有很大的成就感，更多的是轻松，有了喊"I am back！"的资格。环望四周，有我、栾路通、胡锦科、王宙巍、万瑜函、魏顺吉老师和胡锦科的舅舅。出乎我们意料的是，最后冲击顶峰的这段路只用了五分钟，如果听我的就此下山，那该多么遗憾，在此向万瑜函的执着致敬。在顶峰留影后，我们开始下山。

我迎着凯旋的伙伴，找了一个平台。师生在那里宣誓，多么响亮、多么自豪。就如战士一般，慷慨激昂。

下山，吃饭。

我们胃口很好。那里的饭，说实话真是不怎么好吃，不过丝毫不影响好心情。吃完饭我们就玩了起来，打水漂、扔石头。很多同学很幼稚地将饮料瓶开个口，互相喷着玩。我们的"创造力"还是蛮强的嘛。看，我们"大二班"有70多人参加此次活动，是齐鲁学校历史上的独一份。

图37　春游合影

石雯菲在周记中写到：

　　《爱拼才会赢》中唱道："三分天注定，七分靠打拼，爱拼才会赢。"

　　《真心英雄》中唱道："不经历风雨怎么见彩虹，没有人能随随便便成功。"

　　周一下午班会课于老师给我们观看了一段小视频——王奕程小朋友演唱的《当你老了》。许多同学流下了感动的泪水，在那一刻同学们深深地感受到了自己对父母的爱。老师给我们每人发了一张信纸，给爸爸妈妈写一封信。同学们含着泪写下了想对爸爸妈妈说的话。老师把同学们写好的信装到信封，家长会的时候分发给家长阅读，家长们应该都挺感动的吧。齐鲁讲堂常芳芳老师为我们上了一堂课，让我们认识并了解了一个不一样的贝克汉姆。贝克汉姆既是一个优秀的球员，也是小七的好爸爸。他凭着自己的实力和坚毅不屈的精神成功了。贝克汉姆的事迹告诉我们，一个人的成功，天分必然重要，但是坚持、努力更是不可或缺的。

　　周五发生了一个二班大事件——学考答案抄袭。生物、地理《学考传奇》的答案有几份"流落人间"，这件事情让强老师和李老师的心情都非常的糟糕。上地理课的时候强老师实在是忍无可忍，发了脾气，摔门而出。面临学考，这使老师们不得不重视起来，两位老师都在家长群下了通知，让家长回家检查一下学生有没有答案，如果有就放在家里或者交给老师，不能让它一直"流落"下去。除了这件事情以外，同学们上课状态都保持得不错。

　　只要摆正态度，肯下功夫，"大二班"是绝对没有问题的，正如我们的班级口号——"我拼我赢！我能我行！"

本周被写入班级周记的是她：

　　她，齐刘海，特别喜欢笑，有事没事都爱围着我转悠。

当时我就是因为喜欢她的笑，才让她当我的"脾气控制员"。她的笑有感染力和穿透力。她特别健谈，爱和人交流。如果说话不注意场合，就有点小麻烦。上上周五我约见了她的家长，因为上课爱说话，我也批评过她几次，她每次都哭，有委屈，有自责。妈妈是从单位请假回来的，我简单和家长作了交流。她课堂效率低，需要好好努力，尤其是数学需要进一步提高。妈妈也和她交流了。我说："爱说话是意志力的问题，你就自己给自己写个提示语，时刻警示自己。如果今天没有多说话就鼓励一下自己。我相信你能做好。"

她是能做到的，上周表现得很好。她和我说："老师我想说话的时候忍住了。不过，我还是有想说话的念头，我还要对自己严格要求。"今天换位，她与一位很有自制力的同学同位，我相信她还会有更大的进步。她就是李鑫洁。

本周最应该感谢的还有那些可爱、热心的家长。

写到这里，已经深夜了，键盘的敲打声格外清脆。这周对我来说真的很忙碌，班级也有些小小的状况。我一边敲打，一边反思，一边思考如何才能科学地陪伴他们成长。

泰戈尔说过："不是槌的打击，乃是水的载歌载舞，使鹅卵石臻于完美。"对教育而言，疾声厉色的批评就是"槌的打击"，它不会使教育的目标这枚"鹅卵石"更臻完美，它换来的只是相互撞击后愤怒的火花。教育更需要水一样的载歌载舞。

第六周

琐事一箩筐

春的气息越来越浓郁，绿色渐渐成了世界的主旋律。春天，是读书的季节。春天，是播种的季节，要因地因时，要不就会误了农时。亲爱的孩子们，在明媚的春天，我们也应该学起来，跑起来。

周一班会，我和学生一起学习了几则案例。一个是协和学院学生驾车撞人逃逸事件，一个是城建学院女学生阳台产子事件，还有花季少女周岩事件。通过分析三个案例，让学生知道作为青少年，我们该干什么，如何肩挑自己的责任。"错了应该承担责任，不要铸成大错。"万瑜函说。"青年时代就要好好学习，不要误了自己的前途。"王子说。通过交流，学生也替以上案件当事人可惜，他们能够意识到解决问题有很多方法，该自己承担的责任就自己承担。我想通过以上案例让学生明白"成人比成绩重要，成长比成绩重要"的道理。

我和孩子们说："初三下学期已经开始中考模式了，今天上午初三学生进行信息中考，本周他们还要进行第一次模拟考试。明年的我们也要面对这些考试，我们应该厚积薄发，从现在开始，每一分每一秒都不要辜负。"听到这些，孩子们都在唏嘘"时间过得好快呀，不能再浪费时间了"。接着我给同学们看了北大才女刘媛媛有关如何学习的演讲。视频大约15分钟，只有她在讲，部分孩子觉得没大有意思。但是，看完视频，我和孩子们交流，他们还是有收获的："人生要有自己的梦想。学习要有内在的动力。学习要有计划，学习不是我们工作的全部，我们也要学会交朋友。"只要听，就会有收获。

周周测，我们考得不理想，数学有同学得了0分，物理有同学得了2分。地理有很大进步。看到分数，心里真是着急。我当即联系了凯歌老师，凯歌老师利用中午午休的时间，逐个题给孩子们讲。我也联系了物理老师，物理老师也和孩子们进行了谈话。我仔细看了孩子们的试卷，有的孩子学习遇到了困难。

本次数学周周测主要考因式分解，有的学生因为前面的知识不扎实，练习不够，导致缺乏做题思路。"学习是连续的，有很多孩子开学初表现得真的不错，但是一考试就出问题，说明他们平时学习还存在着侥幸心理，知识吃不透，囫囵吞枣，就出现了低分问题。学习有三个层次——会、懂、通，很多同学停留在第一个层次，老师讲完后感觉自己都会，一动手做题就出问题。我认为你们对基本的概念理解不透彻，还有部分同学眼高手低。数学就要勤学勤练，我相信你们会慢慢进步的。"

课后，我也一一和孩子们进行了谈话，希望他们不要气馁，调整好状态，先把错题改正，不会的问题及时问老师、同学。初二是孩子学习的分水岭，面对知识越来越多、难度越来越大的情况，有部分孩子就想掉队。作为老师，我还是想说，你们不放弃自己，我就不会放弃你们。即使你们想掉队，我也要尽量帮助你。

周二语文单元测验，下课后，我看到一名同学试卷上就没写几个字。我询问了一下，他是敏感的，想把试卷拿回去。"某某，周周清你没有考好，语文测验怎么也不认真呢？""我不会！"听口气就不大开心。"我们先不看别的，你看看这些最基础的字词，只要用心就可以呀！""我不想用心，每次考不好你都说我……"他委屈地哭了起来。后来我们的交流没有进行下去。我想这样下去也不行啊，就打电话给家长了。家长放下手头工作迅速来到学校，我把孩子叫到办公室，进行了深入的交流。首先听了孩子的心声，孩子也想好好学习，有自己的想法。他其实很聪明，周一日日清，我检查他背诵古诗，他背得非常熟练。数学、物理的日日清也不错。他在学习上如果付出行动，一定会进步。我和妈妈说到："他很灵透，本学期懂事了很多，班级的空桶他都是自告奋勇地送到传达室，心态也非常好，如果没有成绩考量，他该是个多么优秀的孩子。现在的孩子也很累，早上起得那么早，晚上很晚才休息，日日清、周周测，压力也很大。""他们这个年龄就是该学习的年龄，还是要尽力好好学习。"妈妈说。是的，家长很关注孩子学习，也报了辅导班，但是成绩就是不见起色。家长也很焦虑，老师也有些无奈。经过协商，给孩子提出了符合他自己的目标，只要孩子努力就行。如果在周周测中不见起色，我们再想其他办法。交流是起到作用的，周三、周四他主动留下来自己复习，不会的问题就问老师。孩子，希望你一直坚持下去。我还约见了一位家长，希望家长对孩子严格要求，关注孩子过程性的成长。家长也感觉对孩子很愧疚，希望这一学期一定配合好老师工作。

　　我常常想我下周写什么，我怕没有素材，每周我都要仔细观察学生，观察班级。其实，我的顾虑是多余的，教育，每天都充满悬念，我总会有很多要说要写的。悬念其实就是我们通常所说的"教育难题"。我认为班主任工作最大的难题，就是对特殊生的转化，这是对班主任的磨砺。做班主任就是一项技术活，衡量一个班主任是否优秀，就看他对待特殊生的态度和技能。我知道班集体的发展和学生的成长，是一个跌宕起伏、有时候甚至是一个惊心动魄的过程，这个过程同时也是班主任不断享受教育并不断成长的过程。道理很简单，关键是我们如何去做。教育除了爱，还需要智慧。不要忘记自己曾经是个孩子，要走进孩子的内心世界。

　　周三，天气晴朗，姹紫嫣红的春光，我们怎能辜负。"百果园"里梨花、桃花、紫荆竞相开放。我带着孩子们来到"百果园"，以小组为单位给孩子们拍照片。孩子们笑得很灿烂，年轻真好。

图38　小组合影留念

159

图39　女生合影留念

图40　女生合影留念

图41　小组合影留念

　　周四，我带初一学生去历城烈士陵园扫墓。走之前告诉了班委，希望他们值好班、站好岗。刚到烈士陵园，就看到了服务中心发的短信，班级有三个女生在宿舍说话，不听辅导员管教。扫墓回来，我看到学生在跑操，还是不错的。跑完操，我把三位女生叫到门口，先让她们陈述过程，然后互相找一下哪里错了，想出解决问题的办法。如果再有下次，取消优秀宿舍的评优资格。

周五，我到学校查看晚修记录本，又有三名优秀学生的名字映入眼帘，还有一名是我刚找她谈过话的学生。我这坏脾气，还是忍不住批评她们了。"下课后去办公室"这句话我特别不想说。教育之路，漫漫其修远兮，我将上下而求索。发火是不行的，还得走心，走心，走心，重要的事情说三遍，还要动之以情、晓之以理。她们陈述了自己昨天晚上的事情，然后认识到了自己的错误，希望自己能够改正。"想说话，谁都想，闲聊，我也想，但是我们不能做，你们是班级同学的表率啊。说到底，还是意志力的问题，你们之间要互相监督。我相信你们能做到的。"三人也给我写下了保证，低头出去了。

周五也有让我们高兴的事情，优秀宿舍的奖学金下发了。对优秀宿舍的同学表示祝贺。

下午我有事情，早走了一会。考场安排的事情就布置给李斐然、傅辰昊，还有团员了。周一我来到教室，看到学生整理得还是不错的，对他们提出表扬。

敞开心扉，让我们在春天里成长

"盼望着，盼望着，东风来了，春天的脚步近了……"这是自然的春天，学生的"春天"也扑面而来。青春期的他们，时而"激情澎湃"，时而"忧心忡忡"，时而"标新立异"，时而"唯我独尊"，时而"举世皆浊我独醒"，时而"愤世嫉俗"。面对青春期精灵们的情绪化、多样化及叛逆期、独立期，有时候真是束手无策，真是"学然后知不足，教然后知困"。他们是我甜蜜的负担，我是痛并快乐着。

"亲其师，信其道"，我一直以有亲和力的老师自居，学生喊我姐，师生关系很融洽，是我自豪的地方。可是今年的一件事情让我清醒了，我要重新给自己定位，重新审视我的学生。有一天，我班上的两位学生闹了点矛盾，我动之以情，晓之以理，导之以行，他们两位和解了。我想了解这一段时间孩子们的心理动态，就留下了小A，我问了他很多的问题，他只是简单地做肯定或是否定的回答，"嗯！""哦！""还行吧！"我继续使用我的"小伎俩"，可是他像战争年代"潜伏的同志"一样，立场很坚定，多余的话不说。最后我用"甜言蜜语"想让他打开心扉，他反复地说"老师你不懂我"，这句话深深地刺痛了我的神经，我怎么就不懂他们呢，难道我们之间真有代沟了？我也是八零后的老师，还不算老啊，我也看"天天向上"，我也知道"唐家三少"，我的QQ昵称也是火星文，我也知道"甄嬛体"，我也懂得"神马浮云"，我也会唱江南Style，我也了解"戛纳"，我也喜欢"黄金男篮"。和学生谈话后我一直在思考，感觉自己很失败，不是一位好的老师，走不到学生心里。如果走不到学生心里，就很难很好地管理班级，这件事情让我很"郁闷"。我仔细地观察学生，发现进入初二以来，他们发生了很多微妙的变化，和我始终保持着一段距离，用很冷漠的眼神看着我，上课回答问题不积极，课间有说有笑，当我进班级的时候就迅速地回到自己的位子上，马上安静下来，在学校里遇到我的时候也不再热情地问候"老师好"，不喜欢老师当众表扬他们。是啊，青春期的孩子，我难道真的不懂你们了？

我一直想走出"老师你不懂我的阴影"，我冷静地分析。为什么我们之间有了距离呢？

一是没有给孩子们空间，孩子们在长大，他们有了自己独立的思想，要有自己的空间。于丹老师说过："这个世界上有很多种爱，这些爱最终都是以聚合为目的的，只有一种爱例外，它是以分离为目的，那就是父母和孩子之间的爱。父母真正成功的爱，就是让孩子成为一个独立的个体并尽早从我们的生命中分离出去。"我们虽然是师生，但是胜似母子（女），平时我管孩子太细、太严了，没有给他们自由的空间，没有给他们真正的父母般的爱，没有让孩子成为一个独立的个体而尽早从我们的生命中分离出去。

二是角色的转变，记得刚毕业的时候特别能理解学生，想问题做事情都是站在学生的立场上，这是自然的感情流露，因为我也是刚走出"象牙塔"的学生，感觉和学生是一个战壕里的。看到年长的老师批评学生，我常常替学生鸣不平；老师布置作业多了，我也同情学生，感觉在当今社会的学生压力还是很大的，当学生不容易。几年的光阴让我褪去了学生的稚嫩，成了一名半成熟的老师，我现在想问题做事情往往是站在老师的立场上，希望各科老师严加管理学生。如果学生抱怨作业多，我就会居高临下地说教，给他们讲苍白陈腐的道理，希望孩子们要承担起责任，要"吃尽苦中苦，方为人上人""吃苦吃半辈子，不吃苦吃一辈子"。慢慢地学生不敢在我面前抱怨了，在我面前表现得非常乖。在学生眼里我就是一位严师，他们就是学生，我们是水火不容的。

三是班级管理缺乏民主，这个班级我是中途接的班，是个一盘散沙似的班级，男生多，男生特别愿意动，愿意说话，自制力比较差，心理年龄和实际年龄不相符，很天真很单纯，班委也是形同虚设，起不到带头作用。如何使班级有凝聚力，只有找一个中心力量，这个力量就是我，班级所有的事情都包揽了，从班委的安排、课代表的安排、作业的收发、值日生的监督、班级量化、班级日志、班级博客、班级的文化设计，甚至学校组织的歌唱比赛的曲目、伴奏、指挥，都是我指定。当时我的追求就是让班级凝聚起来，结果慢慢地学生的积极性就没有了，言论自由也没有了，出现了"万马齐暗究可哀"的局面，这样还能自由地和老师交流吗？

四是家庭的原因，我们班级比较特殊，我们班三分之一的学生是非正常家庭的，如重组家庭、单亲家庭，也有从小由祖辈带大，到了上初中的时候才回到父母身边的。他们缺少父母的爱，缺少父母的管教，缺少和父母的交流，他们从小就关闭自己的心门，不想让别人知道自己生活不幸福，把很多心事压在心底，在学校就故作开心。单亲家庭的孩子他们的心理年龄要比同龄人成熟，他们也不会把真情实感表达出来，不喜欢和别人进行心灵的交流，只会在角落里流泪，不会在阳光底下大哭。这样一群特殊孩子的存在，使得师生交流、生生交流都有一定的难度。

五是社会的原因，现在的家庭模式大都是"四二一"的模式，孩子就在金字塔的顶端，表面上看是高高在上，但是"高处不胜寒"，他们是孤独的、寂寞的。为了解决孤独和寂寞的问题，他们就选择了看电视、玩电脑，我们国家就出现了很多的"电视孩""电脑迷"。他们不太会和周围的人交往，看书少，积累少，在交流的时候也没有深刻的内涵，大多数就是围绕着电脑游戏讨论。作为家长只是提供给孩子物质的需求，没有从精神层面和孩子交流，孩子不是信息化社会的人，感觉是安装了程序的"机器人"。师生交流谈何容易？

自己找到了不足之处，找到了症结，我就开始慢慢地改变。

一是走近学生。"走进"首先要"走近"，要放下当班主任的威严，要俯下身体和学生谈话。早上早到学校和学生一块做值日，督促学生交作业，课间十分钟也到教室溜达一下，课外活动和学生商量了很多的活动，有八字跳绳、拔河、打篮球、跑步，我也慢慢地融入到活动中，让学生感觉到生活中的老师是很随和、很有活力的，学校举行歌唱比赛时我和学生一块练习，一块比赛。慢慢地，我感觉我已经融入到学生中间，我感觉在活动中学生接纳了我。

二是要注意和学生谈话的技巧。我原先和学生谈话都是一问一答，"你吃饭了吗？""吃了。""最近学习怎么样？""还行吧。"这样的谈话是毫无意义的，谈话的双方都是应付，也起不到任何作用。和学生谈话的时候不一定老师要掌握主动权，不要居高临下，要多给孩子说话的空间和时间，即使孩子的观点不正确也不要打断孩子，要当孩子的听众，多听孩子说，帮他们分析问题。谈话的时候不要开口就谈学习，这样学生就感觉很紧张，也打不开自己的思路。学生的心态就是"兵来将挡，水来土掩"，我就围绕着学生感兴趣的话题切入，可以和学生谈时政热点、NBA、"苏迪曼杯"、校园里有意思的事情，学生也会感觉老师不古板，会对老师产生心理认同感。

三是换位思考问题。前一段时间我们班的一位男生触犯了校规，我当时就是想严惩他，我在教室门口等着他，他看到我低着头说："老师，我先对你说声对不起，给你添麻烦了，请你原谅。"我的心突然就软了，我忽然感觉学生很可怜，我不能对孩子发脾气，我知道他犯错也不是故意的，但是伤害了别人。我就站在他的角度上和他一块分析了问题，我们一块找到了解决问题的方法，要他敢于站出来承担自己的责任，他自己也知道了事情的严重性，在以后的学习生活中再也没有触犯过校规校纪。学生无论什么时候也是站在学生的立场上想问题、做事情，他接受了我，班里的孩子也肯定了我。

四是班级管理要发挥充分的民主，班级管理要有广泛性。学习了魏书生老师"事事有人做，人人有事做"，我知道每位同学都是班级的主人，一定要放手发动学生，走到学生中去，学校组织的所有活动都要调动班级的积极性，让学生自己策划，不要过多地去干涉。

五是争取家长阵营的支持，尤其是单亲家庭的家长。对单亲孩子的管理，我从生活和学习上多关注他们，多表扬他们。我们班上有一位乖乖女，学习成绩中游，妈妈自己带着她，生活不如意，孩子只要有一点进步，我就第一时间让妈妈知道，妈妈就会很开心，就会肯定老师的教育。家长在孩子面前肯定老师，孩子肯定也会接受老师。

"山朗润起来了，水涨起来了，太阳的脸红起来了。小草偷偷地从土里钻出来，嫩嫩的，绿绿的……"这是对我们师生关系的写照，现在我可以和学生谈笑风生，学生有"疑难杂症"会第一时间"SOS"我，我和学生成了一个战壕的"哥们"，我们一起成长、进步、发展、壮大，敞开心扉，让我们一起成长在春天里。

本周被写入班级周记的是他和她：

他，小麦色皮肤，古典发式，散发着光芒的眼睛。他喜欢看书，喜欢思考，文笔也非常优美，他的口头禅是"噢，不不不"。初一的时候，他就引起了我的注意。历史课听课非常认真，对问题有自己独到的见解，知识面非常广，课堂上我们能产生共鸣。我很欣赏他。进入初二他最大的变化就是有了责任感，你分配他的事情他保质保量地完成。作为学习委员，每天监督同学完成日日清，抽查每个小组的日日清。作为班级的男子汉，常常弯腰搬班级的餐盆，这是我见过的最美的身影。周五放学，他带领团员收拾考场，走得是最晚的。作为班委，他能为班级发展献计献策，是我得力的小助手。我喜欢和他交流，有关历史的、文学的、哲学的，我们谈得很畅快。我真的很幸运成为他的老师。他的梦想是浙大，我想他只要努力一定能实现。加油吧——傅辰昊。

她，皮肤白皙，喜欢唱歌，善于沟通。只要你安排给她任务，她都会爽快地接受。她是班级正能量的代言人，她能想老师所想，做老师所做。她会给我很多温暖的感动。录课，我回来得很晚，她早给我打好了饭。三八节、教师节、感恩节，班级文化全是出自她手。一份贺卡，一个便签，写满了她的真挚的祝福。班级工作，我常常和她商量，她总会给我建议，她是个慧心的孩子。月考结束后，我看了她的数学试卷，有很大进步，她开始钻研数学题了，静静地思考。这就是我们班级的班长——斐然。

清明假期，阳春三月，我和家人来到兴化，饕餮着无边醉人的春色。波光粼粼，小溪潺潺，挺拔的水杉，古老的兴化，精致的竹筏，可爱的划船人，我收获了满满的好心情。儿子很开心，因为妈妈终于可以好好陪在他的身边了。我们一起词语接龙，他开心地大笑，让我觉得再苦再累也是值得的，是啊，陪伴是最长情的告白。

我们做父母的一起陪伴孩子，欣赏他们行走的每一步，我们也是幸福的。

侯博在成长日记中写到：

亚里士多德曾说过这样一句话："生活是本看不完的大书。"

我说："我们在学校里的生活也是本小书。"虽然小，但每一页都是真实的，每一页都是沉甸甸的，每一页都是有血有肉的，每一页都是我们"大二班"共同书写的。

齐鲁校园里，群花争春，蝴蝶起舞，流水潺潺，风光旖旎。抬头望去，在中学楼四楼左侧的一间普通的教室里，39名同学都在等待着吃午饭，前面坐着一位气疯了的美女老师——强老师。

一、学考答案事件

不知道出自什么原因，也不知道通过什么方式，班里有同学手里有几份地理学考答案。晚自习的时候，把一份答案借出去，一个组的人明早的作业都是A。结果可想而知。老师大发雷霆，没曾想城门失火，殃及池鱼。强老师守在班门口，说什么时候交出来答案，什么时候去打饭。没拿答案的，觉得冤，拿了答案的，装成没答案的，上演了一出心理战。

临近12：20，×××同学交出了一份答案，老师才离开。于老师又借助山东省假疫苗事件来劝告我们，并用之前学哥学姐事件教育我们。

最后，经过刘洪都、傅辰昊、李斐然等几位同学的努力，整个事件终于告一段落，班级恢复了平静。

二、送水桶

在学校，一天两次跑操，加上体育锻炼、体育课，每天需要喝许多水，再加上我们班人相对多一点，水有时供应不上，但同学们都忘了换水。总有一个人默默无闻地去送水桶，风雨无阻，他就是我的同位——孔令超。记得有位伟人说过："把平凡的事坚持做下来，就是不平凡。"我在这里代表"大二班"的全体同学，向孔令超同学说一声：谢谢你！

三、数学考试

每周五的数学考试都已经习以为常了，但下周就要月考了，气氛变得格外紧张。等到下午成绩发下来时，同学们都大跌眼镜，知道了自己还有很多不足，在这里祝大家月考顺利。

时光继续流转，我们终年不散。小小的故事，拼凑出二班的青春纪念册。祝"大二班"前途一片光明。

第七周

2016年4月12日　星期二　天气：晴

月考后谈心

清明已过，春光越来越明媚。孩子的笑脸和春天相遇，是多么动人明丽的画面。我和我的孩子们在春天里又演绎了怎样的精彩呢？

月考是由老师自己命题，主要考查的是语文、数学、英语、物理、生物、地理等学科。我利用成长日记本和孩子们进行了一对一的交流。

侯博： 课堂效率高，作业完成好。数学课积极上台讲题，提高了分析问题的能力；语文进行了海量阅读，进步大。

吴慧贤： 有自己明确的学习目标，学习刻苦，学习态度端正。

祝宸辉： 学习努力，状态比前段时间有进步，比较积极地参与课堂，希望进一步提高课堂效率。

傅辰昊： 有潜力，但不够努力，有思想，但缺乏实践，希望学习注重细节，更加刻苦努力。

刘洪都： 有责任心，开学以来学习状态不错，听课效率较高。

严子颉： 潜力股，作业完成较好，日日清很积极，课堂效率不高，有时候在教室坐不住。

易露佳： 有思想，有压力，开学以来状态还好，希望继续努力。

孔令超： 学习比较扎实，刻苦努力，有自己的学习方法，坚持一边读书一边做笔记。有内在的学习动力。

王宙巍： 课堂效率高，能紧跟老师思路，学习有积极主动性，作业完成较好，希望再有一点探究精神。

王梓业柠：没有尽全力，作业完成较慢，不太会利用边角料的时间，有发展空间，还需要对自己下手狠点。

张然：学习态度端正，作业完成很好，各个方面都不错，希望多花一点时间在物理、数学上。

万瑜函：认为学习很重要，但对重要的知识点没有吃透。

王裕婷：学习态度端正，学习努力，需要在数学、物理学科上多下功夫。

还有一部分同学也很有潜力，但是努力程度不够，总是抵挡不住小小的诱惑，如看课外书、玩手机、课堂不投入、和同位说小话、作业完成不认真、存在着应付（抄作业）的现象，缺乏内在的学习动力。每次考试都能反映出一定的问题，如个别同学有偏科的现象，这个情况如果一直发展下去，会影响到中考。

万瑜函很沮丧地找到我说："于老师，我已经很努力了，可是一到考试就出问题。究竟是什么原因，您能帮我分析一下吗？"我直言不讳地说："你的原因在于平时学习过程存在太多的侥幸心理，不愿意去想自己明明已经意识到的问题，只在别人不了解情况的表扬里找心理平衡，而到考试的时候，总有捏一把汗的感觉，对知识没有吃透。现在很多题都是考查能力的，如考查归纳能力的，学习环环相扣，每一步都很重要。不要太悲观，现在开始还不晚。多数人为了逃避真正的思考，愿意做任何事情，你在学习上要做一位善于思考的孩子。"

中午我走进教室再次和孩子谈了谈过程比结果更重要，要把目光放长远，不要局限于一时的得失。"我希望考得好的同学总结经验，继续努力；考得不好的同学认真地反思一下自己学习上存在的问题，并找到解决它的途径。我会分类找同学谈话，如果你像万瑜函那样主动找我，我更高兴。孩子们，学习这条道路上充满荆棘，我们需要下定决心，忍受寂寞、孤独，一路走下去。加油吧！"

咚咚，有人在敲门，上周二，一个女生探出头来："老师我能和你聊聊吗？""我最喜欢听到这句话，最喜欢你们主动找我聊天。"她是位思想缜密、有想法的倔强小孩。月考中她犯错了（保密），被主任抓到了，有些小郁闷。我一直想怎么和她聊，还没有想出办法，她反倒"自投罗网"了。她态度诚恳，向我道歉，也认识到了错误。我也帮她分析了她当时的心理。后来她跟我聊起了自己的梦想，聊她和爸爸的故事，聊自己成长的经历，聊了我们的班级。整个过程中，我主要是倾听，因为我知道她能来找我，问题已经解决了。作为一名班主任，主要的能力之一就是倾听，倾听也是谈心的一种方式。倾听是一种手段，目的是赢得信任。本学期有很多孩子主动过来和我聊天，我很欣慰。他们带着问题来找我，我能帮助他们解决问题。有的问题我不能解决，但我可以当他们的情绪垃圾桶，他们说出来就好了。他们成长中的烦恼，也许在成年人看来微不足道，但在孩子看来却是天大的事情。面对孩子的倾诉，只有用心听才会走进孩子的内心。叶圣陶说过："我们必须变成小孩子，才能做小孩子的先生。"哈哈，当老师多好，永远有一颗如孩子般纯洁的心。

处于青春期的女孩子，敏感、多疑、迷茫，我用纯真之心对她们，倾听她们的苦恼，走进其内心，拨动她们成长的琴弦。

野　炊

本周最让孩子们兴奋的是春游。我们实行AA制，每个同学上交50元，我们一起承担车费、门票费、租锅灶费用，然后以小组为单位把剩余的钱下发。周四下午课外活动时间，我带孩子们去购买食材。王泽坤比较熟悉路，他领路，我们走"捷径"来到十里河市场。每个小组进行了仔细的预算，组长手中都拿着一个纸条，纸条上写满了他们要购买的食材。"去这家买，我妈妈常常在这里买菜，他们卖给我们肯定便宜。"张文荟带领大家到了一个摊位面前。"多少钱一斤？能便宜吗？"孩子们开始讨价还价。"我要两个西红柿、两个土豆和一点芹菜。"他们精打细算，购买所需食材。"不要买成袋的鸡蛋，那种贵，我们就买那种散鸡蛋，便宜。""这种羊肉好，那种看上去不新鲜。"孩子说得头头是道。我跟随着他们，观察他们。他们很细心，购买了红辣椒、花椒、大葱、大蒜等调味品；买了西瓜等水果，还买了方便面、烧饼等面食。剩余钱最多的是吴慧贤小组，他们小组被评为"最节约小组"。傅辰昊小组最后还剩下2.3元。他们一直在说："如果我们不买西瓜就好了。"我其实心里是很感慨的，走出教室就会发现孩子的另外一面。

周五早上七点整在教室集合，我强调了三点：

1. 把分组情况再次说明，保证每个组都有一名成人在场（老师、家长），关注孩子的安全。

2. 我们本次春游以小组为单位进行活动，实行小组长负责制。

3. 尤其要注意文明用语，走出校园就代表齐鲁学校的形象，还要有环保意识。

我们排队上了大巴。经过大约50分钟，我们来到黄河森林公园。排队买票进入公园，我们来不及欣赏满树的梨花，大家就开始分头行动。租炊具、捡柴火、铺桌布、整理灶台，大家忙得不亦乐乎。家长陆续到来，有傅辰昊爸爸、王子妈妈、祝宸辉妈妈、王亩巍爸爸妈妈、张馨元爸妈、孔令超爸爸、何凯毅妈妈、李斐然爸爸。各位爸爸妈妈带来了精心准备的食材，最细心的应该是傅辰昊爸爸，他把所需食材都已经切好，有牛蛙、梅菜、鱿鱼等，他还把锅从家里带来了，厉害！王子妈妈提前在家里炖了一只鸡，很美味。王亩巍妈妈、张馨元妈妈从家里带来烧烤架，升起炭火，开始烧烤。祝宸辉妈妈带来了一箱橘子，还有各种餐具。姜金廷爸爸虽然没有来到现场，但他提供了木炭和酒精块。我挨个小组拍照，把大大的空间留给孩子。我还有一项任务是品尝美食，呵呵，真美。

孩子们的举动着实让我感动。

你看祝宸辉组，严子颉昨天晚上买了一只鸡，事先已经处理好。他们配合得非常好，洗菜、切菜、炒菜很有条理。刘洪都是大厨，他炒了两个硬菜：辣子鸡和麻辣鸡翅。严子颉炒的是卷心菜，张文荟炒的是西红柿鸡蛋。我品尝了他们的美食，色香味俱全啊。点赞！

图42　野炊的精彩瞬间

我又来到傅辰昊组，傅爸爸是大厨，真是个细心的爸爸，菜炒得一流，尤其是梅菜扣肉，他给每个小组都送去了一份。小组成员配合得也不错，噢，他们组馨元爸爸的烧烤太棒了。他们小组被评为"美食小组"。

图43　野炊的精彩瞬间

王裕婷小组大厨是隆哥，做了满满一桌子菜，麻婆豆腐，可乐鸡翅。张艳老师感慨地说："今天我吃着隆哥的麻婆豆腐、可乐鸡翅，泽坤的红烧茄子，味道棒棒哒！辰昊和栾路通不住地给我们送来烧烤，还有姜金廷组的烤串味道那叫一个棒。祝宸辉不住地送来水果，王子的烤肠很棒，生火、烧火的女汉子们，还有和我们一起参与的家长们，今天玩得很开心！谢谢你们。"

王子组也在有序地进行，他们组的亮点是特色烧烤，还有辣子鸡（王子爸爸的杰作）。易露佳小组也很棒，蛋炒饭、西红柿炒鸡蛋、炒豆腐，搭配得非常好。有点遗憾的是潘鸿达大厨，打篮球的时候小手指受伤了，没能发挥他的优势。

李泽华小组主要是烧烤，热心的孩子自己没有舍得吃，先把烤好的美食送给我们。斐然组准备得相当细致，而且斐然爸爸是大厨。

其实，本次活动我犹豫了很久，孩子那么活跃，出去不服从组织怎

图44　野炊的精彩瞬间

图45　野炊大合影

办？现在的孩子动手能力那么差，能完成任务吗？各种担心，一度想不举行此活动了。后来赵主任做我的工作，说既然选择了就坚持下去，孩子们会给我们一个不一样的自己的。不管怎么样，既然开始了就不要退缩了。

真的非常感谢赵主任的鼓励，孩子们表现得很好，棒棒哒！事实就是这样，给他们一个平台，我们会看到他们不一样的风采。

本周被写入班级周记的是他：

他文质彬彬，典型的中国风的发型，身板笔直，上课听课专心，善于思考，喜欢读书。本学期最让我可喜的是他能积极参与课堂，不断地上台讲题，有自己的思路，讲题很明白。今天数学公开课，他大胆上台，俨然是个小老师，和同学有互动、有总结。他在教室能够坐得住，能静下心来。他喜欢钻研数学，本次月考数学考了100分，总分年级第一。他情商很高，瞬间能读懂老师的眼神，瞬间能听明白老师的冷笑话，瞬间能理解老师的用心。如此用心的孩子，你已经猜到了吧，他就是二班学霸侯博。

李斐然在周记中写到：

一个周，就像2016年济南的春天，霎时走过了春夏秋冬。昨天仿佛还是暖洋洋的夏，今天就到了凉风习习的秋。昨天还穿着短袖汗衫，今天又重新套上了外套长衫。月考告诉我，新的一周开始了。

我6:00准时来到校园，这个时候的齐鲁很清静很美，春风习习拂过面颊。背着沉重的书包来到四楼，我想我应该是第一名，推开门的那一瞬间我发现我错了，来了接近10名同学。很安静，都在看书，我没有打破这份安静，默默地放下书包，加入到读书的行列。同学陆陆续续地来了，大家都是同样的安静……

月考结束后，上了一节自由活动的体育课。第四节课，是我们两周一次的讲座活动。今天为我们做讲座的是齐鲁学校的音乐大咖赵书记。他用人人皆知的《三国演义》中的人物做引子引出今天他要讲的主人公——彭丽媛。我们跟随赵书记的讲座了解了彭丽媛的成长经历。最后，讲座在彭丽媛的成名曲《希望的田野》中结束了。

周四下午是学校的英语才艺展示活动。我们班参加的同学是：王子、张馨元、李斐然、张馨月、夏雪。王子带给大家的是配音秀。夏雪带来的是好听的歌曲独唱。英语才艺展示，同学们寒假用心地准备了。Miss王精心指导，孩子们在舞台上灿烂地绽放。夏雪感冒嗓子发言还坚持登台，不想放弃这次机会！张馨月和我在伴奏音乐声音小的情况下出色地完成了演出任务。王梓业柠的演讲赢得了满堂喝彩，小丫头不简单。在这个舞台上，我们可以多角度地看到成长中的同学们。

参与其中，必有收获。参与了，你就是成功者。

这周的重头戏非黄河森林公园野炊莫属了。印象中，在我们得知消息后，课间话题就全被"野炊"承包了。课间，组长、组员在商量要买的食材，要做的菜。日日清结束的空余时间，大家在商量要将购置食材这个艰巨的任务交给谁……大家七嘴八舌，各有道理。

周五上午，伴着和煦的春风，我们出发了，在欢声笑语中抵达了目的地。大家排着整齐的队列行进，买票、合影、抢桌、占灶、租借炊具餐具，大家都很忙碌。我们组有些特殊，5个女生和一个男生。我们毫不示弱，潘鸿达的厨艺在我们班的名声那是响当当的，但是由于他的右手在前一天出了点小状况，今天做菜可能不是那么的顺利，不过他在尽力做到最好。他挽起衣袖，用不太习惯的左手艰难地在展示自己的厨艺，汗珠布满他的额头和脸颊，他做到了，做出的菜味道很好。而我们几个女生，就给他打打下手，捡捡柴火，各自都忙得不亦乐乎，十分充实。忙里偷闲，我抬起头仰望天空，万里无云，觉得世界真美好；又将视线放低，忙碌的同学们，专注的眼神，锅碗瓢盆叮叮当当，好像一幅幅生动美丽的画卷。

我又抬起头，天还是那么蓝，觉得世界还是那么美好，但感受与上次不同的是——遇见你们真好。当然了，这次的活动也少不了我们积极参与的家长义工们——王亩巍的妈妈、傅辰昊的爸爸、李斐然的爸爸……再一次向他们表示感谢。同学们美美地饱餐以后，都自觉地收拾好桌子。老班给我们每个组拍照片，接着宣布自由活动时间到了，同学们一个个像离弦的箭一般冲出去了。爽朗的笑声此起彼伏，大家好久没这么开心了。而美好的时间总是短暂的，同学们玩得意犹未尽的时候，时间到了，集合完毕，我们恋恋不舍地乘坐大巴回学校。在公园，大家表现不错，践行了"凡我在处，便是齐鲁"。返校路上，大家都很安静，我们知道，这可能是初中阶段最后的春游，可能大家都在回味……

回到学校，老班与大家一起总结了这次活动的收获和乐趣，给每个组都颁发了一个特别奖项，接着我们还一起欣赏了刚出炉的春游照片。大家笑声爆棚，你看着我，我看着你，一起笑。未来的路还长，真想跟你们一起笑下去。

丰富多彩的一周就这样过去了。几周后，我们就要迎来生物、地理会考，再后来就是中考。中考意味着分离，有人说，分离是为了更好的相聚，我想好好地看看每一个人，永远地记住你们，别让时间的雨刷模糊了你们的面庞，一起努力，"大二班"Fighting！

第八周

2016年4月19日　星期二　天气：晴

与名师有约

孩子们慢慢地沉下心来，课堂效率比以前有所提高。

周一周周测，本次周测有很大进步。尤其是英语，这和Miss王的努力是分不开的，班级平均分44分。前三名的小组是祝宸辉小组、傅辰昊小组、吴慧贤小组。学生已经将周一考试当成习惯，但扎扎实实地落实好才是最重要的。

下午第四节是德育讲堂，我讲的是"谁的青春都不是吃素的！"，这句话是王蒙老先生去年五四青年节在北大讲话时说的。《青春万岁》反映了他那一代人的青春，满怀对新中国成立的欢呼雀跃与热情。由王朔的小说《动物凶猛》改编的电影《阳光灿烂的日子》，则反映了20世纪70年代的年轻人的青春"闹腾劲儿"。他看过《小时代》后又发现，随着社会发展，当今年轻人的青春开始变得如此多样化，年轻人的思想也愈加多元化。"谁的青春都不是吃素的！每一代人有每一代人的青春万岁！"是的，每一代人都有每一代人的青春万岁，我们如何演绎我们青春的精彩呢？我通过列举孩子们的青春偶像，如俞敏洪、岳云鹏、胡歌，让学生知道不要只是看到他们现在的光鲜亮丽，还要看到他们奔跑的样子。通过各种案例，让学生知道青春要想不留遗憾，一定要有目标，敢于坚持，有良好的心态。

二班的孩子是幸运的。周二周三进行了"与名师零距离接触"活动。山师基础教育集团在我校进行数学、语文的同课异构，我们班的孩子有幸与名师有约。数学课是邵老师上的，由分数到分式，用类比的方法进行教学。先讲分数运算，再讲分式的运算，用"排火车"的方式让每一个孩子回答问题。我感觉每个孩子的思维紧跟老师，没有一个掉队的。邵老师的课深入浅出，用类比的方法进行了讲述，对于基础的分式加减，孩子们都能掌握。邵老师在多年教学经验的基础上总结出了很多口诀：同分母相加减，母不变，子加减，结果最简是关键；一提二套三检查；去括号，全变号。同时也培养了学生的数学思维：类比的方法，善于发现规律，要拥有思考的大脑。本节课最让我感动的是学生的心非常静，能紧跟老师思路。尤其是吴慧贤、王裕婷敢于提出自己不懂的问题，经过老师点拨，当场明白。还有吴昊同学因为看不清白板，径直走到前面看题，回答问题，得到老师的表扬。

语文是陈老师上的课，学的是汪曾祺的《端午节的咸鸭蛋》。老师没有讲字词，而主要分析文章的语言之美，如短句、句与句之间的关系，让学生学会品味语言，学会运用语言。如陈老师讲到2014年的中考题《一个夏日的早晨》，一位得了49分的学生写到：

夏日。

清晨。

首尔。

这就是短句之美，他让学生比较"一个夏日的早晨我和妈妈行走在首尔的大街上"，哪个更美、更有意境、更有韵味。他说："语言的美不在一个个句子，而在句与句之间的关系。"陈老师还引导学生敢于质疑，有思考才会有进步。"热爱生活才能写出好的文章来，对人生、对生活要有认识。"最后送给学生一句话（汪曾祺的）："世界先爱了我，我不能不爱它。"我也相信孩子在这样的氛围中能受到熏陶。

我一直认真地记笔记，几次被老师的语言打动了。"世界先爱了我，我不能不爱它。"是啊，我的学生先爱了我，我不能不爱他们。

这两节课孩子们听课都很认真，当孩子静下心来的时候，智慧就来了，效果就来了。数学课上每个同学都回答了问题。语文课上回答问题积极的同学有：侯博、吴慧贤、王裕婷、王梓业柠、傅辰昊（回答多次）、王宙巍（回答出一个大家都没有想出来的问题）、何凯毅、李鑫、祝宸辉、严子颉等同学。在那样的场面下，积极发言，敢于阐发自己的观点，真的让老师佩服。

下下周就期末考试了，希望同学们能保持状态，考一个好成绩。

本周被写入班级周记的是她：

　　她皮肤白净，脸颊红润，音质很好，喜欢笑，那双有神的大眼睛能够给我们传递阳光般的温暖。她学习特别努力，尤其是进入到初二，学习状态很好，偶尔成绩考得不理想，也能及时调整状态，继续努力。

　　她的进步还表现在数学上，基础知识掌握得比较扎实，也爱问老师问题，公开课上能把大家都不明白的问题提出来。敢于质疑，就是迈向成功的重要一步。她喜欢阅读，利用空余时间已经读过很多书，如路遥的作品、余华的作品。她是我们学校的金牌主持人，上上周还主持了"英语才艺展示"，她得意地告诉我："这是我主持的最好的一次，没有一点错误。"她喜欢成就别人，本周要进行演讲比赛，她和李斐然完成了演讲稿。她就是我们班级的努力之星——王裕婷。

易露佳在周记中写到：

　　那一年的盛夏让我们彼此相熟相知，另一年的盛夏将让我们各奔东西。时光飞逝，初中的时光本就少之又少，如今我们还剩下一个四季。

　　星期一下午上完第三节课后，老师组织我们去报告厅听讲座。今天开讲的人是老班。

　　本次讲的是"谁的青春都不是吃素的！"她不慌不忙的，用着我们熟悉的语调向我们讲述着。记忆最深的是关于俞敏洪的介绍。老班每有闲暇之余都会向我讲俞敏洪和他的创业之路，然而这总让我想起一个人——马云。马云和俞敏洪一样考大学的时候都经历了很多挫折，但他们都各有各自的优点。马云有思想，有活力，是互联网大鳄。俞敏洪出生于农村，家里较为贫穷，不善于言辞，他执着冷静，能默默无闻地付出，给舍友打了四年的热水。因为这一点，在他创办新东方时，他的同学才愿意与他一起。

人生或许就如一盘什锦巧克力，用精美的包装纸包装后，你分不清哪块是甜的哪块是苦的，或许你就误打误撞地把苦的先吃了，余下的就自然是甜的了。

体育课上我看着大家在一起踢足球，我心中自然也特想，只是我足球颠得太差劲了，所以没能和大家一起玩，要是换做以前我肯定是很积极的。哎！初中毕业后或许最难忘的就是我们姐妹们在操场上踢足球的场景了吧！

人生总是匆匆而过，我们生命中最珍贵的记忆莫过于学生时代。但天下没有不散的宴席，我们即使有缘，但缘分一尽就只能各奔东西，那些曾经的有缘人也只能变成过客，变成照片、文字或只留一个名字。请珍惜身边的同学，因为他们是你在青春之年结识的纯真朋友。当然我也希望我能记住这最美好的初中三年。

写给小曼的信

姑娘：

昨天你来找我谈心，我很高兴，也很欣慰。昨天那个懵懂的小女孩已经慢慢长大，你有了很强的自尊心和进取心。我知道你确实有压力，眼泪一直在眼眶里打转。面对你的困惑，我会竭尽全力帮你，但是天助自助者，只有自己折冲厌难，才能从低谷中走出来。感觉比说教更有效，通过我们的交流，我发现崭新的小曼已经归来，她在不知不觉中离成功又近了一步。

中考是一场长途跋涉，我们都已经快接近终点，但是百里者半九十，越是接近成功就越具有挑战性，越需要我们有顽强的毅力。现在每一次考试考的是知识的储备和应考者的心态。但是接下来的每一次考试却是考我们的状态，谁的状态好，谁就会出成绩。竞争很残酷，心态会起到决定性的作用。毛泽东在解放战争初期，面对蒋介石的全美装备提出了"战略上藐视敌人，战术上重视敌人"的思想。我们面对中考也要有这样的胆气，不要把对手想的太强大，长别人的威风，灭自己的志气。小曼，请问，你的踏实谁人能比，你的细心谁人能比，你的素养谁人能比，你的理解能力谁人能比，无人！小曼，请相信你自己，你一定会问鼎省实验中学的。

还记得漫画中的"鸭梨"如何变成"冻梨"的吗？把鸭梨放到冰箱里。当我们迷茫、感觉无路可走的时候，我们可以进"冰箱"里，让自己冷静一下，为下一次起航充足氧。我们在面对中考、高考、工作、生活时，会遇到小小的烦恼，这是上帝眷顾我们，给我们成功前的考验。小曼，跌倒了怕什么，不妨换个优美的姿势继续前行。我感觉现在你的状态恰恰好，适度紧张、适度压力是有助于你的学习的。我喜欢的一句话是："鸡蛋从外面打破是食物，从里面打破是生命。"我隐约看到将要破壳的生命还差一点，请继续努力，你将会看到大千世界。小小的低谷，没有什么可怕的，谁都会有小低谷，我也有过，经过自己的调整也就走过来了。昨天我给你讲的那些学长也失败过，那又算什么，他们一样可以笑傲考场。

在以后的学习、生活中常常给自己鼓励，常常给自己肯定的回答，我行，我能行，我一定行。要学会调整自己，试试深呼吸吧，请闭上眼睛，深深地吸气，长长地呼气，会让我们心如止水，继续前行。要经常地进行奔跑，奔跑中，想着你的目标就在前方，摒弃杂念。要经常地朗诵毛泽东诗词，你会感受到那份大气、果敢、向上的精神。我希望那份从容、那份淡定、那份执着再次展现在你脸庞上。让我们期待"暴风雨来得更猛烈些"，因为我们可以更茁壮地成长。

你的朋友：于玲

第九周

我们的目标

姹紫嫣红的春天已经沉淀为绿色的世界。

上课、下课、谈话，各项工作按部就班地进行着。

周一早上忙着交作业、周周清测试，本次周周清学生非常重视，各位老师再三强调了落实。本次考的科目是数学、物理、地理，平均分创造了本学期的新高。本次周周测进一步说明了只要是对重要的知识点反复地练习，夯实基础，紧盯落实，孩子是能进步的。作为班主任老师，没有比看到孩子进步还要开心的事情了，我在这里预祝你们期中考试考出好成绩。

周一班会，我和孩子们一起探讨如何提高课堂效率。我事先截取了一段平时的上课视频（经过学校同意的）。让学生对照我提的课堂要求，看看自己课堂的表现。我也着重批评了几个同学，他们或上课坐姿不端正，或同位之间偶尔说个小话，或前后位借东西。刚开始的时候，同学们互相取笑，后来认识到了问题的严重性。我说："我们班学习效率比较高的同学有很多，比如侯博、孔令超上课认真听讲，紧跟老师思路，王亩巍上课和老师有眼神的交流，刘洪都这学期也有很大进步，与老师也有眼神对接。这些都是我们学习的榜样。2009级的曹聪同学，他上课眼睛盯着老师，边听边记，课堂效率很高。学习的差距就是课堂效率的差距，如果没有把握好课堂，只依靠下课找老师辅导，依靠辅导班，就像我们吃饭只吃薯片、瓜子、巧克力，不吃馒头、青菜，是很难健康成长的。上课端坐静听，这需要我们所有师生一起继续努力。"接着我让同学们写下了自己的期中目标：

石雯菲目标：班级前10名，年级前20名。对自己的要求：上课认真听讲，不做小动作。

易露佳目标：班里第4名。对自己的要求：英语要掌握好语法、单词；物理有不懂的就问老师；语文，字词、古诗、文言文要全部掌握；数学，错题整理。

房宏运目标：班级前15名。对自己的要求：上课认真听讲，不和同桌说话。

林今天目标：超过李斐然。对自己的要求：上课不能再发呆，不乱说话。

李鑫洁目标：超越张然。对自己的要求：课上不乱说话，下课好好利用时间，不浪费时间。

李晓宇目标：班级前15名。对自己的要求：上课要认真听老师讲课，跟着老师的思路走。

张然目标：班级前10名。对自己的要求：课堂和晚自习提高效率，安排好时间。上课不走神。

王宙巍目标：年级前12名，班级前3名。对自己的要求：课堂效率要高，多做题，多读书。

吴昊目标：超过房宏运。对自己的要求：改掉自己上课爱闲言碎语的坏习惯，认真做笔记。

祝宸辉目标：超过侯博。对自己的要求：上课不走神、不说话。

侯博目标：年级前5名。对自己的要求：抓好细节，上课不说话。

张馨元目标：班级前20名。对自己的要求：上课专注，利用好晚自习。

万瑜函目标：超越王裕婷。对自己的要求：把数学知识点吃透；英语课做到精神集中，不走神；生物和地理注重整理知识体系。

张文荟目标：超越张馨月。对自己的要求：尽量认真听每一节课，有不懂的问题及时问老师。

张馨月目标：班级前21名。上课跟上老师节奏，不懂就问，不走神。

王子：班级前7名。晚自习不讲话，合理利用时间。

夏雪：进入班级前25名。

杜晓彤：超过王彤彤，进入班级前25名。

胡锦科： 进入班级前25名。晚自习安静写作业，改掉上课说话的习惯。

雷俊骁： 考入班级前10名。课下多读书。

傅辰昊： 班级第1名。好好听讲，不乱说话。

韩延圳： 进入班级前25名。

栾路通： 我并不想超过谁，也超不过谁，但是，我唯一可以超越的只有我自己。

刘乃宇： 班级前13名。超越自己，战胜自己。

王彤彤： 班级前15名。白天课间和午休尽量完成作业，为晚自习留下多一点的时间自学。

王裕婷： 年级前21名。认真学，努力学。

吴慧贤： 进入年级前6名，提高课堂效率。

李泽华： 班级前15名，目标是好的，贵在坚持。

刘洪都： 班级前5名。尽量克制自己好玩的心，把更多的时间用到学习上。

周一我听了一节语文课、一节英语课。老师都能关注到每一个孩子。本节语文课学生的效率很高，张老师领着孩子们订正了单元测试卷，讲完了配套练习册，纠正了易错字词。同学们也能跟上老师的思路，收获还是很大的。但还有个别孩子没有跟上老师的节奏，对这些孩子我们需要积极引导。

演讲比赛

演讲比赛，我们班级派出了三员大将，李斐然、傅辰昊、王梓业柠，他们分别抽到的是3、8、13号。我本来想让学生在班级练习一下，可是他们三个异口同声地说："不用！我们想给大家神秘感。"他们跟着学校一起彩排了两次，但背诵不是很熟练，没有演讲的感觉，只是背，没有手势。我告诉他们："走上台你们就是霸主，要有自己的气势，适当加点手势，如果有合适的背景音乐也可以加上。"他们接受了，开始积极备战。周三，斐然大方亮相，端庄内敛。配着柔柔的音乐开始演讲："我是三号，来自八年级二班……"她的小宇宙可真强大，声音洪亮，音质很优美。她讲事实，摆道理，弘扬班级的正能量，她的演讲赢得阵阵掌声。傅辰昊一上场，我的心就开始忐忑。"各位老师、同学下午好，我在上台之前，把我的演讲稿撕了，现在感觉有点后悔，如果我有说的不好的地方，请你们见谅。""凡我在处，便是齐鲁"，他用孩子的视角解读了这句话，是一种情怀，是一种责任……"生活不止眼前的苟且，还有诗和远方。请各位带着自己的远方和诗，带着自己的卑微抑或荣耀，做好自己，不辜负那些爱我们、愿意迁就我们的人。"最后一句话是整个演讲的点睛之笔。最后上台的是王梓业柠，她是有语言天赋的一个女孩，始终面带微笑，娓娓道来："Miss王说过要想自己有更大进步，请你先帮助别人……"我感觉我们班级这三个同学都进行了充分准备，现场发挥也很好。我想对他们说："你们做到了最好的自己，你们能站到台上就是最大的成功。"以下是孩子们的演讲稿和孩子们演讲的精彩瞬间。

成人成己，从我做起

大家好，我是八年级二班的李斐然，今天我演讲的题目是"成人成己，从我做起"。成人，作为学生，成长比成绩重要，做人比学习重要。成己，要有自我成长的目标，要有自己的追求。成人成己：帮助别人，成就自己，送人玫瑰，手有余香。

成人成己：帮助同伴就是帮助自己。我们学校倡导的小组合作学习，以小组长为主导，每天进行日日清，各个小组长尽心尽责，督促组员学习，检查组员知识落实情况。组长在帮助组员成长的同时，自己也牢牢地掌握了知识。这正是为别人点一盏灯，照亮别人，也照亮自己。

成人成己：帮助同学就是成就自己。我给大家讲一个故事：天堂和地狱的故事。有一个人问上帝，他想知道天堂和地狱到底是什么样子。于是上帝就说先带他去看地狱，上帝带他来到一间房间，里面有一个长条形的桌子，桌上摆满了各种很香的食物，桌子上面坐满了人，每个人都面黄饥瘦，非常的饥饿。他们每人有一双很长很长的筷子，他们把夹起的菜尽力喂到自己的嘴里，可是由于筷子太长，没有一个人能把菜喂到嘴里，所以这个房间所有的人都是非常痛苦的样子，看着好吃的菜，却吃不到！于是这个人就给上帝说："太残忍了吧，那带我去天堂看看吧！"上帝说："好啊，其实天堂就在地狱的隔壁！"于是他们来到隔壁的房间，看到的是同样的长条桌子，同样有很好吃的菜，同样的每人拿了一双不可能喂到自己嘴里的筷子，不同的是他们都非常的开心！因为他们都把自己夹起的菜喂到了别人的嘴里，所以大家都吃到了美味，而且人与人之间也非常的开心！八年级学习压力很大，处处有竞争。"成人成己"主要意味着不要把竞争对手看作真正的对手，要把他们看作互相督促、共同进步的伙伴。我们英语老师Miss王说过一句话："要想把一个知识点真正掌握，最好的方法就是教会别人。同学们，我们要乐于去帮助别人，在帮助别人的同时，其实我们自己也得到了提升。大家有没有发现，在我们身边的学霸们，都是很喜欢给别人讲题的，如果你不是这类人呢，那你这学霸的宝座肯定坐不了多长时间了。是啊，只有付出，你才能够拥有更多。

成人成己：牺牲自己，成就他人。其实这次演讲比赛，除了一个站在这演讲的我，还有一个默默无闻的她。她与我一起写稿、练习，为我提一些建议。无形中，我们两个都得到了进步。所以，我们要学会在自己进步的同时去成就他人。

毛泽东说过：人是需要帮助的，荷花虽好，也需要绿叶扶持。一个篱笆三个桩，一个好汉三个帮。让我们伸出援助之手，帮助别人，也成就自己。成人成己，从身边的小事做起；成人成己，从我做起！

图46 李斐然在演讲

凡我在处，便是齐鲁

大家好，我是来自八年级二班的王梓业柠。身为齐鲁学子，我们每个人都应展现齐鲁精神，正如我今天演讲的题目"凡我在处，便是齐鲁"。

学校里每天发生的事情都让我们感受到强烈的受教气息。依稀记得开学典礼上，张芳校长用三个典型事例教导我们要向身边的榜样学习，不断提升自己的修养，传递正能量，用"凡我在处，便是齐鲁"作为自己的处事信条，努力做最好的自己，每一个人都是齐鲁学校的代言人和名片。

齐鲁学子，就要担起我们的责任。你还记得那个执着地去追那些不听话的纸片，让它们乖乖"回家"的张世杰吗？他用实际行动诠释了"凡我在处，便是齐鲁"！你还记得周一早上，他的家长将他送到门口，他却迟迟没有下车，只是因为他谨记着学校的规定——绿色接送。他用实际行动诠释了"凡我在处，便是齐鲁"。他，是我们班最安静的男生；他，总是言在当言处。水喝完了，他就换上新的一桶，再把空桶送到楼下。很多人都认为这是一件微不足道的小事，但他默默无闻地送了将近两年。就这样日复一日，年复一年。这似乎已经成为他生活中的一个习惯。当师生向他竖起大拇指的时候，他总是淡淡一笑。他就是我们班级的孔令超同学，我建议我们把热烈的掌声送给这个伟大的男生，他用实际行动践行了"凡我在处，便是齐鲁"的铮铮誓言。

我们学校的老师更是身体力行，践行"齐鲁精神"。利用周六周末去梁山支教的孙磊老师，给那里的同学送去精神食粮。现在我们学校有越来越多的老师加入到支教的队伍中。还有我们敬爱的Miss王，课上关注每一个学生，她的课堂不允许一个孩子走神，还有我们敬爱的老班，用心记录我们的成长，还有我们敬爱的校长，全方位地关注我们成长，让我们更好地成长。他们用自己的行动践行了"凡我在处，便是齐鲁"的箴言。

学者崔卫平这么说：你所站的那个地方，就是属于你的中国。你怎么样，中国便怎么样。你是什么，中国人便是什么。你内心光明，中国便不再黑暗。今天，我再说三遍："凡我在处，便是齐鲁！""凡我在处，便是齐鲁！""凡我在处，便是齐鲁！"

图47　王梓业柠在演讲

凡我在处，便是齐鲁

"凡我在处，便是齐鲁。"这是张芳校长于今年开学典礼上的誓词，现在仍回荡于耳畔。我认为这句话体现了一个人的内在，一种情怀，一种责任感。

这是一种内在。只有心有所感才能将它升华为内在。淡淡的，没有那么容易被察觉，但绝对经得起时间的沉淀。有很多人都有这样的品质，像济南好人房泽秋，她是历下区的下岗职工，一家三代照顾毫无血缘关系的孤寡老人。现在还成立了自己的工作室，把善传递给更多的人。

我觉得这也是一种情怀。什么是情怀？情怀就是一种对日常生活中已经失落、需要踮起脚尖才够得到、大多数人不会去做或不屑于去做、带着一丝崇高感的对纯粹美好的东西的向往。从这种角度看，这句简单而又不简单的誓词就是一种情怀。不屑的人肯定会有的，但是总是要有一些人去坚守，去矢志不渝。那么简单的情怀，又有多少人能够问心无愧地做到？

我觉得这还是一种责任感，不是崇高到无法触及，也不是卑微到不用理会。像我们班里的侯博同学，他沉默寡言，但对自己有要求，所以有进步。我们要时刻提醒自己所处的位置、应该所处的位置，对自己多少有些要求，不用太苛刻，但请不要辜负脚下所踏的这方土地，不要辜负了齐鲁师生们那么多年的包涵与承受。做好自己，仅此而已。

当然，这也是一种承诺。无论你在哪里，做了些什么，齐鲁、像齐鲁一样愿意默默成全你的人们，永远是你坚实的后盾。累了，就回来，还有很多在乎你的人，还有很多愿意给你支持的人。请不要放弃，我们一直在。

最后，不知道大家有没有听过高晓松的这样一句话：生活不止眼前的苟且，还有诗和远方的田野。请各位带着自己的远方和诗，带着自己的卑微抑或荣耀，做好自己，不辜负那些爱我们、愿意迁就我们的人。

图48　傅辰昊在演讲

当青春期遇到更年期

周四，我和孩子们一起上了一堂有关亲子关系的班会课——"当青春期遇到更年期"。开班会的目的主要是由于班级亲子关系不融洽，想通过班会让学生学会处理亲子关系，懂得感恩。班会一开始，我向班级同学展示了孩子们小时候爸爸妈妈和他们的合照。（部分）孩子们开心地笑了，伴随着笑声，我开始梳理孩子们成长的过程。"同学们都笑了，因为你看到了你好朋友的小样，姜金廷肯定会说：'老师你把照片发给我，我要升级我们班级的表情包。'孩子们你们知道吗？昨天我问家长要照片，家长很快就把照片发给我了，这说明他们时刻珍藏着你成长的每一个瞬间。在十三四年前，你呱呱坠地，你的降临给家庭带来了很多的欢歌笑语。爸爸妈妈把你们抱在怀里，你就成了他们的全世界。你开始学说话，'妈妈、爸爸'，爸爸妈妈一遍遍地教你。你开始蹒跚学步，爸爸弯腰扶着你，鼓励你：'儿子，勇敢点。'你开始跌跌撞撞地走向位于终点的妈妈，就在到达终点的那几步，你跑了起来，张开双臂投入到温暖的怀抱。你上幼儿园了，你哭闹，你拽着妈妈的衣角，你不想离开妈妈。你上小学了，妈妈看着小小的你背着大大的书包，妈妈的目光一寸一寸跟着你移动，你一步三回头，你依恋妈妈，你依恋爸爸。六年过去了，你成了中学生，你有了自己的思想，你肩膀比爸爸的宽了，个头比妈妈高了，你想'我的青春就要我做主'。青春并不忧伤，却被我们演绎得如此凄凉。 站在青春里，遍地美好。"我询问同学们青春是什么？学生回答："叛逆，自由，成长，挑战，压力，冲动，刺激。"当你希望获得自由的时候，总会有一个声音在喊："不，这个事情不可以……"当青春期遇到"不"，我们会怎么样呢？

接着上演了两幕情景剧——张馨元、吴慧贤、李斐然、严子颉、栾路通表演的《青春期遇到更年期》。（为了不耽误孩子学习，给了孩子很短的时间准备。）他们用两幕剧表达了两代人的冲突，突出了妈妈的唠叨、爸爸的不宽容。

学生开始回答："平时我们最烦爸爸妈妈……"学生一一回答。"唠叨，

图49 班会课上情景剧表演

作比较，算旧账，不理解……"遇到这样的问题我们该怎么办呢？"先冷静，再处理；先顺从，再解释……"学生回答的还是很中肯的。接着我让孩子们听了张馨月妈妈录制的话"孩子，我想对你说……""张小孩，我翻看你的照片，看到你长大了……"张馨月听到妈妈的话瞬间泪崩了。越来越多的孩子听到了"妈妈的心里话"，开始抽泣。整个录音大约5分钟，听完后，我抛出了虐心的问题："我听到了爸爸妈妈……"我采取了排火车的形式让孩子回答，大部分孩子都能够顺着我的思路说。但是有一个学生说："我知道爸爸妈妈很爱我，但是我感觉不到父母传递给我的爱。""是不是你需要打开你心灵的窗口……"那我们一起听一下一个十岁孩子是如何感受到爸爸妈妈的爱的。我让学生听了王奕程唱的《当你老了》。歌声再次渲染了气氛，听课的师生都流下了热泪。

图50 班会"当青春期遇到更年期"

"歌声让我想到……""我想到了我的妈妈，想到我刚毕业的那年的春节，妈妈让我去走亲戚。那的交通不是那么便利，路途又有点远，我就有情绪了。我生气地说：'为什么非得让我去，不让我妹妹去，你老是偏向我妹妹。'妈妈听了之后扭头出门了，这时我爸爸过来说：'孩子，你妈妈其实很不容易，为了你们两个上学省吃俭用，毕业了又担心你的工作，现在又开始给你攒钱买房子……咱们是普通家庭，妹妹不是要高考吗，让你去也应该，你妈妈常常对着亲戚说你多么优秀，多么好……'听到这里，话就哽在喉头，眼睛也湿润了。我出门找妈妈，找了好几个地方都没有找到，看到来来往往的车辆，我很担心，心跳加快，腿发软，如果找不到妈妈怎么办？正当我六神无主的时候，妈妈迎面向我走来，我看到她更瘦了，头发也花白了，背也有点驼了，皱纹更深了，想到了妈妈对我的付出，对我们家的付出，泪终于流了下来。我跟着妈妈回到家里，'对不起'始终没有说出口。后来我成了妈妈，才真正体会到妈妈的不容易。我妈最愿看的节目是天气预报，她在淄博看济南的天气预报，如果天变冷了，总会给我打电话。我往家打电话，她总说家里挺好的。其实她生病一般不告诉我。每次回家她都在村头等着我……"（我的现身说法）孩子们开始说："我上小学的时候，我是走读生，妈妈每天都起床给我做饭，每天都给我放上荷包蛋。"（石雯菲）"我是走读生，我妈妈风雨无阻地送我上学，看着妈妈的驼背，我很难过。"（李晓宇）"我想到我和妈妈的争吵，我错了。"……很多孩子都哽咽了，说不出话来。男生咬着牙说："没有想到有让我感动的事情。"哈哈……

　　班会有遗憾，但我能和孩子一起哭，一起笑，一起体验亲情，一起珍惜这段时光，我真的很开心。班会课上，我被感动了数次，话哽在喉头说不出来。孩子们内心都很柔软，是懂得感恩的。

图51　班会评委们

本周被写入班级周记的是她：

她身材高挑，明眸善睐，特别喜欢笑，不拘小节。课堂上她眼神专注，能紧跟老师思路。她端坐静听，善于思考，课堂效率很高。她能歌善舞，有很多音乐"细菌"，是我们班级的舞者。她体育超棒，每次跳大绳她都是冠军，立定跳远她是王者。走路带风，做事利索，她负责的工作都能一丝不苟地完成。学生喜欢她，因为她能向我们传递正能量；老师喜欢她，因为她勇于追求，有自己的目标。她就是我们班级的风一样的女子——王亩巍。

夏雪在周记中写到：

阳光。

温暖。

愉快。

周一下午上班会时，老班讲的是如何提高课堂效率，并播放了上周五生物课的监控，当时我们心里都很不安，便在下面小声交谈。放出监控的那一瞬间，才发觉自己上课特别不安分，动不动就交头接耳，小动作特别多。老班夸侯博上课时注意力特别集中，还说刘洪都进步很大，上课与老师有眼神的交流，跟着老师的思路走。看完这个监控，老班要求我们自己反思一下上课的状态和效率，为自己定下期中考试的目标。

星期二下午数学课。凯歌老师给我们讲了讲中考："语数英120分，物理90分，化体60分，要想上济南一中，分数必须在480或490分以上。"他还介绍了往年的一、二类学校录取的分数线，并告诉我们："要做好吃苦的准备，而且咱班至少有一半同学上不了高中。"听到这些，同学们的心情不免有些沉重，仔细算算，我们离中考越来越近，需要早醒悟，早学习。

星期三早上，就看到同学们紧张地备战下午的演讲比赛，有些小期待。下午的演讲比赛，现在想想都有点激动。王子的能言善辩，傅辰昊的滔滔不绝，李斐然的娓娓而谈，体现了"大二班"的才辩无双。

星期四上午的第四节课，上了一节班会公开课——感恩父母。在班会开展的过程中，同学们分别讲述自己和父母间发生的一些故事以及对父母的态度。我开始思考自己以前从未思考过的问题，深深地进行了反思。同学们纷纷表示要以此班会为起点，真正学会如何去感恩。正好这天是傅辰昊生日，大家齐唱生日歌，为他送上祝福。

星期五，一如既往地学习，学习。

总体来说，这周大家表现是很不错的，晚自习也比较安静，但有时候会有点乱。"大二班"正在变化，同学们正在进步。让我们期待吧，一个崭新的二班正在形成。

第十周

诚信班会

学校强调考试之前一定要开一个有关诚信的主题班会。班会课上我先和孩子们分享了一则故事：一个顾客走进一家汽车维修店，自称是某运输公司的汽车司机。"在我的账单上多写点零件，我回公司报销后，有你一份好处。"他对店主说。但店主拒绝了这样的要求。顾客纠缠说："我的生意不算小，会常来的，你肯定能赚很多钱！"店主告诉他，这事无论如何也不会做。顾客气急败坏地嚷道："谁都会这么干的，我看你是太傻了。"店主火了，他要那个顾客马上离开，到别处谈这种生意，顾客露出微笑并满怀敬佩地握住店主的手："我就是那家运输公司的老板，我一直在寻找一个固定的、信得过的维修店，你还让我到哪里去谈这笔生意呢？" 面对诱惑，不怦然心动，不为其所惑，虽平淡如行云，质朴如流水，却让人领略到一种山高海深。这是一种闪光的品格——诚信。诚信包括"诚"和"信"两个方面。"诚"是讲诚实、诚恳。诚实，指言行与内心思想一致，不虚假；守信用，指信守诺言，说到做到，不失信。"信"是讲信用，信任。诚信是做人的美德。诚信是处理个人与社会、个人与个人之间相互关系的基本道德规范。诚信是立身的根本，人无信则不立。诚信和做人永远形影不离。因此我们当代学生一定要讲诚信，学会诚信做人，学会诚信考试。

接着我又分析了同学们作弊的心理：依赖心理、虚荣心理、功利心理、盲从心理、投机心理、讲义气心理、冒险心理、不平衡心理。我半开玩笑说："当我读同学们考试号的时候，有的同学在'勘察地形'，看看你周围的邻居有没有利用价值，这就是依赖心理。你考好了就会得到爸爸妈妈的奖励，这就是功利心理。"我一一列举同学们想作弊的各种心理。"一个班级没有好的考风，怎么会有好的班风和学风。所以我们一定要营造好的考风，凡你在处，就是二班，你就是二班的名片。"最后我问同学们："明天考试，谁能做到实事求是，坚决不作弊，请举手。"班级有90%的同学举起了手。还有李斐然、李鑫、李鑫洁、石雯菲、张文荟、王兆隆没有举手。当时我有点情绪："你都没有决心诚信考试，你还考什么试？这就是学习态度的问题，你还是想着投机取巧。"课下我和他们再次交流，有五名同学说没有听见我的问题，所以没有举手。他们表示一定不会作弊的。最后留下了李鑫、斐然、文荟三人。其中一名同学说："还是想抄袭，认为这也是诚信，所以就没有举手。"我说："你们三个先回教室，好好准备考试，其他问题我们以后解决。"可是他们就是不回教室，向我强调他们没有做错。我离开了教室，事后三人一直站在教室外，没有去吃饭。我心想，初二现象层出不穷，班级的每个同学都要来一遍吗？想想从接班到现在，发生了多少次青春期故事了。教育真的不是万能的，让问题留给时间解决吧。考试后，我再找找他们吧。

周二、周三进行期中考试，主要考试科目是语文、数学、英语、物理。孩子们积极地准备考试。我巡视考场三遍，看到他们很遵守纪律。我们班没有出现作弊的学生。部分同学说他们很紧张。看来，考试前更需要进行心理、技术培训，如通过考前深呼吸调整自己的状态；考前5分钟，发试卷的时间的分配，应浏览试卷，把握大局，心中有数；先易后难，遇到不会的问题先放一下；最重要的是考试后不要着急对答案，影响下场考试。周三下午我把"班服"发到同学们手中，同学们都很开心。班服的款式，是孩子们自己设计的，也是他们自己联络的厂家。"Everyone Is NO.1"，是的，你们每个人都是唯一。运动场上见。

运动会

周五上午运动会，运动会报名，同学们很积极。我们班级的海报很夺人眼球，设计者是李斐然团队。

图52　神勇"大二班"

运动会上同学们也是拼劲全力参加比赛。有两名同学因为成绩不好哭了。我说："孩子们，只要我们尽力就行，没有什么遗憾，老师、同学也不会责怪你们的。"他们还是觉得很对不起班级。

图53　小伙子，好样的

在同学们的积极参与下，我们取得了总分第三名的好成绩。在此特别感谢的同学有：何凯毅（铅球破纪录），房宏运、王泽坤（跑完400米再跑800米，不容易），严子颉（1500米取得了不错的成绩），刘洪都、胡锦科、韩延圳、潘鸿达、傅辰昊（1500米成绩优异），张馨月、王彤彤、张文荟、吴慧贤、杜晓彤（成绩不错），张馨元（400米成绩优异），王亩巍（实心球第一名），我们班级的男、女4×100米都取得了第三名的好成绩。

会后，我给同学们总结了三点："我们对运动会期望值不是太高，我们本来打算初三问鼎的，我们没有太大压力，我们轻装上阵。同学们都有拼搏的精神，你知道你不是一个人在战斗，背后有我们'大二班'的支持。我们突出了我们班级的优点，我们班级的田径是优势，我们进行了合理的安排，所有的事情只要合理预见、统筹安排，结果就一定不会太差。"

每一次大型活动，只要抓住时机，都能增强班级的凝聚力、向心力。

本周被写入班级周记的是他：

他，一个稚气未脱的大男孩，皮肤白净，一双炯炯有神的大眼睛显得格外精神，高高瘦瘦，内敛又不失风范，闲静少言。爆发力却很强，不仅破了学校的实心球的记录，跑起来也是风一样的男子。生活中的他，安静低调。赛场上的他，神采飞扬，在运动会上，可为班级做了不小的贡献。除此之外，他也是个有集体荣誉感的人，他使劲咬着牙向前冲的样子，足以看出他对班级荣誉的重视。而在其他同学努力奔跑时，刚比完赛劳累不堪的他，也大声为其他同学加油。他，还是位非常细心的同学，有一次，我让他到办公室给我拿水杯，他把我的水杯洗得干干净净，并给我倒上了温水。他，就是我们班的何凯毅同学。此次运动会，大家对他寄予了厚望，因为他既有实力，也有敢于拼搏的精神。他不负众望，实心球、100米短跑、4×100米接力赛跑，都取得了不错的成绩。

为运动会上奋勇拼搏、全力以赴的何凯毅同学点赞。

图54　奔向终点

王裕婷在周记中写到：

"I Love Class Two"，这是我们"大二班"班服上的一句话，这周五，我们全班一起穿上印有这句话的衣服，高调亮相。

"加油！加油！加油！"这句话响彻整个运动场，每个班都在为自己班的运动员加油。而运动员们呢，听见了同学们对自己的鼓励，哪能不拼尽全力呢？用生命在比赛的他们，不是为了自己的荣誉，也不是为了奖品，而是为了全班的荣誉，为了不辜负同学们的期望！

操场上的一切都让人不由心生感叹。当运动员们胜利归来，会有好几个同学去迎接他，剩下的同学为他鼓掌，就像迎接我们的英雄。的确，他们就是我们的英雄！

微风和煦，春风满园，在这和谐美好的呐喊声中，却有一点点的小瑕

图55　I Love Class Two

疵。有几个同学因为比赛成绩不怎么好，伤心地哭了，想到自己这么多天以来辛苦练习，最后却以失败告终，该有多心酸啊！不过，第一名也好，最后一名也好，他们始终都是我们的英雄啊，曾经为班级荣誉而努力，他们勇于上场，坚持跑完了全程，这就是胜利。

　　最后，我们"大二班"也取得了很好的成绩：第三名。与第二名仅仅有两分的差距。

　　花儿向阳，迎春花举着金黄的小喇叭，汗水挥洒的时刻，看得见的是他们光荣领奖的一瞬，看得见的是他们欢乐的笑容，扬着酒窝，回首一笑；看不见的是早上六点，在静谧的校园里，独自练习的背影。

　　其实，我们的班服背面还有一句话："Everyone Is NO.1。"

图56　Everyone Is NO.1

图57　运动会 "大二班" 合影

第十一周

2016年5月10日　星期二　天气：晴

告别童年，拥抱青春

　　"光阴似箭，岁月如梭，转眼间我们已经走过十四个春秋。在这十四年的心路历程中，欢乐是撒在心湖上的点点日光，烦恼是映在心湖里的片片倒影。请记下这点点日光，请记下这片片倒影，因为它们点燃了我们如火的青春……"阵阵掌声和着悠扬的音乐从报告厅传出……原来是八年级学生在为纪念五四青年节而进行的特别庆祝活动——十四岁生日庆典。

图58　庆典主持人

　　同学们首先欣赏了记录自己成长足迹的VCR，一起追忆了初中两年的美好时光，一起欣赏了部分同学录制的"十四岁我想说"。李斐然说："我把下面这段话送给十四岁的你们和十四岁的我，没有谁能阻挡我们对自由的向往，青春注定是孤独的旅行，只有耐得住寂寞，才能守得住繁华。我希望我喜欢的鲁能队今年来个大满贯，也希望我们的梦想在齐鲁启航。"王梓业柠说："亲爱的王梓业柠，我希望在十四岁真正地做一回自己，我想对二班的同学说，青春是道明媚的忧伤，让我们在关键时刻一起走过，同学们加油！"吴慧贤说："做一件自己想做的事情，为实现自己的理想而努力。"刘乃宇说："十四岁，是人生一个重要的拐点，让我们不忘初心，一起行走。"同学们的寄语有对过去的反思，有对未来的期许，还有对同龄人的鼓励和鞭策。接着进行了隆重的入团仪式，团员们看着胸前的团徽，知道了自己肩负的责任和要履行的义务，响亮的入团誓词更是昭示着年轻人对梦想追求的执着。

图59　我是一名团员

图60　诗歌朗诵《十四岁我来了》

　　《十四岁我来了》的诗歌朗诵，同学们用掷地有声的声音宣告"十四岁我们来了"。点点烛光，柔柔歌声，两名学生捧着生日蛋糕走向前台，同学们唱着生日歌，虔诚许下心愿。

　　活动的最高潮是亲情的交流环节，同学们静静听完家长代表录制的《孩子，请听我说……》，泪水开始涌动，同学们读完父母的

图61　生日快乐

来信已经泣不成声，父母被自己的孩子虔诚的鞠躬和拥抱感动了，在场的很多男家长都抑制不住泪水。

图62 读妈妈的来信

图63 爱的拥抱

以下是雷俊骁妈妈写的《孩子，请听我说……》

亲爱的儿子，妈妈首先要由衷地祝贺你，你刚刚跨越了人生中非常重要的一个里程碑，你已经十四岁了，你是一名青少年了，这多么令人欣喜！今天这个五四青年节，是你和同学们共同度过的第一个五四青年节，因为你们的参与，因为各位老师和叔叔阿姨的见证，今天这个节日才变得如此隆重、如此神圣、如此的有意义！亲爱的孩子们，感谢齐鲁学校和老师们为你们精心营造的盛大仪式，这一定会成为你们青少年时代最为宝贵的精神财富！再次祝贺你们！

亲爱的孩子，妈妈在祝贺你的同时，还得告诉你长大其实意味着责任。所谓责任，说到底就是首先要分清楚该做和不该做的事情，然后将该做的事情做好，不该做的事情坚决不做，做错了事就要勇于认错，勇于改正，并承担应当承担的不利后果。于今天而言，责任的内涵还在于传承和弘扬"五四"精神，其核心就是爱国主义精神。作为新千年、新世纪之初出生的一代人，你们有着优越于前人的学习条件，又赶上了科学技术与信息产业的飞速发展，所以你们要惜时如金，努力学习，让自己成为视野开阔、全面发展、勇于担当的一代人，这样当然就是最好的爱国了。

儿子，初二是非常关键的一年，三年的初中时光转眼间已度过一半有余，光阴似箭，时不我待，我知道你已经树立了明确的目标，并在为实现这个目标而不懈地努力着。

亲爱的孩子，借这个机会，妈妈还有很多心里话想告诉你。我和爸爸一直在感谢上苍让你降生到我们家，成为我们的孩子，你的到来是我们最最幸福的事情，是你让我们的人生变得更加完美，更有意义。你从小就可爱极了，善于观察，喜欢自己动手克服困难。在你一周岁和两周岁的时候，妈妈用文字记录下了你成长的点滴趣事和我的育儿感悟。记得去年六一儿童节的时候，考虑到这将是你的最后一个儿童节了，妈妈将《儿子周岁随笔》作为特殊的礼物送给你，妈妈至今依稀记得你欣喜的表情，你幸福地拥抱妈妈并将这篇文字珍藏在你的文件夹里。你是一个富有个性的男孩儿，你真诚、善良、关心长辈，你喜欢运动，阳光向上，篮球、足球、网球、游泳，样样可圈可点。妈妈希望你将喜欢运动的习惯长时间保持下去，这样你才能有更好的身体素质，才能更好地享受人生。你还写得一手好字，真的，你若认真起来，写得相当漂亮，因为你的硬笔书法在小学三年级的时候就受过专业指导，水准当然不一般。

亲爱的孩子，在你成长的过程中，为了更好地呵护和培养你，我和爸爸自认为付出了很多的努力，就像我在《儿子周岁随笔》里写下的祝福，我们希望你一生平安、健康、幸福、快乐。可我们都是平凡的普通人，而且不太懂教育，你又是我们第一个也是唯一的孩子，所以我们在教育你的过程中肯定犯了不少的错误，妈妈脾气急躁，耐心不足，很多时候忽略了你的感受。我们常常给你提出各种要求，设定各种限制，尤其是近两年来，你可能会觉得妈妈的心地不再那么柔软，爸爸好像也不太包容，我们常常有情绪、有偏见，在固执己见的同时一定在感情上伤到了你。在这个隆重的集体仪式上，我们真诚地向你道歉，请你原谅。以后再遇到这种情况，希望你随时给妈妈提出来，妈妈愿意做一个虚心听取意见并努力改正的妈妈；妈妈愿意做一个好好学习、懂得倾听的妈妈；妈妈更愿意做你永远的朋友，你有什么问题或者困惑都可以告诉妈妈，无论遇到什么困难，爸爸妈妈一定和你站在一起，做你坚强的后盾并永远支持你。

亲爱的儿子，请你记住爸爸妈妈都非常非常地爱你，你是我们永远的牵挂和骄傲！

永远爱你的爸爸妈妈

在场的家长、老师、学生饱含热泪听完了以上录音，我想妈妈的期许孩子应该会明白，早晚会明白的。

我作为班主任送出了我的寄语：

亲爱的孩子们，祝你们生日快乐！在古代也有表示成人的礼仪，男子行冠礼，女子行及笄礼仪。在我们现代社会，14岁表示我们是准成年人了，我们要为我们的行为来负责了。在今天这个特殊的日子里我想对你们说三句话。

1. 你必须非常努力，才能看起来毫不费力。有一个故事说，能够到达金字塔顶端的只有两种动物，一是雄鹰，靠自己的天赋和翅膀飞了上去；

另外一种动物也到了金字塔的顶端，那就是蜗牛，蜗牛绝对不会一帆风顺地爬上去，一定会掉下来，再爬，再掉下来，然后再爬。它从底下爬到上面可能要一个月，两个月，一年，甚至两年，但是最终它爬到了金字塔的顶端。感想：我羡慕雄鹰，凭着天赋毫不费力地就飞到了金字塔的顶端，但我更佩服蜗牛的毅力。尽管在往上爬的过程中摔了这么多次，而且每一次摔下来都是无比的痛，但它还是毫不气馁，重拾信心继续往上爬。

既然我们做不了雄鹰，何不做一只蜗牛呢？尽管我们在爬向目标的途中会摔无数次，而且会疼痛无比；尽管我们比雄鹰多花十倍、二十倍甚至上百倍的时间，但最终我们也攀上了金字塔的顶端，也看到了雄鹰所看到的世界，收获了雄鹰所能收获的。当你长大，回首往事的时候，你会感谢现在拼命的你，当坚持不住的时候不妨和自己说再坚持一下。

2. 青春有千万种，却没有一种可以重来。初二已过去四分之三，你是否在感慨学习的压力，是否在埋怨老师的苛刻，我们平时对你们要求严格，我只是想，我如果以后一直做老师我可以和青春同行无数次，而你们的青春只有一次。亲爱的同学们，为了诗和远方的田野，我们唯有负重前行，请记住：开始永远不晚。你要成为你自己，而不是随便哪一个。

图64　班主任寄语

3. 学会感恩，常常感动。要感恩老师，感恩同学，感恩父母十几年如一日的付出。有一位北大才女改编过龙应台的一句话：所谓父女母子一场，只不过意味着你和他的缘分就是今生今世不断地在目送他的背影渐行渐远。你站在小路的这一端，看着他逐渐消失在小路转弯的地方，而且，他用背影默默地告诉你他已不年轻。追上父母，陪伴父母，你用实际行动告诉他：你养我长大，我陪你变老。

我想对父母说我和凯歌老师带领的是一位位阳光、开朗、活泼、大气的孩子。佛说过：五百年的回眸一下，换来今天的擦肩而过，而我们前世是有多深的缘分，才让我们续写三年的情谊。相聚在一起，他们会偶尔惹你生气，偶尔有小情绪，偶尔调皮，但是他们内心都有一颗善良阳光的种子，他们体贴，他们懂事，他们将来一定会开花结果，如果没有开花结果，一定会长成参天大树。"这个世界上所有的爱都以聚合为最终目的，只有一种爱以分离为目的，那就是父母对孩子的爱。父母真正成功的爱，就是让孩子尽早作为一个独立的个体从你的生命中分离出去，这种分离越早，你就越成功。"放手让孩子成长，他会给你一个惊喜。借此机会感谢所有家长，因为你们的助力，我们班级的工作才能如此顺利。

最后齐鲁学校张芳副校长送上了青春寄语："今天是五四青年节，五四青年的主旋律是爱国，作为新时代的青年人，我们应该肩负起自己的责任，要为自己的行为负责。学会感恩，感恩父母十四年如一日的付出，感恩老师的陪伴。祝愿同学们迈好青春第一步，用自己的能力、意志、才智书写美好的青春画卷，拥有一个幸福成功的人生。"

"没有仪式的人生，注定是灰头土脸的。"为了让孩子铭记自己成长的神圣时刻，学校特地举行了这个活动。我们相信经过这样的仪式教育，十四岁的学生不会再像从前那样任性撒娇。相信他们的心灵里又多了几分坚强，因为他们的肩膀上多了几分责任。希望他们以此为起点，走向新的进步。告别童年，拥抱青春！

图65　张芳副校长总结讲话

图66　庆典合影留念

与诗歌相遇

语文组本周要举行诗歌朗诵会，我本来打算和孩子们一起排练。可是因为我在孕初期，由于劳累，出现了先兆流产迹象，我请假了。以下文字是语文老师张艳老师记录的。

今天学校初中部举行了诗歌朗诵会，分为个人项目和集体项目。我们班个人参赛的有严子颉、王子、李斐然。王子和斐然合作演唱的《蒹葭》唱出了诗歌意味深长的情蕴。严子颉的《茅屋为秋风所破歌》吟出了杜甫心中的凄凉和坚韧。今天这几位同学表现得都很出色。哦，对了，还有我们两位出色的主持人，王裕婷和严子颉。婷姐和颉神身上时刻倾洒着青春的活力。为参赛的选手和主持人点赞！

当然，不能不说我们班的集体节目《满江红》。同学们群策群力，从曲目的确定到形式的安排，同学们都把它当做一件慎重的事情来做。因为同学们都在为班级尽一份自己的力量。特别感谢我们班的两位舞蹈家——王宙巍和张文荟，虽然只在台上展示了30秒钟，但却在台下练习了无数次。昨天，带领她们两个去挑选演出服装，她们在服装店认真的样子我时刻忘不了。为了配合我们班的曲目，她们一遍一遍地尝试，舞蹈的编排都是他们一手包办。辛苦了，孩子们。

这次活动，让我看到了我们班级的凝聚力。孩子们，辛苦了，你们是我的骄傲。

本周被写入班级周记的是他：

白皙的皮肤，微笑起来就会露出洁白的牙齿。老师忘不了你晚自习认真做数学题的神态，也忘不了遇到难题时你那紧锁的眉头。运动会上，你一马当先，替班级出战。你有一副古道热肠，同学沮丧时，你第一个站出来安慰。你的桌垫下，记载了各种学科的提示和对自己的警示语，你是一个有心的孩子。

但是，有时你也会管不住自己。同学们有一点骚动你就会加入其中。你还需要一点点的自控力。你的每项作业都做得很认真，你的字体是非常中规中矩的。但是，有时上交得不及时，有质量固然好，但是还要有速度。快要进入初三了，绷紧神经，抓紧干起来吧，加油！

他就是我们班的卫生委员——潘鸿达。

我因为先兆流产在家休息，躺在床上，脑海里全是你们的音容笑貌，我也在隐隐担心，你们是不是听代班主任张艳老师的话，是不是又没有忍住犯错了。只有你当过班主任，才有这份沉甸甸的思念。

第十二周

重回教室

春天是短暂的，春姑娘还没有来得及回眸，倏儿就不见了。在家休息了四天，感觉好多了。医生建议我继续在家休息，但我感觉身体可以了，就来学校了。

今天清晨走进教室，Miss王早已在候课，她在黑板上写上了本单元的重点内容。四天没有见孩子，感觉他们长大了，感觉整个教室非常静，孩子们安静的内心我都感觉到了。韩延圳在认真地扫地，刘洪都、严子颉、李斐然等同学在教室门口背诵日日清，傅辰昊剪头发了，夏雪把头发扎起来了。班级最近发生了些事情，对孩子应该也有所影响。希望同学们从中能汲取教训，珍惜现在的一切，好好准备生物、地理考试。

上周有位家长很迷茫，给我发信息，写到："我们现在很愁孩子的状态，学习不努力，很浮躁。他爸爸特地从单位请假，想和各位老师聊聊孩子的情况。于老师，我们该怎么帮助孩子？"我给妈妈写到："坚持，青春期的孩子变化莫测，是个动态的过程，一定要坚持，少说多做，少讲大道理，多一些陪伴。"法国前总统萨科齐说过："教育是困难的，经常需要重新开始才能达到目的，但绝不要气馁，要坚持不懈。每个儿童都有等待开发的潜力，每个儿童都有等待发展的智慧。我们需要寻找和理解这些潜力和智慧形式。"（摘自《教育文摘周报》）教育家杜威也说过："教育过程是一个不断改组、不断改造和不断转化的过程。"初中老师面对的是13～15岁的孩子，孩子们每天都会不断地变化，有生理上的变化，也有心理上的变化。变化意味着有好的也有不好的，但是他们的每一次尝试都会为将来积累财富。成长是痛苦的，成长是寂寞的，成长也是任何人都不能代替的。成长是一辈子的事情，对某些暂时的事情要有选择地忽视。面对学考，我们都有压力，我们都用一把尺子在考量学生。我们的教育重视知识的学习，而忽略塑造孩子的自我认知。后者是源头，前者只是枝杈而已。孩子找到自己的根，才能找到自己的生长方式，长出枝杈和绿荫。用一套标准严格要求所有的孩子，统一浇水、施肥、剪枝，有时候对发展中的孩子是不公平的。亲爱的家长们，二班的孩子阳光、率真、善良、宽容，敢想敢做，敢于直言，他们是最棒的。他们心中有一颗善良的种子，终有一天会长成参天大树。我们需要等待和坚持。

今天我还接到了三份检查，看到检查，我没有生气，反而眼眶湿润了。上面写到："于老师这周因为身体原因没有来学校，本来我想于老师不在的时候表现得好一些，让于老师在家好好调养，但是我还是犯错了……"这位同学写了很多自责的话，希望用实际行动来得到老师的原谅。另一位同学写到："于老师正在生病，我答应过她会好好遵守纪律，可是……我给老师丢脸了，我很自责。上周学校刚给我们过了十四岁的生日，那些对老师、家长的承诺还响在耳畔。老师曾经说过我们八年级是很容易失分的阶段，八年级就像一块跳板，如果能及时抓住，我们一定能将自己的成绩提高……"学校已经对以上同学进行了批评教育。我对他们说："制度就在那里，就像一口洪钟，你不敲它，它永远都不会响。孩子们，人非圣贤孰能无过，知错能改，善莫大焉。我希望接下来的日子你们说到做到，像个爷们一样努力，战斗。"他们频频点头，走出办公室的时候还说了句："老师，谢谢你。"

不可否认，我在处理学生问题的时候常常是强势的，学生其实是怕我的。这次，我没有着急。

我想在处理犯错学生的时候心平气和，帮他们分析利弊，晓之以理，他们会接受，也会改正的。如果只是训斥，有可能适得其反。前段时间，我去参加历下区的慧爱家庭讲座，孙云晓教授提到：作为老师要有口德。习总书记曾说过："老师在学生心目中具有重要位置，老师无意间的一句话，可能造就一个天才，也可能毁灭一个天才。"可见，老师的语言，尤其是班主任的语言对孩子的影响有多大。我也在反思我的教育历程，我也曾经伤害过我的学生。有时候急不择言，给了孩子深深的伤害。"良言一句三冬暖，恶语伤人六月寒"，我还是多给孩子们以鼓励和肯定吧。

我挨个询问了任课老师和班委，了解了孩子们的表现，简单处理了一些小问题。总的来说，在张艳老师的带领下孩子们还是比较稳定的（另外还有教育处、教务处的鼎力支持）。由此我想到了上次听孙云晓教授所说的要培养孩子的六个字：控制力、主动性。我也在思考，我们做教育的同时也在做着六个字：契约式的管理。自己管理好上网的时间、看电视的时间、玩王者荣耀的时间等等，这就是控制力的培养。主动性，自主学习，学会帮助别人也是在培养孩子的这种能力。周国平说过：一切教育本质上都是自我教育，一切学习本质上都是自主学习。昨天王淄齐（上届毕业生，现在就读于省实验）的妈妈给我打电话说了孩子最近的学习状态，孩子很努力，很刻苦，成绩在班级中名列前茅。王妈妈告诉我，一定要告诉现在的孩子，学习一定要主动，你如果想上省实验，就必须有超强的自主学习的能力。

以下是就读于省实验的王淄齐发给我的信息：

于班，我本次期中考试分数1035分（满分1170），班级第三，三校年级183名，其中数学139分（西校年级第八），物理120分，化学116分，历史112分，语文、英语成绩仍不尽人意，但正处于上升阶段。弟子略有些兴奋，但知学海尚远，仍须保持一颗虔诚的心。越发感谢老师旧时的辛勤培育，静夜时分，常常会产生些许怀念。"书山有路勤为径，学海无涯苦作舟。""革命尚未成功，同志仍须努力。"期待期末考试能够发挥出更高水平，一举破入实验班大门。六月份就要中考了，恳请您代我向诸位学弟学妹加油鼓励——"学长在实验等着你！"也请您代我向诸位老师表达问候。想来六月份有诸多考试，西校将会频频放假，若有机会，定会回访母校。夜已深了，回想当年的幼稚、当年的青涩、当年的奋斗、当年的疯狂，真是感慨万千，可惜时间不会留给我遗憾的机会，我只能一直向前。请您务必保重身体。

看到孩子给我的信息，我感慨万千。他是从齐鲁学校走出去的，懂得感恩，及时把自己的学习情况告诉老师，对以前的幼稚行为进行反思。他再次印证了我们齐鲁学校的教育是适合孩子的教育。他曾经迷茫，曾经痴狂，曾经努力，在关键的节点，我和所有的老师一起陪伴他。这么优秀的学生，我怎能不想他。

教育是无止境的，既然选择了开始，就要矢志不移地走下去。

第十三周

学姐进课堂

我走进教室，坐到王彤彤身边，上语文课。张艳老师讲的是学案。大部分孩子都能认真地听课，用红色笔进行改错。张老师来回巡视、指导，个别孩子还需要老师的提醒才能完成改错。

历史课讲的是世界史"英国资产阶级革命"。自主预习知识，完成学案。接着完成三个重点问题，问资产阶级革命的原因，这个问题非常出乎我意料。然而两位同学的答案非常完美，严子颉说阶级矛盾尖锐，傅辰昊说根本原因应该是资本主义的发展，资产阶级力量的壮大，他们要推翻封建的王朝。孩子回答很到位，能够正确地分析问题。

本周再次关注孩子们课堂的效率，各位老师第一时间反映孩子上课的表现。上课特别专注的同学有：王裕婷、张然、侯博、孔令超、王亩巍、傅辰昊等同学。但部分同学课堂效率还是很低。针对孩子们的表现我和孩子进行了分层谈话，希望孩子们向课堂要效率，充分利用好八年级下学期的每一天。

周一班会，我邀请了九年级二班王馨玉同学进班级与学生交流。王馨玉是一位品学兼优的同学，初中三年在班级一直是同学们公认的最刻苦的同学。她经过自己不懈的努力以优异成绩考过了"小托福"，成功被美国纽约的圣安东尼高中录取。她对学弟学妹说了很多肺腑之言。

1. 我向往美国学校的生活，所以我必须努力。我的目标是成为服装设计师。

2. 初二是分化期、关键期、叛逆期。

3. 爸爸妈妈是这个世界上最值得我们珍惜和关爱的人。

4. 学习要做到心中有数，要学会和自己比较。

5. 心中一定要有目标，地理、生物一定要得双A。

6. 学会自主安排时间很重要。

7. 初一初二要培养自己的兴趣。

8. 真的不要觉得时间还早。

9. 不要满足现状，最重要的是坚持。

最难能可贵的是，王馨玉虽然已经被美国高中录取了，但她还在坚持复习准备中考。最后她说到："现在的我们拥有追求梦想的最好年龄，所有的事情都不应该成为拦阻我们追梦的理由。"通过她的分享，同学们感受到那种为梦想而拼搏的毅力和勇气。

事后，我找了班级的几位同学聊天，告诉他们："你们也要有自己的梦想和追求。今年推荐生考试的事情，同样水平的孩子，有的通过了省实验的推荐生考试，有的没有，最主要的原因是知识面问题、视野问题，所以在人生中的关键时刻，有时间还是要多读书。知识、文化、情怀这些东西是需要长时间努力的，但如果我们想做，没有什么能够阻挡我们的脚步，开始永远不晚。我们一直在路上。"孩子们围着我说："老班，后年我也要回来给学弟学妹讲讲。"我微笑着说："等着那一天啊。"

这周还进行了地理、生物二模考试。大家总的来说应该是比上次的一模考试要进步很多。还有三四个星期就要学考了，大家也都紧张了起来，很多同学会趁着空余时间去复习生物、地理，并就不会的问题去请教他人。我们不在乎起点的高低，只要有足够的努力，可以让每一个人都站在同一起跑线上。时间还有，青春尚在。学考，我们怎么会畏惧。

天色将晚，晚霞很美，嵌着天际线一片火红，正如我们快要走到尽头的轻松与欢愉。初三，就快要来了，但我们不会畏惧的。因为成长，一开始就像一条决堤的长河，注定要义无反顾地奔向它应该去的方向。我们，尚在路上。

吴慧贤在周记中写了《我们的篮球赛》：

这周，初中部举行了篮球赛。篮球赛展现出了"大二班"的风采和"大二班"同学们的实力。

裁判一声令下，打破了观众们的沉寂，同学们喊着"发型到位，品质高贵，我们呐喊，八二万岁"的口号，蓄势待发的男生们在一瞬间迈开了矫健的步伐。

参赛的同学们信心十足，刚一开始严子颉就夺下了宝贵的2分。队员们之间有了默契，只见韩延圳迅速抢过对方的球，然后旋风般地转身，把球投向篮筐。目前，我们以4分的成绩领先。我们的拉拉队也霸气十足，给队员们呐喊加油，接水递水等后勤工作也十分到位。李斐然等几个同学时常为队员们打气："别着急，慢慢打。"

上半场似乎分不出什么胜负，但下半场便是天与地的差距。

王泽坤大步流星连续夺下几球，使得拉拉队不断欢呼。一班也努力追赶，但差距却越拉越大。最终我们赢得了比赛。男生们在阳光下、球场上挥洒着汗水，女生们在球场下为男生们欢呼雀跃，为男生们加油打气。这

图67 篮球赛

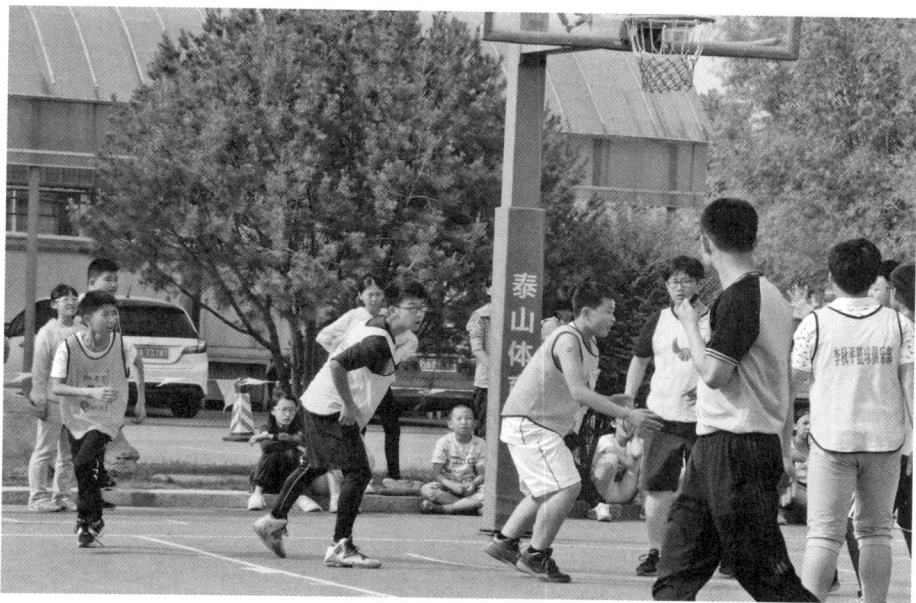

图68 篮球赛

是一幅多么和谐的画面，就这样印在每个同学的记忆里。

　　这是一场友谊的比赛，也是一次实力的较量。这次比赛，使我们增进了默契。我相信，在即将到来的结业考试中，大家也一定会考个理想的成绩。"大二班"，加油！

第十四周

被动谈心

　　夏天已经迈着婀娜的步伐款款走来。夏天是浪漫的，是充满生机的季节，也是见证学子实力的时刻，中考、高考、水平考试、期末考试，所有考试都接踵而来。有的学生面对压力能化为动力，静心前行，但有的学生只是感觉到压力，不知道如何去学习。

　　"老师，你有时间吗？"下课后，他跟我走出教室。他生物、地理考了不到60分，很遗憾的分数。看到这个分数我替他着急："你是不是该好好努力了？""我想和你谈谈。"我让他坐下，他却要站着。"老师，我看到分数也很着急，也想发奋学习，希望自己好好学习，能考上济南一中，但是到了第二天我就没有信心和勇气了，又开始上课走神，学不下去……""很感谢你能主动找老师谈，你说得非常真诚，你是个理性的孩子，能够发现自己学习的不足，你的情况很多学生都出现过，就是我们常常说的三分钟热度……"很多套话我已经说过很多次了，我看了看站在我眼前的这位有灵气、有潜力的男孩子，他有些无奈和彷徨。他需要的不是我的说教，而是具体的帮助。"孩子，你先调整好自己的状态，我们先分析一下我们目前面临的困难，首要的是生物、地理的水平考试，然后是期末考试。生物、地理，你考了不到60分，你不是没有能力，你知识的漏洞太多，还记得我说过的吗？出来混总是要还的，因为初一的基础没有打好，所以你现在学着很吃力。生物方面我询问了李老师，重要的图在《学考传奇》上，你回去认真看，力争把图画出来，把结构写出来。通过做一定量的题来查缺补漏，如果让你一味地看书，你肯定看不下去，通过做题找到哪些基础知识没有掌握。地理的八套题要认真研究，做一道题要能想到有关的知识点，让知识成串。你其他的科目问题不是很大，我担心的是你的英语，我相信你只要上课打起精神来一定能够进步的。""行，老师我试一下！"他是个很有礼貌的孩子，临走之前一个劲地说谢谢。真心希望孩子能静下心来负重前行。我和学生谈心一般情况是按照座次来进行的，时间不是太长，也不是为了解决问题，只为了建立感情链接。而这种主动找老师谈心，我称为被动谈心，很有效，能帮助学生解决学习上遇到的问题。

周三生物、地理模拟考试成绩出炉。我让傅辰昊进行了试卷分析。他说到："本次成绩比上次有很大进步，比如双B以上的，我们原来是3个，这次是8个，对他们提出表扬，他们是祝宸辉、傅辰昊、侯博、李鑫洁、孔令超、李泽华、吴慧贤、易露佳。大部分同学还有很大潜力，如王亩巍、王裕婷、王子、万瑜函、刘洪都、严子颉，这些同学只有一科达到了B，另一科努力一下完全可以。另外吴昊、李晓宇、林今天、胡锦科进步也很大。希望在接下来的日子里，我们再努力一下，争取全部双B以上。"傅辰昊作为班级的学习委员，本学期主要抓的是日日清。他能如此细致地分析成绩着实让我感到震惊。我们生物、地理离考试大约还有八节课，学生如果充分利用好这八节课，每一节提高2分是没有问题的。"我希望同学们在最后时刻抓紧时间，不要掉队，考一个好的成绩。如果你有什么需要尽快提出来，老师会竭尽全力帮助你们。孩子们，我知道你们压力很大，最近很累，但请你们记住，你们现在费心做的每一件事都是对自我的成全。"加油吧，孩子们！

周五召开了部分学生的家长会。其实每次开家长会，我们都会备一个问题："我们该怎么帮助孩子？"我们常常是分析完成绩，说一下孩子在课堂上的表现，家长都会殷切地看着我们说："我们该怎么办，孩子让我们愁死了。"这个时候必须给家长一定的指导。"如果周末有时间，你就帮助孩子提问一下，让孩子默写一下。如果还迷恋上网，就应该让孩子节制一下。"地理、生物两位老师非常负责，把一部分重要的知识点告诉了家长。学生在学校和老师关系焦灼，回到家后，和家长关系更焦灼，甚至爆发战争。在所谓的压力下，孩子只能把一部分压力转移给家长。在此情况下，我们做老师和家长的只能动之以情、晓之以理地帮助他们。

本周还发生了一件让我们大家不开心的事情，就是班级一名男同学和一名女同学因为琐事互相辱骂，甚至动了手。周三早上，我利用课间找了以上两个孩子，他们当时心中都有怨气，仍然是互相指责。后来，我让他们两人把经过写一遍。他们还是公说公有理，婆说婆有理，稍微可喜的是他们能基本还原事情的整个过程，最后多多少少认识到了自己的错误。他们彼此还有怨气，不能换位思考。当时我也很着急，但是你着急，你发火，他们会在老师的压力之下承认自己的错误，但是内心不会认同。这个年龄的孩子还是有一定的规则意识的。我找出学校的规章制度，解读了八项禁令的第一条。这时他们才认识到自己错在哪里了。他们最后在全班同学面前互相道歉，达成和解。我也希望我们班级的孩子多一点包容，学会换位思考，注意净口，做到修身。

榜样的力量

周一班会我和学生一起欣赏了一段视频——何江在哈佛大学博士生毕业典礼上的讲话。针对视频，我让孩子们谈一谈自己的看法。"他很淡定，很从容，他的从容淡定源于自己的不懈努力。""他很幽默，很阳光。""他很有梦想，有自己的目标。""他是一个有思想和抱负的人。"接着我让学生看了我整理的有关何江的资料，了解他的成长过程。

我喜欢把这样新鲜的故事分享给孩子，想给他们前进的心灵鸡汤。我说："一个农村孩子，经过自己的努力能够站到哈佛大学毕业典礼上讲话，挺不容易的。何江的淡定从容，来自于读万卷书，他的成功来源于他的锲而不舍。你们之间本没有差距，你们缺少的是天长日久的努力和拼搏，我相信在不久的将来，我们班级也能出几个何江。"

孩子们说："看我们的吧，老师。"

本周被写入班级周记的是他：

他时常沉默不语，却在不经意间带给我们欢乐。今天向大家介绍的，就是我们班的雷俊骁同学！

雷俊骁同学有些时候很沉默，但丝毫挡不住他对数学、物理的热爱和对同学的帮助。课间总能看见他认真地给同学们讲题。

同学甲："这道题好难啊，谁能教教我？"

雷俊骁："我会我会，我来教你。"

"（读题）甲乙两生产队共同做一个工程……请问两队合作多少天能完成？（指指答案）就这样。"

"……"

看，我们的雷俊骁同学，读一遍题就能让同学明白这道题的做法，思维是多么的敏捷啊！

傅辰昊在周记中写到：

还有两周就要学考了，生物、地理还有八节课。我们班的成绩着实令人担忧：因为还是有很多同学没有过60分。

其实主要的问题在于很多同学七年级的时候没有打好基础。很多时候，只要好好听课、好好做作业，得A其实是易如反掌的。课堂效率是很重要的。同时，还是那句话，当初欠下的，总是要还的。自己种下的果，再哭也得含泪咽下去。

很多人就因为七年级时的松懈，而导致现在很难弥补。但努力总还能弥补回来一些的。天分敌不过坚持，命运畏惧执着的人。没有什么所谓脑子好不好用，只看有没有用心。比别人挤出更多的时间，比别人付出更多的精力，总会有回报的。很多人，看着并没有努力，但只是看着没有努力，他们坚持的时候，敢问你又在哪里？没有无缘无故的轻松，轻松是通过长期的不轻松获得的。

其实说的大部分是套话，大家都听厌了，但实践出真知，这是亘古不变的。

最后，到底是世界改变我们，还是我们改变世界，且看今朝。

王梓业柠在周记中写到：

这个周我们进行了生物、地理的二模考试，这是最后一次模拟考试了。我们还有两个周就要"上战场了"，很多同学的二模成绩仍旧不理想，我也没有考到预期的成绩。面对这样惨淡的成绩，大家心里都十分懊悔，为什么当初没有好好学？

今天，考上济南一中推荐生的学长汪浩来我们班和同学们"拉呱"。这位学长并没有学霸的那种死板，反而很幽默："同学们，我考上了济南一中的推荐生，不用参加中考了，在家玩了好几天。如果明年这个时候你也想爽一把，那就要把生物、地理搞到双A……"这样幽默的话语，让同学们觉得十分轻松。同时，我们也认识到了生物、地理学考的重要性。

现在我们要做的，就是调整好状态，认真复习，以最佳的状态迎接即将到来的生物、地理学考，考出一个好成绩，不枉青春走一回！

我期待同学们调整好状态，以饱满的精神迎接即将到来的生物、地理学考。

第十五周

2016年6月7日　星期二　天气：阵雨

又是他……

六月是毕业季，考试季。今天是高考的第一天。明天初三毕业生就离校了，去年送走毕业生的情景还历历在目，今年的初三学生又要唱起骊歌。对于初二的学生来说，已经成了初三学生，时间如白驹过隙，倏忽而过，时间永远走得很潇洒，来不及回眸。

本周迫在眉睫的事情是生物、地理的复习。上周学校已经安排两位老师利用下午课外活动时间对边缘生进行了补习。从本周开始，早上7：00到7：30增加一个小自习，由班主任、生物老师、地理老师轮流看管，主要靠两位老师进行辅导。两位老师确实挺辛苦，早出晚归，自己的孩子都挺小。让我欣慰的是，大部分学生能足够重视生物、地理考试。辅导期间我经常去看看，孩子们都比较专心，有不会的问题能积极问老师。

周二大扫除，表扬吴慧贤组。他们小组担任本周的值日任务，这也是我最放心的一组同学。吴慧贤对组员进行了分工，他们小组每位成员都能积极进行合作，互相帮助。他们做值日又快又好，吴慧贤扫地一丝不苟，雷俊骁、房宏运拖的地一尘不染，尤其要表扬李鑫，把垃圾桶清理得焕然一新。很多同学老师并没有留下他们，但他们积极主动帮助老师、同学做值日，他们是李斐然、潘鸿达、王亩巍、王裕婷、张然、祝宸辉、王彤彤等同学。看着同学们辛勤的劳动成果，我们是蛮开心的。

做完值日，部分同学开始进行物理辅导，物理老师魏老师全程陪伴，他们复习的是力学知识，孩子们学得比较认真。

我在想本周的周记就这么一马平川吗？没有别的素材了吗？素材还真来了。周四日日清时间，因为有一部分同学去补习生物了，教室人不多。负责日日清的同学把内容写到黑板上，大家开始进行日日清。这时有两名男生一直用搞怪的声音（挺有节奏的，应该是RAP的节奏）念叨什么。（我没有听出来）我说："孩子们安静下来，先进行日日清，然后做作业。我想去办公室喝口水。"喝水的功夫，一男一女从教室跑出来，前面的男生嬉皮笑脸，后面的女生一脸怒气。"怎么了？""老师，他一直在念叨，我说你能安静点吗？他非但不听，还变本加厉……"女生一边哭一边说。"我也会哭，哭就有理了？"男生声音很大，梗着脖子，完全没有意识到自己的错误，一个劲地强词夺理，甚至用手指指了这位女生。我回想了一下，我刚才在班级已经提醒了一次，他根本就没有听进去啊。孕期情绪本来就不稳定，我厉声说道："你自己有没有错误，扰乱课堂秩序，把女生惹哭了，自己不羞愧，还在这有理了？""我也会哭，哭就有理呀……"这个学生思维非常敏捷，稍不留意，你的思路就得跟着他走。我怒不可遏，把他带到办公室，我把手抬了起来。"你打呀，打呀，往这里打！"他把袖子挽起来，指着胳膊让我打。冷静，冷静，冲动是魔鬼，我安慰自己。他嘴角抽动，眼睛溢满泪水，满脸不服气。"先去和女生说一声对不起。""你先和我说对不起，谁让你吼我。"他对我说。此刻，我真的感觉很委屈，今天上午我刚表扬了他，我特别关注这个孩子，他怎么这样？这个时候我回到教室，想了解情况。我们班的女生纷纷走到我身边安慰我："老师，你别生气，你生气对宝宝不好。""他就那样。"吴慧贤、王亩巍拥抱着我，安慰我。百感交集，我再也抑制不住眼泪。我哽咽地说："谢谢，姑娘们，我没有问题的。"这是我第一次在大家面前哭泣。班级管理，每天都充满挑战，我认为我是战士，多么难的问题我都能迎刃而解，可是，今天，老革命遇到新问题，我想我是在特殊时期，情绪不稳定。晚上，我翻来覆去睡不着，眼前浮现白天发生的一幕。这个男生本学期进步不小，是我们班级的潜力股，我也很关注他，不知道他今天怎么了？"急事情，缓处理"，把这个事情冷却一下，过一段时间再处理。周五放学，他和其他同学一样和我说再见。我想孩子就是孩子，他有可能已经认识到自己的错误了，但我还想找时机和他聊一下。他是让我欢喜让我忧的学生，他使我的班主任生涯越来越丰富，感谢有他，有他们。初二真是跌宕起伏呀。

学长来了

今天，我上届毕业生王淄齐回到了母校。我想让他和学生交流一下，我们成年人的唠叨不如同龄人的现身说法。王淄齐简单地介绍了自己初中的学习经历，那是一场耐得住寂寞的旅途，只有静心前行才能有所收获。接着他从三个方面和学生进行了交流，如何利用剩余的十几天复习好生物、地理，如何提高课堂效率，以及学好各科的"王氏秘籍"。利用有限的时间应对生物、地理学考，妙招有二：一是认真看课本，再一次标画重点；二是看错题，研究一道通一类。提到提高课堂效率，也是有两个秘籍：一是提前预习；二是要有执行力。只有充分预习，听课才有针对性，才能学有所获。如果只是想，那是空想，所有的想法一定要落实，就是要有执行力。我们中学生都有的一种病就是拖延症，要克服爱拖延的毛病，有效规划自己的时间，一切落实到行动中。他分析了初中各学科的特点，介绍了学习各科的科学的学习方法，最后解答了学生在学习过程中的困惑。

学长王淄齐妙语连珠，底气十足，风趣幽默，他的分享和学生产生了共鸣，赢得了阵阵掌声。整节课，学生全神贯注，认真记录，频频点头，收获良多。

图69　学长王淄齐

图70　专注的学弟学妹

　　吴慧贤：听了学长的演讲很受启发，他有自己独到的学习方法，他学习数学、物理能够建立自己的体系。我还知道了预习非常重要，我也要积极行动起来。

　　侯博：学长说："英语你考得高不一定拉别人分，但如果考得低一定会拉低自己的总分。"我认为平衡各科关系非常重要。"在中考中出现过很多黑马，他们是靠最后一年进行冲刺的，同学们请你们想想三年知识的内化和一年知识的内化还是有差距的。"学习必须一步一个脚印，不要急功近利，急于求成。

　　石雯菲：学长说："老师常常说开始从什么时候也不晚，这有一定的欺骗性。其实初中三年最后翻盘的机会就在初二暑假，如果你荒废了整个暑假，初中三年会有遗憾。"我想抓紧现在的每一分、每一秒，全力以赴。

　　祝宸辉：学长说："语文和数学是最重要的科目，语文更是需要长期的积累，并非一日之功。而数学又是非常复杂的学科。所以要注重抓住基础，还要预习，这样就会让学习变得更加轻松。"

本周入选班级周记的是他：

　　他，无论什么时候，身在何处，总能见到他拿着书在那里读着。他思维敏捷，一道计算题只需要几秒钟，当别人还在犹豫结果是否正确时，他已经自信地报出正确答案。

　　上课，他安静地坐在位置上听老师讲课，从来没有走过神。这可能与他的性格有关。他就是我们班的学霸——侯博（Hope）。

祝宸辉在班级周记中写到：

　　距离学考还有两周，再过两周，我们就要奔赴战场了。无论是在课上还是在课下，总能见到班里几个"学霸"拿着书坐在位子上认真学习。在课上，同学们也学得比较认真。

　　拿这一周的生物测试来说，同学们都有了很大的进步，原来没有上D的，这回惊人地上了B，说明他们离着指标生又近了一步。我相信再坚持努力几天，上A是没有问题的。

　　虽说上生物、地理课非常认真，但是上物理课却还是老毛病，底下随意插话的还是不少。尽管魏老师在讲台上讲得绘声绘色，但是下面还是一片嘈杂。我们是"大二班"，是一个与众不同的班级，如果能够在物理课堂上认真听讲，改掉随便说话的坏习惯，相信我们的物理成绩一定会提高一个档次的。

　　还有一幅美丽的风景画：在"女神"张老师的领导下，我们班的集体跑操已经是整齐划一，要是参加跑操的人数再多一点，那就更加非凡了。

　　这周五举行了一次数学测试，无论是从题的类型还是从难度来讲，都是接近于中考的难度，而我们班的"学霸"——侯博考了47分（满分60），从我手中抢走了全班第一。虽然我很不服气，但是成绩出来了，我也不好再说什么。在这里告诫同学们，学数学不要光看一个层面，要从多角度来分析，这样就算再难的题也会迎刃而解。

第十六周

2016年6月14日　星期二　天气：雷阵雨

生物、地理备考

纪念一下今天，2014级二班地理、生物学考。

六月，是繁忙的，你看那田间地头，一派热火朝天的景象，因为，收完就要抢种，一刻都不能停。昨天还是沉甸甸的麦穗，今天已经颗粒归仓，农民撒下粒粒种子，等待秋天去收获希望。

校园里也是一派繁忙，期末复习，期末考试，生物、地理学业水平考试，两位老师雷打不动7：00之前准时到教室，辅导学生。晚上一直辅导学生到6：00。其他各科老师也抓紧点滴时间进行复习，复习提纲、复习试卷，一沓又一沓，铺天盖地，澎湃而来。基础知识好的同学能够沉稳应对，基础稍微差一点的开始有些小情绪。

周日、周一我7：00左右到校，同学们都非常的安静，很投入地复习。孩子们也感觉到了压力，在压力面前慢慢收敛起浮躁的心。杜晓彤身边坐着生物老师，老师在解答杜晓彤同学的疑问。明天就要考试了，希望同学们沉着应对，认真作答，不枉这一段时间师生的辛勤付出。

端午节放假，自觉的孩子能抓住点滴时间认真复习，肯定也有一部分同学还是娱乐了自己。我的主要任务是在家陪孩子，儿子回家就写作业，他首先完成的是语文、数学两张周周练，其他的也会在第二天上午完成。最让我头疼的是周记，他班很多同学每周都写一篇周记，他现在也已经开始写，但是很是磨蹭，很不乐意写。每次写之前先数好字数，画上句号，开始酝酿。我看着他磨磨唧唧的，常常冲他喊，他总会说："你脾气老是那么暴躁，能不能淡定点，我就很淡定。"由我的孩子,我想到了我的学生,想到了我的学生在家中的处境。亲子冲突80%是因为孩子的作业——作业不认真、作业磨蹭、作业没有按时完成。在亲子冲突的时候,作为父母还是需要理智,要用自己的智慧来应对孩子。

高考结束后,2013级毕业学生皋同学来学校看望老师。经过三年高中的洗礼,孩子明显有内涵了,有了自己的思维,对事情有了自己的判断。我们谈到了初中的生活、高中的生活,谈到了历史。他非常喜欢历史,很喜欢写作,文字功底不错,常常写点小诗,还是很有韵味的。他想大学的时候继续学习历史,因为喜欢,但又很担心将来的就业。他也想学法律,我说,选择自己喜欢的,坚持喜欢,一定会学有所得。

周一班会,我和孩子们一起学习了有关学考的注意事项,尤其是如何正确地涂卡,如何在第二卷正确作答。我把去年济南市学考中出现的涂卡问题唠叨了半天,希望孩子们顺利通过学考。很多孩子开始紧张,坐立不安。我告诉他们考试紧张是好事,说明你足够重视考试,过分紧张要不得,适度紧张绝对是好的,张弛有度才能正常发挥出自己应有的水平。爱因斯坦说过:成功的秘诀是百分之一的灵感加百分之九十九的汗水。所以说,认真复习了就会有收获。

周二考前,孩子们都特紧张。早自习时都各自学各自的,偶尔问问问题。为了振奋人心,我让孩子们全体起立,高声喊出我们的口号:"我拼我赢,我能我行!"嘹亮的口号飘到室外,传得很远很远。

私人定制评语

本学期,已经接近尾声,我带着二宝和二班的孩子们一起努力着。我想送给孩子们一份特殊的礼物,我精心准备了期末评语。大家来围观吧。

期末评语:

刘洪都

刘家有儿初长成，宽宏大量明事理。

数理体育都很棒，你是二班的脊梁。

侯 博

学习品格数你强，胸有丘壑立长志。

博闻强识视野阔，一览众山在明年。

房宏运

男儿何不带志向，收取语数英物化。

鸿鹄展翅翱翔宇，运筹帷幄在来年。

杜晓彤

晓之大义心最细，安全记录在心中。

细节方能见本质，昂首阔步永向前。

姜金廷

革命尚未成功，黑发不知勤学早。

金廷仍需努力，白首方悔读书迟。

李鑫洁

学习路上障碍多，静能生慧想办法。

老骥伏枥志千里，鑫洁恒心树目标。

万瑜函

班中管家数你忙，有条不紊老师赞。

女中豪杰胸襟阔，直让须眉频点头。

李斐然

天籁之音惊四座，斐然成章功底好。

不识数理真面目，只缘身在此山中。

李　鑫

三年弹指一挥间，学好技能莫顾玩。

待到他年忆往事，鑫磬相伴风光好。

王宙巍

冰雪聪明不自傲，热心善良口碑高。

知书达理大家范，冠压群芳是宙巍。

吴慧贤

慧贤已露英雄面，直领英语立潮前。

直让巾帼频拱手，也令须眉直汗颜。

祝宸辉

数理科目你最爱，英语不甘他人后。

晨辉满耀"大二班"，任重道远需拼搏。

严子颉

子颉进步不用愁，潜心凝志恒发奋。

齐头并尽扬眉日，看我严家竞风流。

栾路通

路通胸有鸿鹄志，低头拉车踏实行。

天生我才必有用，千金散尽还复来。

王梓业柠

聪明伶俐口才好，心潮逐浪比天高。

敏而好学你本色，励志前行须踏实。

张馨元

梅须逊雪三分白，雪却输梅一段香。

谦虚谨慎不耻问，馨元负重奋起追。

李晓宇

文科飞扬理暂弱，理科扬眉需做题。

晓宇勤学需善思，为有源头活水来。

雷俊骁

天资聪慧素质高，品学兼优爱好广。

唯愿男儿起血性，不捣黄龙永不弃。

胡锦科

书山有路勤为径，学海无涯苦作舟。

有书相伴不寂寞，锦科崛起苦盼望。

韩延圳

延圳乐观又善良，不拘小节永向前。

篮球方面你内行，学习也要加把劲。

李泽华

恬静沉稳进步大，好学善思终圆梦。

谦虚谨慎不耻问，泽华前行见光芒。

王裕婷

裕婷做事极认真，落落大方志气高。

人贵有志学有恒，数学早晚也优秀。

张文荟

文采四溢多读书，为人豪爽脾气倔。

心系集体与荣誉，学习也须早立志。

王泽坤

察言观色情商高，温润而泽待人诚。

篮球场上最风流，全力以赴赢中考。

张馨月

月满则亏须铭记，以诚待友得真心。

老师最爱宁馨儿，而今迈步从头越。

张　彪

品行优良看彪哥，人气之王就是你。

男儿有志在四方，立志奋发在今朝。

孔令超

学习态度令人服，潜心钻研有志气。

泉水使者人人爱，坚毅品格助功成。

林今天

今天心灵手又巧，老师工作好帮手。

凝神聚力在学习，不信峰回路不转。

何凯毅

弘毅宽厚老师爱,体育成绩羡煞人。
隐忍性格成大事,今日只需匍匐行。

易露佳

内秀端庄气质佳,涉猎广泛爱思考。
锋芒不露渐成熟,坚韧不拔成大事。

石雯菲

蕙质兰心是雯菲,理性规划要落地。
科科优秀会有时,咬定青山不放松。

夏 雪

春诵夏弦好苗头,萤灯雪屋是方向。
为人分担好榜样,踏实前行见曙光。

张 然

张然典雅又文静,做事稳重又理性。
胜负兵家之常事,跌倒即起永向前。

吴 昊

吴下阿蒙过去式,吴昊已经立长志。
学习本是自己事,只靠自己不求仙。

王彤彤

乐观向上爱助人,学习路上须静心。
方法毅力都具备,旗开得胜会有时。

潘鸿达

期中过后状态佳，苦练勤学好处多。

即刻动手补弱项，只争朝夕莫等待。

傅辰昊

聪慧果敢有思想，乐学善思偶执拗。

风雨兼程学习路，砥砺前行定成功。

刘乃宇

沉稳冷静进步大，体谅家长有孝心。

奋起直追加把劲，乃宇早晚夺头筹。

第十七周

2016年6月21日　星期二　天气：雷阵雨

学　考

　　6月14日生物、地理考试，经过前段时间的复习，大部分同学信心百倍地走向考场。个别同学有点小担心，一次次地去洗手间。为了让孩子们放松，我适当进行了积极的心理暗示。我说你可以喝一口温水，让自己归于平静。你可以慢慢地吸气呼气，利用气息调整心态。班级中传来了深深的吸气呼气的声音，有的同学笑了，我想他们应该放下了一点紧张。8：20就要进考场了，我再次叮嘱考试注意事项，带好文具，轻装上阵。我们还举行了个仪式，我喊上课，同学们齐声喊我们的班级口号，"我拼我赢，我能我行"震天响。然后我们叠手互相加油！加油的声音此起彼伏。我目送他们进入考场……第二场是考生物，我们依然进行了隆重的仪式，目的是进行积极的心理暗示，然后他们自信满满地走进考场。中午我给孩子们买了雪糕，小庆祝一下。不管成绩如何，孩子们已经尽力了。

换座的故事

　　我们班级每两周换一次座位，以小组为单位换座次。为了公平，以S型调整。组员内部可以自行调整。我认为换座是一门学问，可以培养孩子的协调能力。我给孩子们10分钟的时间调座，三个组很快就调整好了，还有四个组没有调整好。孩子就是孩子，你看，"我想自己一个座，比较安静"，"我也想自己一个座"。他们组一共五个人，就有两个同学想自己一个座。大家都不想和他一个位，最后他有点不乐意，自己搬着桌子回到了教室最后面，也自己一个座了。还有一个男生撅着嘴，很不高兴，原来他们组五个人，其他四人已经坐好了，他落单了。我一直在观察，没有干涉。就这样过去了10分钟还没有排好座次，王同学看不下去了，说："我们都不要站在自己的立场上，我们是一个集体，如果光想着自己的座位，我们什么时候也排不好。老师，调我的座位吧，我和谁同位都行……"这是一名女生，却这么有大局观，能站到全局的角度看问题。我说：我赞同王同学说的话，开学初我们就说过：遇见，从此不同。我个人建议你要和不同的人一个位，如果他活泼，他可以给你活力；如果他安静，他可以给你智慧；如果他学习好，你可以向他学习好的学习方法；如果他学习暂时落后，你可以帮助他，帮助别人就是帮助自己。每位同学都有自己的闪光点，近距离接触会发现不一样的他。这个时候学生都安静了下来，有两名学生站起来说，老师我也可以调座，只要能解决问题。在大家的谦让下，座次很快调好了。当然还有个别同学有小情绪。

地理、生物考试结束后，同学们心中的弦松了下来。但是我们老师不能松，因为属于我们期末复习的时间少之又少。大部分学科学习了初三的内容，要复习两册书，时间紧，任务重。经过前段时间的运行，7∶00同学们都能来到教室，在老师的指导下上自习。学考结束后，我们还是这样上早自习，同学们的精神状态还可以。上其他科目时候，我有时去班级听课，有时在教室外转转。总有个别学生课堂效率很低，和同位说个小话，我看了之后真是着急，着急之余也会严厉批评他们。他们都能理解老师的良苦用心，但是老师不只是想你们对老师说"老师你别生气""我知道错了"，而是希望你能说到做到，静下心来进行期末复习。

本周被写入班级周记的是他：

他平时默默无闻，总是能看到他为班级服务的情景，上课他认真听讲，下课他虚心请教，如果你有不会的题去问他，他一定能认真地解答你的问题，他就是我们班的一班之长刘洪都。

刘乃宇在周记中写到：

白驹过隙，转瞬即逝。转眼间，已经步入了第十七周。

天气慢慢地燥热起来，空气中弥漫着沉重的压力，因为这周我们即将迎来学考。学考算是一个小中考了，它在一定程度上决定着中考成绩，决定着能不能上得了高中。

正所谓"书山有路勤为径，学海无涯苦作舟"。意思就是在读书、学习的道路上，没有捷径可走，也没有顺风船可驶，如果你想要在广博的书山、学海中汲取更多更广的知识，"勤奋"和"刻苦"是必不可少的。所以，早上同学们争分夺秒地去背生物、地理的重要知识点，谁也不敢稍有懈怠。到了这么关键的时刻，同学们都想最后去拼一把。因为学习上哪怕不聪明，只要勤奋、坚持不懈，就会有所收获，就会走向成功。有压力才会更有动力，我们要把压力转变为动力。

俞敏洪说过："我关注的是我今天能做什么事情，我这个月能做什么事情，我今年能做什么事情，过了今年的事情我基本不关注，我很少做给我带来巨大压力又恐怕做不成的事。"所以变压力为动力是很重要的。

星期二，早上同学们搏了最后一把，把所有的知识点又都串了一遍，过后就坚定地进了考场。经过了一上午，当地理卷子收上去的那一刻，同学们都自信地走出了考场，看来这几天的努力确实没有白费。

星期四我们进行了生物的实验考试，分数满分为十分，总体来说十分简单，只要做了基本上都可以满分。做完实验的那一刻意味着地理、生物彻底在初中再见了。

青春见证了我们的学考，不负春光，野蛮生长；不忘初心，方得始终。加油！

第十八周

期末冲刺

期末复习紧张进行，孩子们的状态都很好，希望他们利用期末考试，再次梳理自己的知识，构建本学期的知识体系。我再次召开了期末考试动员班会，告诉同学们科学地进行期末复习："对基础知识和概念的来龙去脉要搞清楚。对知识和概念的易混点也就是难点要归纳类比。不能眼高手低，只看不做，适当的练笔是必要的。"

我给孩子的特别提醒：

1. 在回扣复习阶段一定要注意各科时间上的合理分配，要齐头并进。一枝独秀不是春，百花齐放春满园。各科要均衡发展，每门功课都要复习到位，不能对优势学科掉以轻心，也不能对薄弱学科失去信心。只是不同层次的功课，对你的要求各不相同，复习的目标和策略也要做到相应变化。

2. 效率第一，适可而止。效率是成功的关键，追求一定时间内的效率是学习的目标，尤其是课堂效率，课堂是学习的主战场，效率是学习的主线。能一节课完成的任务，决不拖到下一节。能一分钟做完的事决不用两分钟。但决不能劳累过度，决不能学到自己头疼时还学。只要是学到感觉头疼，脑子需要休息时，就要大胆休息，或变换学习科目及方式。

3. 互帮互学，共同受益。学习是一个自我完善的过程，也应是一种集体协作的过程。所谓水涨船高，个人成绩的取得，实际上是集体共同进步的结果。好问能使人受益匪浅，多向老师请教，多与同学交流，整天把自己局限于个人狭小的思维空间上，得不偿失。多鼓励同学，鼓舞别人的过程自己也受到了鼓励。高兴了，与同学共享，一个人的快乐变成两个人的快乐；痛苦了，与朋友说说，两个人承担一个痛苦要轻松得多。

　　除了方法的指导外，我还要给他们一碗碗的心灵鸡汤，让他们的期末复习轻松、愉快、高效地进行。

　　祝同学们：在期末考试中全力以赴，超越自我，用理想的成绩为本学期画上圆满的句号！

第十九周

2016年7月5日　星期二　天气：晴

这是一群懂得感恩的孩子

期末考试、批阅试卷、期末评优各项工作紧张进行。

这一年就这样匆匆而过，欣喜多过烦恼。很多幸福的画面在我脑海中凝固，因为有你们的陪伴，让我的教育生涯更丰富多彩。

返校的日子，有种久别重逢的感觉。你一句，我一句，没有了往日的拘谨。最让我感动的事情是，孩子给我录制了MV。他们用真挚的话语表达了对我的感谢、感恩。隆哥说："老师，感谢你对我的包容，我会慢慢改掉我的小毛病……"王泽坤说："老师，你给了我无数次成长的机会，你对我的好，我会记住的。"斐然说："老师，你要好好的，宝宝也要好好的……"馨元说："老师，感谢你陪我们走过与众不同的一年……"

"感人心者，莫先乎情，莫始乎言"，听着孩子们一个个对我的表白，看着孩子们一个个大胆地表达着对我的爱，往事不断浮上心头，泪无声地流下来。感谢你们带给我的惊喜。

这是一群懂得感恩的孩子，我一直认为懂得感恩的孩子，一定会幸福快乐。

这是一群懂得感恩的孩子，我一直认为懂得感恩的孩子，一定会走得很远。

这是一群懂得感恩的孩子，我一直认为懂得感恩的孩子，一定会把阳光带给别人。

这是一群感恩的孩子，你们用纯真的心再次感动了我。

与你们同行过，是我的荣耀。

遇见，你们，从此与众不同！

后 记

岁月无痕，年华掷地有声。

转眼间，这一级学生毕业了。

看着他们背着书包走向新的梦想，我笑了，我们实现了彼此的约定。

遇见，从此不同。

后记，有很多种方式，我只想表达感谢。

感谢山东师范大学基础教育集团常务副理事长、总经理苗禾鸣先生，您为我提供了书写的舞台，您让我听到了青春拔节的声音，您让我听到荡漾在孩子心田的笑声，您让孩子成长的瞬间集结成了最美的青春纪念册。

感谢，遇见，您！

感谢山东师范大学基础教育集团祥泰实验学校张芳校长。您给了我莫大的精神支持，当我想放弃、想偷懒时，总能听到您说，于玲，一定要坚持写下去，那是对你教育生涯的馈赠。读书、写作、反思是教师成长的必由之路。感谢您让我记住了这段与青春同行的韶光年华。

感谢，遇见，您！

感谢山东师范大学基础教育集团齐鲁实验学校张亮校长。您为我的随笔牵线搭桥，让这段美丽的教育旅程深刻而有意义。感谢您对我工作的理解、支持、鼓励、包容，让我整理这段心灵对话，让我静听花开的声音。

感谢，遇见，您！

感谢山东师范大学淄博碧桂园实验小学赵相甲校长，感谢您的一路陪伴帮扶，一路的解疑答惑，一路的鞭策鼓励，让我感受到生命之歌如此真实地流淌过，让陌上之花绚烂开放。

感谢，遇见，您！

感谢山东教育出版社胡明涛、吴鑫两位老师，你们百忙之中为我的随笔策划、修订、完善。你们详细的修改计划，让困惑的我豁然开朗。

感谢，遇见，您！

感谢我亲爱的同事们，感谢你们给我点点滴滴的帮助。感谢2014级二班的所有老师，你们是这轴青春画册里柔和的春光，温暖了孩子们的心灵。特别感谢张艳老师，在我生病期间给予孩子们无私的爱和陪伴。

感谢我的爱人，在拼凑这段青春碎片时，你帮忙照顾老人、两个孩子；在我迷茫时，点亮我的心灯。感谢我的家人对我的支持与包容。

感谢各位家长，你们是我的第一个读者，你们的期盼为我的随笔助力。

感谢，遇见，你们！

感谢齐鲁学校，一草一木一世界。在这个生命场，我遇见了你，你滋养了我的生命，给了我写作的灵感。你给予了孩子们闪亮的青春，留下了孩子们成长的印记。

最最应该感谢的是我亲爱的孩子们，2014级二班的宝宝们。感谢你们，让我在美好的年华遇见你们，我们一起成长。路上春色正好，天上太阳正晴。特别感谢傅辰昊同学，用江南水乡的才情温润每一个字符，让每个字符有温度有灵气。

感谢，遇见，你们！

"世间一切，都是遇见，就像冷遇见暖，就有了雨；春遇到冬，就有了岁月；天遇见地，就有了永恒；男人遇见了女人，就有了生命。"我们的遇见，走过四季，成为知己。

遇见仿佛是一种神奇的安排，它是一切的开始。

遇见，从此不同。

图书在版编目（CIP）数据

遇见，从此不同/于玲著． —济南：山东教育出版社，2017.10
（山东师大基础教育集团教育创新系列丛书/苗禾鸣，李培荣主编）
ISBN 978-7-5701-0005-7

Ⅰ．①遇… Ⅱ．①于… Ⅲ．①日记—作品集—中国—当代 Ⅳ．①I267.5

中国版本图书馆CIP数据核字（2017）第252415号

山东师大基础教育集团教育创新系列丛书

苗禾鸣 李培荣 主编

YUJIAN，CONGCI BUTONG

遇见，从此不同

于玲 著

主管单位：山东出版传媒股份有限公司
出版发行：山东教育出版社
　　　　　地址：济南市纬一路321号　邮编：250001
　　　　　电话：（0531）82092664　　网址：www.sjs.com.cn
印　　刷：济南万方盛景印刷有限公司
版　　次：2017年10月第1版
印　　次：2018年5月第2次印刷
规　　格：710 mm×1000 mm　1/16
印　　张：15.75
印　　数：3001-6000
字　　数：230千
定　　价：36.00元